Collection dirigée
par Hélène Potelet

Jean-Côme Noguès

Le Voyage inspiré

Groupement de textes

Les voyages d'exploration

Dossier Histoire des arts

Les Grandes Découvertes et les arts

Proposition d'EPI

Réaliser un magazine historique

ISBN 978-2-218-99752-5
ISBN 01840851

Hélène Potelet,
agrégée de lettres classiques

Hatier

SOMMAIRE

GROUPEMENT DE TEXTES : LES VOYAGES D'EXPLORATION

DOSSIER HISTOIRE DES ARTS : LES GRANDES DÉCOUVERTES ET LES ARTS

L'AIR DU TEMPS

Le contexte scientifique et culturel

- Les grandes découvertes des XVe et XVIe siècles s'inscrivent dans un vaste mouvement culturel et humaniste, appelé **Renaissance** (au début des Temps modernes).
- Les progrès accomplis dans les techniques de la navigation rendent possibles les grands voyages de découvertes. L'invention de l'imprimerie par **Gutenberg**, en 1455, favorise la diffusion des idées et des connaissances. La médecine et la chirurgie, se développent, notamment avec **Ambroise Paré** (1509-1590). En astronomie, les travaux de **Copernic** (1473-1543) ne permettent plus de considérer que la terre et l'homme sont au centre du monde.
- De nouvelles découvertes voient le jour au XVIIIe **siècle**, marqué par le règne de l'esprit **philosophique et scientifique**. L'ordre établi est remis en cause avec la **Révolution française** (1789-1799).

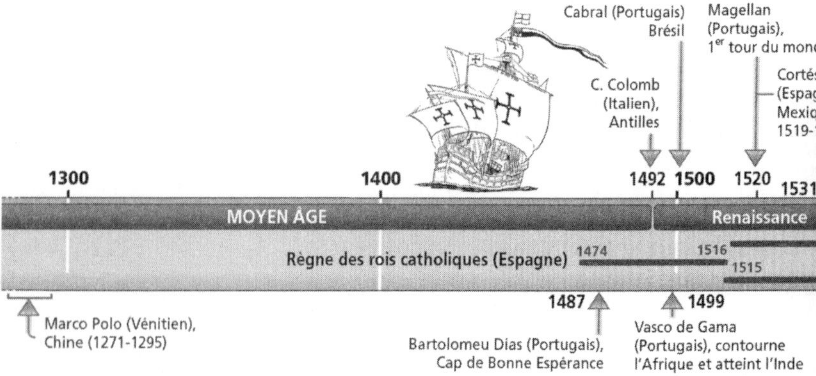

Les voyages d'exploration et de conquêtes

- Dans la première moitié du XVe siècle les Portugais, sous l'impulsion **d'Henri le Navigateur**, explorent les côtes de **l'Afrique** pour y chercher de l'or. Bartolomeo Dias descend jusqu'à la pointe sud. Vasco de Gama contourne le continent et parvient aux Indes par voie maritime.
- Christophe Colomb, en voulant atteindre les Indes par l'ouest, découvre par hasard l'Amérique. Magellan, animé du même projet, réussit le premier tour du monde. Les territoires d'Amérique, appelés Nouveau monde, attirent des **aventuriers conquérants** espagnols, en quête d'or et de gloire : Cortés au Mexique (1520), Pizarro au Pérou (1532).
- **Au** XVIIIe siècle, les explorations revêtent un **caractère scientifique** avec l'anglais Cook, qui découvre l'Australie (1768) et Hawaï (1776) et Bougainville qui atteint Tahiti.

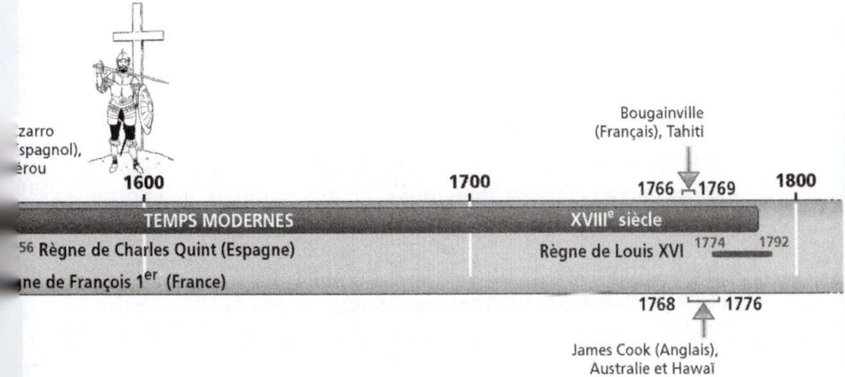

LES REPÈRES CLÉS

Grandes découvertes, voyages, conquêtes

Marco Polo et la route de la soie

► Jusqu'au XIIIe siècle, la soie et les épices d'Asie (poivre, cannelle, muscade...), produits luxueux et recherchés, parviennent aux Européens par **la route de la soie**. Cette route, longue de 7 000 km, traverse l'empire mongol et bénéficie de la protection de l'empereur, le Grand Khan. Le père et l'oncle de Marco Polo (1254-1324), riches marchands vénitiens, l'empruntent régulièrement. Un jour, ils emmènent avec eux le jeune Marco, qui restera en Chine durant vingt ans et deviendra l'homme de confiance du Grand Khan. Il raconte son extraordinaire périple dans le *Livre des Merveilles*, qui connut un grand succès et alimenta l'imaginaire de tous les futurs voyageurs.

► Après la chute du Grand Khan, la route de la soie, devenue très périlleuse, se ferme progressivement aux marchands européens. La route est définitivement coupée par les Turcs, après **la prise de Constantinople** en 1453.

► À partir du XVe siècle, les Européens sont donc à la recherche d'une voie maritime pour atteindre l'Asie et ses richesses.

Les conditions de navigations à l'époque des grandes découvertes

► Les navigateurs peuvent s'orienter grâce aux **portulans**, premières cartes marines dessinées sur des parchemins et établies d'après les observations des marins (voir p. 279).

► Pour connaître leur position, les marins disposent de la **boussole** (appelée aussi **compas**) qui indique le nord et permet de définir la direction du navire. L'**astrolabe**, le **quadrant** ou l'**arbalète** permettent de déterminer la latitude en mesurant la hauteur des astres dans le ciel (soleil, étoile polaire…)

► La **caravelle**, navire des conquêtes, est équipée d'un double système de voiles qui lui permet de tirer au mieux parti des vents : voiles carrées pour une bonne stabilité et voiles triangulaires (dites voiles latines) pour remonter face au vent. Sa coque robuste, allongée et haute, lui permet de bien fendre les flots. Mais la **vie à bord** est éprouvante : l'eau douce croupit rapidement, aucune nourriture fraîche ne peut être conservée, et les marins sont atteints du scorbut, terrible maladie due à un manque de vitamines. Les capitaines doivent faire face à des mutineries à cause de ces conditions de vie.

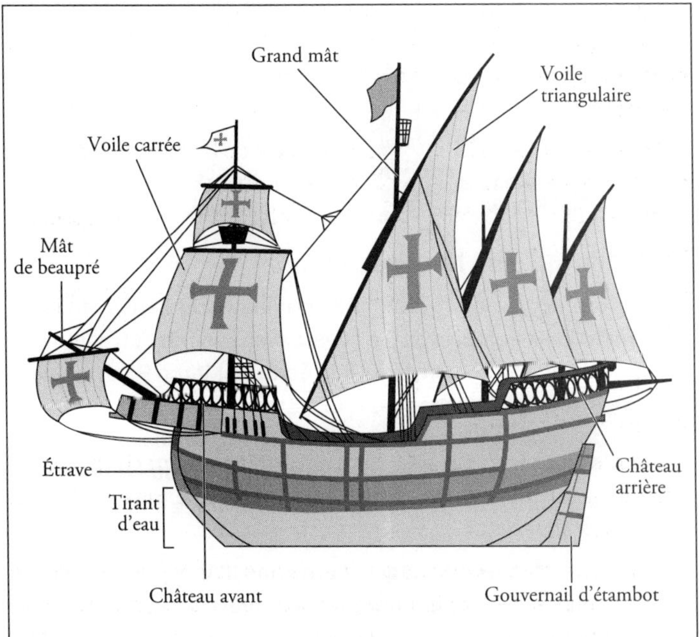

Les Portugais sur les côtes de l'Afrique

► Le prince **Henri le Navigateur** (1394-1460), fils du roi Jean 1er du Portugal, fonde à Sagres au Portugal une école de navigation, s'entoure d'astronomes, de cartographes, de navigateurs, de constructeurs de bateaux. C'est là qu'est mise en chantier la **caravelle.**
Henri le Navigateur organise les premières explorations le long des côtes africaines. Les navigateurs portugais avancent peu à peu vers le sud, où ils implantent des comptoirs commerciaux.

► En 1487, le Portugais **Bartolomeu Dias (1450-1500),** après une terrible tempête, ayant duré plusieurs jours, finit par franchir le Cap de Bonne Espérance, à la pointe sud de l'Afrique, qui permet de passer de l'océan Atlantique à l'océan Indien. Il ouvre ainsi la perspective d'une route directe vers l'Orient (voir carte, p. 10).

► Mais c'est le Portugais **Vasco de Gama** (1469-1524) qui trouve la route : dépassant le Cap de Bonne Espérance, il aborde à Calicut en Inde, un port situé à 16 000 km de Lisbonne, d'où il est parti. Et quand il rentre à Lisbonne avec une cargaison d'épices, il a parcouru 44 500 km sur les mers (voir carte, p. 10) !

La découverte du Nouveau monde

► **Christophe Colomb** (1450-1506), originaire de Gênes, en Italie, s'est installé au Portugal où il a ouvert avec son frère un commerce de cartes marines. Fasciné par les récits de Marco Polo, il rêve lui aussi des immenses richesses d'Extrême-Orient.
Partant de l'idée que la terre est ronde, il imagine pouvoir **atteindre les Indes** en traversant l'Océan Atlantique par l'ouest. Persuadé que l'Atlantique est un petit océan, il a l'espoir que cette route sera rapide.
Seuls les souverains d'Espagne, Ferdinand d'Aragon et Isabelle de Castille, dits « les rois catholiques », croient en son projet et le financent.

Le 3 août 1492, il quitte Palos, petit port du sud de l'Espagne, avec deux caravelles : la *Niña* et la *Pinta*, et une grosse nef, la *Santa-María*, dont il a le commandement. Après trois mois de navigation incertaine, mais porté par les vents alizés qui soufflent vers l'ouest, il aborde sur une île des **Bahamas** en croyant reconnaître Çipangu (le Japon), l'île aux épices décrite par Marco Polo. Persuadé d'avoir atteint les Indes, il appelle **Indiens** les habitants de ce pays. Colomb baptise l'île San Salvador. Il n'y trouve aucune trace de la richesse des pays d'Orient. Il débarque ensuite à Cuba, puis sur l'île Hispaniola (Haïti).

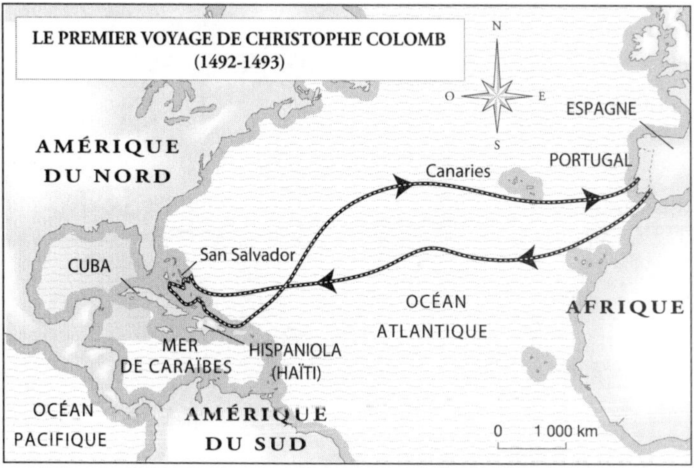

► Sur ses traces, le navigateur italien **Amerigo Vespucci** (1454-1512) est le premier Européen à atteindre le continent américain. C'est à lui que revient l'honneur d'avoir donné son nom à l'Amérique. En 1507, le Nouveau monde reçoit le nom d'America. Christophe Colomb a, quant à lui, donné son nom à la Colombie.

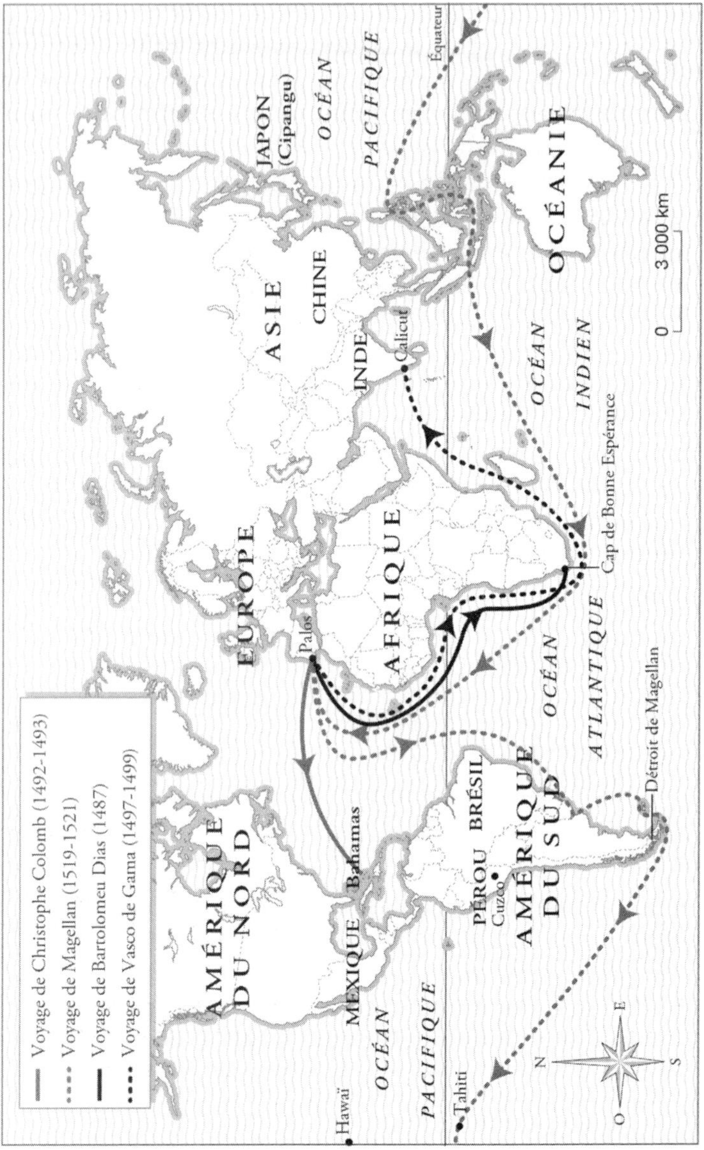
Voyage de Christophe Colomb (1492-1493)
Voyage de Magellan (1519-1521)
Voyage de Bartolomeu Dias (1487)
Voyage de Vasco de Gama (1497-1499)
AMÉRIQUE DU NORD
MEXIQUE
Bahamas
Hawaï
OCÉAN PACIFIQUE
Tahiti
PÉROU
Cuzco
BRÉSIL
AMÉRIQUE DU SUD
Détroit de Magellan
OCÉAN ATLANTIQUE
EUROPE
Palos
AFRIQUE
Cap de Bonne Espérance
ASIE
CHINE
INDE
Calicut
JAPON (Cipangu)
OCÉAN PACIFIQUE
Équateur
OCÉAN INDIEN
OCÉANIE
0
3 000 km
N
E
S
O

► En 1500, le portugais Pedro Alvarez Cabral découvre le Brésil. Pris dans une tempête, il touche un rivage inconnu, couvert d'arbres au bois rouge. Ce bois, appelé brésil (comme braise) était utilisé comme colorant dans les teintures textiles. Il a donné son nom au Brésil.

► En 1519, le Portugais **Fernand de Magellan** (1480-1531) réalise le rêve de Christophe Colomb : atteindre les Indes par l'ouest. Il trouve un passage permettant de passer de l'Océan Atlantique à l'Océan Pacifique, en contournant l'Amérique du Sud. Il se lance avec enthousiasme vers les îles aux épices, mais le Pacifique est beaucoup plus vaste qu'il ne l'avait imaginé. La traversée dure trois mois et vingt et un jours. Les marins se nourrissent d'eau croupie, de biscuits grouillant de vers... Magellan arrive aux îles Philippines. Sa joie est grande, il comprend que l'Asie est proche, mais il n'y arrivera jamais : il est tué par des guerriers indigènes. Un de ses lieutenants, Sebastian Del Cano, achève le voyage et réalise le **premier tour du monde en bateau**, en mille cent jours.

► En 1578, **Jean de Léry**, un protestant, s'en va fonder au Brésil un refuge pour les protestants persécutés par les guerres de religion qui sévissent en France. Il décrit sa vie au milieu des Indiens, parmi une flore et une faune fascinantes.

Les conquistadors espagnols

► Ces découvertes attisent la convoitise d'aventuriers conquérants en quête de fortune. Au début du XVIe siècle, les **Espagnols** se lancent à la **conquête du Nouveau monde**, attirés par l'or. Les conquistadors (de l'espagnol *conquistadores* : conquérants) partent à la découverte de l'Amérique du Sud et de l'Amérique centrale.

► En 1519, **Hernán Cortés** (1485-1547) atteint le **Mexique**, poussé à la fois par le désir de trouver de l'or et de convertir les indigènes à la religion catholique. Le Mexique est alors dominé par la

brillante **civilisation aztèque**, qui fascine Cortés et ses hommes. Cortés, après avoir été somptueusement reçu par l'empereur aztèque Moctezuma, détruit la capitale du royaume, Tenochtitlan, le 15 août 1521. Sur son emplacement, il bâtit une nouvelle ville, Mexico, capitale d'un territoire qu'il nomme Nouvelle Espagne. La brillante civilisation aztèque est anéantie.

► Après la conquête du Mexique, les Espagnols rêvent d'atteindre l'**Eldorado**, royaume imaginaire où tout est d'or, où le roi se baignerait tous les jours dans de la poussière d'or ! **Francisco Pizarro** (1475-1541), parvient en 1532 au **Pérou**, alors sous la domination des **Incas** ; ébloui par la vue de l'or, il fait exécuter l'empereur inca Atahualpa et anéantit Cuzco, la capitale. Les Espagnols poursuivent ensuite la conquête des pays voisins : Chili, Bolivie, Colombie...

Les expéditions scientifiques du XVIIIe siècle

► Les Européens poursuivent l'exploration du monde, mais les motivations sont différentes : les explorateurs sont des **savants** ou des **philosophes** qui organisent des expéditions, poussés par le désir de **connaître** les richesses de la terre et de **découvrir** d'autres civilisations.
En 1766, le marin philosophe français **Louis-Antoine de Bougainville** effectue le tour du monde à bord de son navire La Boudeuse ; il raconte son exploration dans le *Voyage autour du monde* (1771).

► L'Anglais **James Cook** se rend à Tahiti en 1769 pour observer le passage de la planète Vénus devant le soleil. Capitaine de la Marine royale britannique (la *Royale Navy*), il fit trois voyages dans l'Océan Pacifique et fut le premier européen à débarquer sur la côte est de l'Australie, en Nouvelle-Calédonie (4 septembre 1774), aux îles Sandwich et à Hawaii. Il fut également le premier à explorer les côtes de la Nouvelle-Zélande.

Rose des vents, extrait des *Premières Œuvres* de Jacques de Vaulx, Le Havre, 1583, manuscrit enluminé sur parchemin, 45 x 28 cm, BnF, département des Manuscrits.

Jean-Côme Noguès

Le Voyage inspiré

TEXTE 1 LA RENCONTRE ENTRE COLOMB ET CHINITO. LE DÉPART

« Je t'emmène aux Indes par l'ouest »

Prologue

Il pleuvait, ce jour-là, sur la vieille Grenade. L'eau, rabattue par un vent âpre, pénétrait sous les tuiles et donnait à la maison une humidité malaisée à vaincre. Les deux braseros[1] y suffisaient à peine. L'homme s'approcha de la table qui supportait de quoi écrire. Au moment de s'asseoir et de prendre la plume, une crainte le retenait. Il voulut tromper un peu plus longtemps la sensation pénible qui l'avait saisi. Difficile. Difficile serait la chasse aux mots pour traduire ce jeune temps sur le souvenir duquel la vie avait apporté des amoncellements confus, des événements rattachés par des liens mystérieux. La mémoire, elle-même, serait-elle fidèle ? Il se trouvait si âgé en ce soir d'automne ! Certes, des images se pressaient dans sa tête, les unes aux bords bien tranchés et aux couleurs intactes, les autres de contours imprécis, délavées par l'eau des décennies[2] enfuies. Une émotion au bord du cœur, un parfum retrouvé dans les méandres d'une réminiscence olfactive[3], un son reconstitué au royaume silencieux où l'âme se rappelle, et ces images revenaient, parées de teintes désormais incertaines.

1. Braseros : récipients métalliques garnis de braises, destinés au chauffage.
2. Décennie : période de dix ans.
3. Les méandres d'une réminiscence olfactive : cheminement par lequel on se souvient d'un parfum.

La nuit allait tomber sur le Génil[4]. La servante apporta une lampe. Le bruit de la pluie attendrissait le vieillard, le ramenait à l'intérieur de lui-même mieux que n'y parvenaient les braseros aux charbons ternis de cendres. Il se sentit humble tout à coup, prêt à des sincérités sans calculs ni réticences[5], neuf, jeune de nouveau, simple et confiant comme en ce jour où, pour lui, tout avait commencé.

Il s'assit à la table. Lentement, paisiblement, alors que la pluie redoublait son vacarme sur les tuiles disjointes, il raconta...

↑ Vue de Grenade, eau-forte de 1582.

4. Génil : rivière qui passe à Grenade.
5. Réticences : retenues.

1
Samedi 12 mai 1492

Il raconta... Il dit qu'il s'appelait Pedro Alvarez, mais qu'il perdit ce nom pour vivre la grande aventure dont les temps se souviendraient. Il dit sa naissance dans une famille pauvre de l'Albaïcin[6] et son éducation faite dans les ruelles de Grenade, au flanc des trois collines. Il gagnait ses poux à la fréquentation des mendiants et sa vie par de menus métiers sans cesse improvisés. Il fut porteur d'eau, ânier, conducteur d'aveugle, vendeur de citrons et de figues chapardés dans les vergers, mais toujours heureux, heureux follement de respirer l'air de Grenade.

Grenade la musulmane secouée d'assauts, gardant les mystères de ses parfums et de ses poignards derrière les hauts murs de jardins secrets où des poèmes d'amour se chantaient, des vies se défaisaient dans la musique mouillée des jets d'eau et l'ombre acidulée des vélums[7] et des branches. Il y avait survécu, en dépit de la misère, des rixes[8], des horions[9] et des bosses, des mouches qui mêlaient leur menace noire aux couleurs somptueuses sous le bleu coupant du ciel.

Ah ! Grenade ! Ville aimée ! On répétait les paroles de la reine arabe à son fils Boabdil[10] qui, le cœur navré de honte, ne cachait plus ses larmes en contemplant une

---

6. **Albaïcin :** quartier le plus ancien de Grenade, bâti sur une colline.
7. **Vélums :** grandes pièces d'étoffe servant à tamiser la lumière.
8. **Rixes :** querelles violentes.
9. **Horions :** coups violents.
10. **Boabdil :** voir « Je me documente », p. 69.

dernière fois la cité du haut des jardins du Generalife[11] : « Tu fais bien de pleurer comme une femme ce que tu n'as pas su défendre comme un homme. »

En ce 2 janvier 1492, Grenade parachevait la Reconquête[12].

Il raconta... Il dit l'entrée des Rois Catholiques[13]. Terre retrouvée après des siècles d'occupation maure[14], mais aussi terre à jamais marquée par les architectes de l'éphémère[15] dont on conserverait pourtant les arabesques de plâtre et les lacis[16] façonnés dans le bois de cèdre, par les sorciers des torrents maîtrisés pour faire chanter les fontaines, par les seigneurs des arbres et des fleurs capables de recréer en ce bas monde l'ineffable beauté[17] des jardins d'Allah[18]. Il écrivit tandis que les mots regimbaient,[19] se heurtaient, se dérobaient aux exigences d'une pensée exaltée par le souvenir.

Don Ferdinand d'Aragon chevauchait, entouré de chevaliers et de cardinaux, au centre d'une foule qui retenait ses vivats[20] dans le recueillement. La reine Isabelle, suivie de quarante dames et cavaliers, passait, blonde, royale en

11. Jardins du Généralife : jardins somptueux de la résidence d'été des émirs régnant sur Grenade.
12. La Reconquête : reconquête de Grenade par les Rois catholiques (voir « Je me documente », p. 69).
13. Rois catholiques : Ferdinand d'Aragon et Isabelle de Castille.
14. Maure : arabe.
15. Architectes de l'éphémère : qui réalisent des œuvres de courte durée (jardins, patios...).
16. Arabesques et lacis : motifs caractéristiques de l'art mauresque, formés de lignes courbes et entrelacées.
17. Ineffable beauté : beauté indescriptible.
18. Jardins d'Allah : pour le monde islamique, le jardin est une représentation du paradis.
19. Regimbaient : résistaient.
20. Vivats : cris de joie.

ce moment qui couronnait le vœu de sa vie. Grenade redevenue terre chrétienne ! Châteaux et villes un à un tombés pour la plus grande gloire de Dieu et l'unité du royaume. Castille de foi et de flamme. Aragon valeureux[21]. La reine avançait au milieu des merveilles d'un art musulman qui chantait la pernicieuse[22] douceur de vivre parmi les eaux et les oranges. Elle restait insensible aux beautés célébrant le dieu des infidèles et, quand le cortège s'arrêta, tandis qu'au sommet de la tour de Comares[23] était dressée la Sainte Croix et montait la bannière de Castille, elle tomba à deux genoux sur le sol reconquis. Des larmes de pure joie roulèrent sur son visage. Un chant d'action de grâces jaillit des milliers de chrétiens assemblés.

Lui, il était dans la foule, écrasé, petit, minuscule. Un enfant encore. Il avait quatorze ans.

Passèrent l'hiver et le printemps. Sur la Sierra Nevada[24], les neiges diminuaient. Dans la vieille maison de l'Albaïcin, la famille, cette année-là encore, augmenta d'une unité et Pedro dut s'éloigner ainsi que l'avaient fait ses frères aînés avant lui, ainsi que le feraient les autres après lui. Il l'accepta comme une loi de nature et n'en fut pas autrement affecté. Les rues de Grenade craquaient de chaleur. Les nuits étoilées, dans les jardins et sur les places, laissaient le temps du rêve et l'estomac léger. Les petits métiers exercés jusque-là pour faire vivre la tribu familiale n'eurent d'autre but désormais que sa propre

---

21. Valeureux : courageux.
22. Pernicieuse : qui est moralement mauvaise.
23. La tour de Comarès : la plus grande des tours du palais de l'Alhambra à Grenade.
24. La Sierra Nevada : chaîne de montagnes qui domine Grenade.

subsistance. Il y mit un nonchaloir[25] naturel, une fantaisie innée[26] qui, tout de suite, le comblèrent.

« Demain est un autre jour ! » répétait-il entre deux éclats de rire.

Encore fallait-il déjouer la méfiance des alguazils[27], braver les imprécations[28] du marchand soupçonneux qui avait souvent quelques raisons de l'être, tendre une main toujours prête à quémander, prendre les jambes à son cou et réfléchir ensuite.

Il avait tous les dons pour se maintenir dans un monde picaresque[29] où chaque heure demandait vigilance et autorité. Et pourtant, au fond de lui, un rien qu'il tenait secret le différenciait des autres. Il aimait les oiseaux. Souvent, il partait en songe avec les migrateurs de passage. Il les regardait traverser l'azur ardent qui faisait scintiller Grenade, et il se demandait où allaient ces nuées d'étourneaux, les cigognes obstinées, le vol tranchant des hirondelles. Vers la mer qu'on disait toute proche. La mer ! Comment était la mer ? Aussi bleue que le ciel ? Luisante comme les feuillages après l'averse orageuse ? Avait-elle l'éclat des neiges par un matin de printemps ? L'enfant mendiait un croûton ou bien il lui arrivait de dérober un fromage, de harceler un passant jusqu'à ce qu'il obtînt une aumône. Après, il montait parfois dans les collines, il s'enveloppait de solitude et de silence, et, couché dans l'herbe,

25. Nonchaloir : décontraction.
26. Innée : de naissance.
27. Alguazils : policiers.
28. Imprécations : malédictions.
29. Monde picaresque : monde où il s'agit essentiellement de survivre.

pur de nouveau comme au jour de sa naissance, comme au premier jour du monde, il regardait passer les oiseaux.

12 mai 1492. Ce matin-là décida de son sort. À force de gémissements, de gestes suppliants et d'insistance éhontée[30], il venait de gagner une obole. Adossé à l'angle d'une porte cochère, un grand efflanqué, l'air faussement ailleurs, surveillait la scène d'un œil envieux. Pedro aurait dû s'éloigner vite. Au lieu de cela, il resta planté dans le jeune soleil, à examiner la piécette qu'il allait convertir en frugal[31] déjeuner.

L'efflanqué se détacha du mur et s'approcha d'un pas balancé.

« Pourquoi viens-tu chasser sur mon territoire ? » grinça-t-il en sortant de dessous ses haillons[32] l'éclat dur d'une lame.

Des mots ne suffiraient pas pour sauver la situation. Pedro le savait. Elle ne pouvait l'être que par l'affrontement ou la fuite.

« Je vais marquer sur ton joli museau que tu ne respectes pas nos lois », ajouta l'autre en s'approchant.

Il y avait dans ses yeux une détermination froide. Il y avait peut-être aussi, dans chacune des ruelles qui convergeaient vers la petite place où ils se trouvaient, une âme damnée à la solde du malandrin[33]. Pedro, terrorisé, n'osait pas se sauver.

---

30. Éhontée : qui n'a pas honte.
31. Frugal déjeuner : maigre repas.
32. Haillons : vêtements en loques.
33. Âme damnée à la solde du malandrin : personne peu recommandable au service du voleur.

« Et la prochaine fois, je t'enlèverai définitivement l'envie de marcher sur mon terrain de chasse. »

Le vaurien fit dans l'air le geste de trancher une gorge. Le long couteau accrocha un rayon de soleil. Un éclair jaillit, aussitôt éteint. Pedro sentit sur sa pommette gauche la brûlure fulgurante d'une entaille.

Il y porta la main et, quand il vit le bout de ses doigts taché de sang, il sut qu'il devait quitter Grenade.

Il était seul au centre de la place, à l'endroit où l'ombre et la lumière, en une ligne nette, se partageaient l'espace. L'efflanqué avait disparu, silencieux, sûr de lui et de l'avertissement donné. L'estafilade[34] signait le non-respect des lois de la rue et mettait à l'index[35] celui qui la portait. Que le motif en fût insignifiant n'apitoierait personne. L'intimidation régnait avec force pour éliminer le plus grand nombre de concurrents dans le hasardeux métier des traîne-misère.

Pedro lava l'entaille à une fontaine puis, lentement, descendit les venelles[36], la tête basse, l'esprit absent…

« Pour Dieu ! Si tel est mon sort, se disait-il en fixant les cailloux enrobés de poussière chaude, qu'il s'accomplisse ! »

Ses pas le menèrent dans la ville basse d'où une route partait vers Séville assurait-on, vers plus loin encore, vers l'océan peut-être dont il savait si peu de choses. Qu'avait-il dans sa ceinture réduite à un méchant lien de

34. Estafilade : grande entaille.
35. Mettait à l'index : excluait.
36. Venelles : ruelles.

chanvre enroulé plusieurs fois ? Rien. Si, la menue pièce de monnaie qui était à l'origine de sa destinée nouvelle.

« Avec une *perra chica*[37] j'irai jusqu'au bout du monde ! » remarqua-t-il mentalement tandis que, d'un doigt prudent, il s'assurait de la présence du trésor contre la peau de son ventre.

Il n'eut pas conscience de ce que ces mots renfermaient de réalité prochaine. La piécette lui restait. Ses quatorze ans et leur insouciance balayèrent d'un grand coup d'enthousiasme la ville où il était né et où l'existence l'avait tenu, dès son début, à rude école.

« Regretter quoi ? »

Un carrosse passait, richement attelé de quatre chevaux blancs. Ses mantelets[38] de cuir étaient abaissés. Le cocher discutait avec un laquais assis à ses côtés. Nulle escorte. Le haut personnage qui devait rissoler à l'intérieur de cette marmite roulante sous la chaleur de midi faisait sans doute confiance aux jarrets de ses bêtes et à la résistance des essieux[39]. Pedro courut derrière le carrosse. Ses mains atteignirent une prise. Il s'agrippa, pieds collés au bois lisse, l'un après l'autre, à la recherche d'un point où se poser. Quand il y fut parvenu, s'adressant au Dieu des larrons, des picaros et des tire-laine[40] qui était le même d'ailleurs que celui des honnêtes gens, il le pria de conduire les fougueux étalons vers Séville.

---

37. *Perra chica* : cinq centimes de *peseta*.
38. Mantelets : rideaux.
39. Essieux : roues.
40. Larrons, picaros, tire-laine : voleurs, aventuriers, filous.

La voiture roula longtemps dans les ornières profondes. Elle était solide, en effet, et ses essieux grinçaient leur souffrance sans jamais céder aux difficultés du terrain. Pedro, les yeux brûlés, la gorge sèche, crispait son corps tout entier pour ne pas tomber. La canicule le frappait impitoyablement. La poussière l'environnait, se collait à son front trempé de sueur. Une crampe naquit dans ses doigts. Il ne pensa plus qu'à elle, en surveilla le développement, sentit qu'elle gagnait la main, s'emparait du bras, raidissait l'épaule.

Sous lui, le sol défilait avec un bruit de cailloux broyés. Ces chevaux étaient donc infatigables ! Il se prit à espérer une allure moins folle. Peut-être même, le cocher allait-il mettre l'attelage au pas. Ainsi, la poussière retomberait, les élancements dans le corps diminueraient et Pedro pourrait changer de position. Étirer les jambes ! Avec quel plaisir il étirerait les jambes jusqu'à ce que disparaissent ces nœuds douloureux !

Un moment, il pensa sauter à la faveur d'une côte, mais l'idée de se trouver seul dans une campagne inconnue le retint. Des oliviers ramassaient sous leurs branches une dentelle d'ombre. Il ferait bon s'arrêter une heure, oublier le monde et dormir… dormir…

Les chevaux étaient arrivés au sommet de la côte. Ils se lancèrent dans la descente, et les oliviers à l'ombre douce ne furent plus qu'un souvenir.

La fournaise andalouse devint plus brûlante encore. Quelle folie avait donc jeté Pedro sur les grandes routes, sans manger ni boire, tributaire[41] du destin pour trouver sa subsistance au long d'un voyage hasardeux ? Pourquoi un tel besoin de quitter Grenade aussi vite ? Le saurait-il jamais ?

Sous l'effet de la chaleur, sa respiration se fit plus oppressée. Un bourdonnement naquit dans ses oreilles. Le sang battait à ses tempes. Le paysage incandescent perdit de son éclat, devint métal sombre, dur à l'œil, et puis soudain incompréhensible nuit. Pedro fut étourdi un instant très court, le temps de desserrer l'emprise des doigts et de tomber dans la poussière.

Le rude contact avec le sol le ranima, mais il resta immobile, allongé, les bras en croix au travers de l'ornière, conscient de la décrispation de chacun de ses muscles. Le carrosse s'éloignait. Le garçon ne s'en alarma pas. Il allait pouvoir dormir. Rien ne comptait plus pour lui que cet impérieux besoin de dormir. Il en oubliait que, frappé d'insolation, il aurait dû se traîner jusqu'à une zone d'ombre, en quête d'une hypothétique fraîcheur.

Des sonnailles[42] se mirent à tintinnabuler[43] dans le silence de midi. Était-ce encore le sang qui battait aux tempes de Pedro et lui remplissait la tête de ce douloureux carillon ? Le chant des clochettes avait pourtant quelque chose de joyeux, d'aérien, le son clair du bronze. Une fête des grelots et non les battements mortels du sang en ébullition. Vinrent s'ajouter très vite l'écho d'un galop soutenu et le roulement d'une voiture. La terre desséchée réson-

41. Tributaire : sous la dépendance.
42. Sonnailles : clochettes.
43. Tintinnabuler : sonner.

nait comme tambour pour qui était allongé sur elle, dans l'abandon d'une grande fatigue.

Chacun de ces bruits mêlés s'amplifia jusqu'au moment où un ordre bref arrêta l'attelage. Pedro souleva une paupière. Il devina plus qu'il ne vit une paire de mules empomponnées de rouge et d'or. Leurs sabots fiévreux s'étaient immobilisés à trois pas de son nez. Un grelot sonna encore comme le point final du galop que les bêtes venaient de fournir.

La portière s'ouvrit et un homme descendit. Pour Pedro, ce ne fut d'abord qu'une ombre qui, en s'approchant, se plaça entre le soleil et lui et arrêta le feu dévorant. Puis, les sens revenant peu à peu, le garçon vit deux jambes bien prises dans des bas bien tirés et deux chaussures qui n'étaient pas celles d'un grand seigneur, mais plutôt les confortables souliers d'un marchand aisé courant à ses affaires. Le blessé voulut ouvrir les yeux. Un brouillard de chaleur l'enfonça de nouveau dans les ténèbres. Il entendait tout, ne voyait plus rien et vivait une sorte de rêve quelque peu marqué aux couleurs du cauchemar.

« Passe-moi ta gourde », dit le marchand au cocher.

Le choc des flancs en peau de chèvre rebondis contre deux mains habiles à les saisir au vol, un instant de silence.

« *¡Hombre!*[44] s'écria le marchand supposé. Tu ne voyages pas avec de l'eau !

– Hé ! fit le cocher en manière d'excuse.

44. *¡Hombre!* : en espagnol, interjection qui signifie « tiens ! », « ça alors ! ».

– Ton vin de Cadix a de quoi réveiller un mort et ce garçon ne l'est qu'à moitié. »

Le bon Samaritain[45] souleva la tête du blessé, la cala contre sa poitrine. Il introduisit la canule de la gourde entre les dents serrées. Le vin coula. Un mince ruisselet sortit de la commissure des lèvres, glissa le long du cou, rouge sombre et généreux comme le geste ancestral de l'assistance au hasard des rencontres.

L'homme tira le garçon à l'ombre courte du carrosse et lui fit gicler une nouvelle rasade[46] entre les dents. Pedro déglutit. Une chaleur se répandit dans son corps, toute différente de celle qui l'avait accablé. Une chaleur rafraîchissante. Il ouvrit les yeux.

« Là ! Bon ! Le voilà requinqué ! s'exclama l'inconnu. Par la Reine du Ciel, on ne va pas à pied à une heure pareille. D'où es-tu pour ne pas le savoir ?

– De Grenade, balbutia Pedro.

– Alors tu devrais le savoir. Où vas-tu ? » Même s'il s'était trouvé au mieux de sa condition physique, le malheureux aurait eu du mal à répondre à cette question. Moitié parce qu'il avait l'esprit encore embrumé et moitié parce qu'il ne possédait pas de réponse, il ébaucha un geste dans la direction de nulle part.

« Je vois ! » fit le Samaritain.

Il avait de la chance de voir clair dans une situation aussi compliquée. Pedro, lui, se laissait envahir par un sentiment d'impuissance. Hors des murs de la ville-mère, il se

---

45. Le bon Samaritain : personnage de la Bible qui incarne les valeurs de la charité.
46. Rasade : un verre plein.

sentait perdu. Ville de toutes les luttes, des lendemains aléatoires[47]. Ville familière où le danger lui-même, pour si varié qu'il fût, gardait un visage connu. Dans le large horizon de la Vega[48] auquel, enfant des rues, il n'était pas habitué, Pedro avait l'impression d'être perdu, étrangement menacé. Il se reconnaissait fils de l'ombre citadine, des coins de rue où l'on disparaît, du mur d'enceinte franchi en dépit des grilles. Il savait les escaliers dérobés[49], les masures oubliées[50], les mosquées désertées, les marchés où l'on se fond dans la foule pour mieux échapper aux *alguazils*[51] les plus acharnés. Ici, les pierres, les bosquets, les sentiers courant à perte de vue sous un ciel trop grand, dans une nature trop vaste, le prenaient au dépourvu et secrétaient une angoisse sourde. S'y mêlaient la soif, une sensation de vide à l'âme, à moins que ce ne fût plus simplement de l'estomac. L'envie de se remettre entre les mains de quelqu'un poussa Pedro à retrouver des attitudes d'enfant. Son visage parut se gonfler sous l'afflux d'une émotion. Une buée mouilla ses yeux et deux larmes s'arrondirent, qu'on devinait lourdes et chaudes, et qui coulèrent sur ses joues sans qu'il esquissât un geste pour les dissimuler.

« *¡Vaya, Chinito!* »[52] s'exclama le voyageur.

L'homme sembla découvrir l'entaille à la pommette qui, dans la chute, s'était remise à saigner. Il en approcha sa

---

47. Aléatoires : incertains.
48. La Vega : la plaine.
49. Escaliers dérobés : par lesquels on peut entrer et sortir sans être vu.
50. Masures oubliées : maisons délabrées et inhabitées.
51. *Alguazils* : en espagnol, policiers.
52. *¡Vaya!* : en espagnol, interjection qui signifie « ça alors ! ».

main tendue, mais, lorsque les doigts furent sur le point d'y toucher, il arrêta le geste. L'enfant baissa la tête.

« Qu'est-ce que c'est ?

– Rien.

– Tu ne t'es pas fait cela en tombant. » Pedro prit un air de jeune animal sauvage capturé et ne répondit pas. « C'est à cause de cette marque que tu quittais Grenade ? » À quoi bon répondre ? Le garçon se vit percé à jour et en éprouva du soulagement. Ce n'était plus la peine de dissimuler. De cet inconnu mystérieux émanait d'ailleurs une impression de force. Apparemment, il ne jugeait pas et condamnait encore moins. Il se contentait de regarder, de comprendre à demi-mots, d'offrir une partie de son temps et le vin de sa gourde, le tout avec une grande gentillesse dans la voix lorsqu'il redit :

« *¡Vaya ! Vaya ! Chinito!* »

Pedro renifla, s'essuya le nez d'un revers de main avant de demander :

« Pourquoi m'appelez-vous Chinito ? »

L'autre se mit à rire, comme s'il ne se rendait pas compte du désagrément qu'il y avait à être ainsi exposé à un avenir hasardeux.

« Ne t'ai-je pas trouvé sur le chemin, petit caillou[53] ? »

Ils rirent tous les deux ou, mieux que cela, ils sourirent. Entre eux passa une connivence[54] heureuse. L'homme aida le garçon à se lever.

« Viens, dit-il, je t'emmène.

53. Chinito vient du mot *china* qui signifie en espagnol « petite pierre ».
54. Connivence : complicité.

– Où ?

– Sur la mer Océane.

– Sur… »

Les mules s'impatientaient en secouant leurs grelots. La musique sonna aux oreilles de Pedro comme les carillons les plus clairs qui avaient remplacé la voix du muezzin[55] depuis la chute de Grenade. Le cocher, suffoqué par la chaleur, ne fut pas fâché de remettre l'attelage en route. Les bonnes mules trotteraient leurs deux heures sans que l'on eût besoin de faire claquer le fouet. Des bêtes fort appréciables quand, depuis tant d'années, on endure des chaos sur les pistes andalouses. Le compère replongea dans sa torpeur coutumière et le carrosse alla son train.

Pendant un temps qui parut interminable à Pedro, son compagnon ne lui dit pas une parole. Lui aussi semblait sommeiller, les doigts croisés sur la poitrine, les jambes étirées. Le garçon eut le loisir de le considérer tout son saoul. C'était un homme au versant de la vie car des cheveux blancs se mêlaient déjà à ses cheveux blond roux. Il les portait mi-longs sous une toque commode et sans excessive coquetterie, une de ces coiffures de voyage qui vous protègent du vent, du soleil et des averses. Le teint pâle n'était pas celui d'un commerçant ordinaire habitué des marchés et des échoppes en plein air. La chaleur qui régnait dans le carrosse aux mantelets abaissés à cause de la poussière, mettait sur ses pommettes et sur son nez des rougeurs comme en ont les prélats[56] au col trop ajusté

55. Muezzin : religieux musulman qui, depuis le minaret, appelle à la prière.
56. Prélats : hommes d'église.

et les hidalgos[57] vieillissants quand ils ne sont pas encore desséchés autant que bois mort. Le nez aquilin[58] retenait surtout l'attention. Dans ce visage long, il était lui-même d'une longueur remarquable, mais ne déparait pas un ensemble plein de noblesse.

« Qui est-ce ? » se demandait l'enfant abandonné à ses songes.

Le dormeur ouvrit les yeux et Pedro reçut le choc d'un regard bleu, acéré[59] et pourtant détaché en apparence des choses de ce monde. On eût dit que les pensées du garçon l'avaient réveillé et peut-être ne pouvait-on en douter car il déclara sans autre préambule :

« Je m'appelle Christophe Colomb[60] ».

Il avait tellement la tête dans ses rêves - Pedro le comprit plus tard - qu'il imaginait avec certitude qu'à ce seul nom son grand projet devait faire miroiter des horizons marins devant le plus humble chenapan de Grenade. L'avait-il assez porté en lui, ce projet ! Avait-il assez longtemps palabré[61], combattu pour qu'une main royale armât trois caravelles ! Il dut s'apercevoir que la tempête qui tant avait remué de vagues dans son crâne n'avait pas atteint du plus léger flocon d'écume la cervelle insouciante de ce gamin querelleur car il murmura pour lui-même en fermant de nouveau les yeux :

« Vanité ! Vanité des choses ! »

---

57. Hidalgos : nobles espagnols.
58. Aquilin : en forme de bec d'aigle.
59. Acéré : vif.
60. Colomb façonne son mythe en ne donnant pas son nom selon le pays dans lequel il séjourne. Il se nomme El Amirante (L'Amiral) et signe Christo Ferens (« qui porte le Christ »).
61. Palabré : tenu de longues discussions.

Il devait accepter l'évidence. Les caravelles partiraient du royaume d'Aragon et Castille avec la seule certitude du sens mystérieux qui n'animait que lui et l'assurait d'une route nouvelle.

« Je t'emmène aux Indes par l'ouest si rien ne te retient en terre d'Espagne. »

Pedro s'étonna de la conviction mise dans ces paroles. Un rayonnement émanait de l'inconnu, un pouvoir de convaincre par la chaleur de la voix et l'éclat du regard bleu.

« Tu as de la famille ? »

Un geste à peine esquissé, et le garçon balaya une famille de laquelle la faim et la nécessité l'avaient séparé depuis longtemps.

« Une maison ? »

En avait-il eu jamais une ? Un autre geste balaya la maison.

« Une affection, peut-être ? »

Mot vide de sens pour Pedro. Il avait connu l'indispensable solidarité des sans-abri toujours en butte à l'inévitable concurrence pour survivre. Il avait connu des amitiés face au danger, qui s'évaporaient une fois le danger passé. Il avait connu l'attention intéressée d'un receleur[62] toujours plus avide et, de loin en loin, la douceur d'un sourire de gitane, mais, l'affection assurée et durable sur laquelle un enfant bâtit son univers et s'en-

---

62. Recéleur : qui détient le produit d'un vol.

dort tous les soirs dans une quiétude[63] heureuse, jamais il n'avait su ce que c'était.

Les mules trottaient. Au fil des heures, au fil des jours, le paysage se déroulait. Dans l'entrebâillement des mantelets, Pedro distinguait des terres calcinées, des îlots de verdure, des montagnes boisées et d'autres fauves et chauves. Il n'était plus dépaysé à force de dépaysement. Il s'éloignait tous les jours un peu plus de son lieu d'enfance et de son temps d'enfance aussi. Il se laissait emporter par le destin qui lui avait fait rencontrer un navigateur au regard bleu et à la parole laconique[64].

Quand l'attelage vint se heurter à un flot humain étiré le long de la route, le cocher fit claquer son fouet en demandant le passage. Pedro se mit à la portière et il vit une centaine de femmes et d'enfants, de vieillards gémissants et d'autres affreusement silencieux, qui marchaient, harassés et tristes, repliés sur eux-mêmes pour oublier la terre des ancêtres perdue, la maison où ils étaient nés, avaient travaillé et aimé, souffert aussi et prié à la lueur des chandelles rituellement allumées. Les hommes valides encadraient le troupeau. Des ânes portaient les richesses qu'ils avaient pu soustraire à la rapacité des persécuteurs, mais il leur fallait abandonner parfois une partie de ces misérables biens pour hisser en croupe un aïeul chancelant, une femme sur le point de mettre au monde un enfant de plus voué peut-être à de nouvelles persécutions. Tous ces Juifs chassés d'Espagne par un décret royal

63. Quiétude : tranquillité.
64. Parole laconique : parole rare.

devançaient les mesures d'expulsion et renouaient ainsi avec les moments les plus douloureux de leur histoire. Ils savaient que l'application du décret s'exercerait dans sa rigueur excessive. Ils allaient vers la mer, ses dangers et l'espoir pourtant d'une sauvegarde. Peuple condamné à l'errance, ils ne voulaient pas désespérer. Ils embarqueraient à El Puerto ou à Cadix et ils atteindraient un rivage hospitalier. Un jour, ils en étaient persuadés, une terre les accueillerait, qui ne serait plus d'exil.

Au moment où Pedro se pencha à la portière, une voix entonna un chant hébraïque. Elle monta d'abord, seule, dans l'étonnement général. Grave, bien timbrée, elle émut des fibres très profondes au cœur de chaque malheureux qui croyait avoir atteint les limites de l'extrême lassitude. Elle parlait de vie éternelle, de protection divine, de lait et de miel, de manne[65] nouvelle et de courage renaissant.

Christophe Colomb repoussa Pedro d'un geste trop brusque. Il se pencha à son tour vers les pauvres gens en exode[66]. Ses lèvres se serrèrent un peu plus, ses sourcils frémirent d'un mouvement aussitôt contenu. Tout le visage révélait une grande emprise sur soi même et cependant une incontrôlable tristesse le marquait.

Un vieillard leva la tête au passage de la voiture. Il ne dit rien, ne demanda rien, ne gémit pas. Il regarda seulement Colomb dans les yeux et celui-ci ne put soutenir un regard qui réveillait en lui des choses enfouies. Il se rejeta

65. Manne : nourriture miraculeuse dont bénéficièrent les Hébreux dans la traversée du désert du Sinaï après leur sortie d'Égypte.
66. Exode : sortie des Hébreux d'Égypte sous la conduite de Moïse.

sur la banquette. Dans la pénombre revenue, tandis que le rideau de cuir retombait, il écrasa ses pensées derrière ses paupières closes.

Pedro n'osa pas rompre le silence.

Un soir, ils atteignirent la mer. Elle se révéla à eux sans s'être annoncée, dans la splendeur d'un soleil couchant. La canicule était un peu tombée. Une brise courait sur les terres surchauffées. Le cocher avait roulé les mantelets des portières. Colomb, depuis un moment, ne disait rien. Savait-il qu'elle allait apparaître à ce tournant du chemin ? Sa vie tout entière était une alliance avec la mer. Il ne soufflait mot des beautés du golfe de Gênes et pas davantage des longues vagues vertes sur les côtes du Portugal. Simplement, il se tut pour assister à la rencontre d'un jeune loup dont il avait eu déjà le loisir de percer à jour le caractère, et de la mer.

Pedro étouffa un cri d'émerveillement. Ce qu'il fit ensuite, il l'exécuta dans un état second et n'en eut par la suite qu'une imparfaite souvenance. Il se pencha au-dehors, écarquilla les yeux dans la lumière en fusion du couchant et, devant ce bleu si dur, si cru, si intense, il ouvrit la portière, somnambule ébloui, sauta à terre en dépit du trot des mules. Raidi dans un trouble admiratif, il se planta au bord du chemin. Il resta ainsi, les bras légèrement détachés du corps, à noyer son regard dans un azur tel que même le ciel éclatant de Grenade ne lui avait pas permis de l'imaginer.

Un vaisseau passa dans un lointain presque irréel. Il voguait, toute sa toile gonflée pour mieux utiliser la brise.

Pedro crut avoir atteint le pays des oiseaux migrateurs.

Le cocher, bonhomme, avait arrêté ses bêtes à l'ombre rabougrie d'un olivier. Colomb descendit de voiture et s'approcha de son protégé. Il le fit à petits pas, sans déplacer le moindre gravillon, comme s'il eût voulu ne pas troubler l'instant au cours duquel l'enfant rencontrait la mer. Il se tint debout derrière Pedro et il retrouva, face à la grande étendue immobile, le regard de ses quatorze ans.

« Elle n'est pas toujours ainsi, dit-il très doucement pour ne pas rompre le charme d'un coup.

– Où irons-nous ? demanda Pedro en se retournant.

– De l'autre côté.

– C'est comment, de l'autre côté ?

– Dieu nous le montrera !

– Et il y aura quoi, de l'autre côté ?

– Les Indes[67] !

– Les Indes, c'est quoi ? »

Colomb se laissa aller à un grand éclat de rire. De deux tapes à pleines mains largement ouvertes, il enserra les épaules de ce garçon bizarre.

« Les Indes ? C'est le pays de l'or et des épices. Nous y cueillerons la myrrhe[68] comme en Arabie et nous serons les égaux des Mages venus d'Orient pour visiter l'étable où Notre-Seigneur a vu le jour. Seulement, nous, nous irons de ce côté-ci. »

Du doigt pointé sur le couchant, il indiquait la route nouvelle qui enfiévrait ses songes. Trop de livres lus,

---

67. Les Indes : Le projet de Colomb est d'atteindre les Indes.
68. Myrrhe : gomme résine aromatique.

annotés de sa main dans une retraite studieuse l'avaient convaincu du bien-fondé de son entreprise.

« Nous y trouverons aussi le cinnamome[69] qui étoile les prairies et tant de gemmes[70] que nos caravelles...

– Nos caravelles ?

– Tu les verras bientôt. Elles seront magnifiques, mes trois filles de la mer océane[71]. Elles m'auront coûté des peines pour les acquérir. Tu seras avec moi sur celle du commandement. »

La nature humaine la plus secrète éprouve à certains moments le besoin impérieux de dire, au moins une fois, le feu de ses aspirations[72] et ce qui se trouve à la limite du raisonnable au fond de l'esprit le plus prudent.

« Nous capturerons l'oiseau phénix[73], si Dieu le permet. Lui aussi est né en Arabie. Je ne l'invente pas. Des écrits l'attestent, qui sont sérieux et que les siècles nous ont légués pour affermir nos connaissances. Nous le trouverons, Chinito, et nous le rapporterons en Espagne pour la plus grande gloire de notre reine. »

L'enfant qui l'écoutait bouche bée, les yeux ronds, était un envoyé du Ciel. Sur lui, le cœur et l'esprit pouvaient se soulager du poids de toutes les prémonitions qui étaient autant d'appels au voyage.

Les heures succédaient aux heures et les jours aux jours. Pour Pedro, il y avait du bonheur à ne plus se préoccuper

69. Cinnamome : plante aromatique.
70. Gemmes : pierres précieuses.
71. Mer océane : océan Atlantique, quasiment inconnu à l'époque, et redouté des marins.
72. Feu de ses aspirations : ses désirs violents et passionnés.
73. Oiseau phénix : oiseau fabuleux qui renaît de ses cendres.

de chercher un croûton, un oignon, une poignée d'olives. Le soir, dans les auberges à l'odeur forte de friture et de harnais patinés de sueur, il lampait son écuellée avec les muletiers et les ouvriers agricoles, dans un brouhaha de voix, de cris, de chant profond, grave comme une plainte millénaire, aigu aussitôt après à la manière d'un jet de souffrance, et chaud toujours autant qu'une giclée de vin sortie d'une de ces gourdes en peau de chèvre retournée enduite de résine.

Un soir, ils firent étape dans une auberge où régnait une grande animation. Des paysans occupaient les tables encombrées de cruches et d'énormes omelettes à côté de miches dont la seule vue affolait l'appétit.

Pedro n'en croyait pas ses yeux. Il savait que de telles agapes[74] pouvaient exister, mais qu'elles fussent à sa portée, sans qu'il eût à déjouer la vigilance de l'aubergiste ou l'égoïste plaisir d'un glouton, lui était source d'étonnement.

Colomb se fit servir sous une tonnelle de vigne, un peu à l'écart, tandis que le cocher pansait les mules.

« Assieds-toi là, Chinito, et dis-moi ce que tu penses de ces pigeons farcis. »

Deux larges coups de couteau mirent les pigeons en pièces, trois coups de dents les déchirèrent. L'enfant des rues, oubliant vite sa timidité, essuyait d'un revers de main l'huile dégoulinante sur son menton. Les volailles qu'il avait mangées jusque-là avaient été dérobées sur la

74. Agapes : festin.

broche d'un rôtisseur, empoignées à même les braises, emportées toutes brûlantes et dévorées si précipitamment qu'une peur se mêlait toujours à ces régals conquis de haute lutte. Pedro ne pouvait se séparer d'habitudes de chien errant et Colomb souriait de le voir si vorace.

« Tu as le temps ! »

Sa voix était douce. Nul reproche ne la teintait. L'enfant le sut plus tard, son maître, en le regardant manger, pensait au fils sans mère qu'il avait laissé au monastère de la Rábida.

« Et ce poulet ? Est-il convenable, au moins ? »

S'il l'était ! Encore affamé par les odeurs de la cuisine sommairement installée sous les figuiers, Pedro arracha une cuisse.

« C'est bon ? »

Il répondit par des hochements de tête, la bouche trop encombrée pour pouvoir parler. Colomb le contemplait de son regard bleu, un sourire aux lèvres. Soudain, le sourire se figea et le regard se perdit par-dessus la tête du garçon. Un homme venait de traverser la cour. Colomb le suivit des yeux jusqu'à ce qu'il allât s'asseoir sur le bord d'une auge à faire boire les chevaux. Voyant son maître distrait, Pedro en profita pour détacher l'aile du poulet.

Colomb fit un geste à l'inconnu qui sembla l'ignorer. Il restait assis au ras de l'eau, les coudes sur les genoux et les pensées sans doute au loin. Le maître de Pedro devina une faim secrète, quelque nécessité qui ne voulait pas dire son nom.

« Holà ! Ne peut-on vous offrir un gobelet de vin ? »

L'autre parut sortir de ses réflexions. Il eut une grimace qui lui redonna aussitôt un air d'enfance, et il s'approcha sans se hâter, avec l'illusion de pouvoir faire croire à un regret.

« N'y allons pas par quatre chemins, dit Colomb en versant à boire. Vous m'intéressez. Asseyez-vous. »

L'homme était jeune encore. Vingt-cinq ans, peut-être. Il s'assit, comme hypnotisé par l'étranger aux manières abruptes.

« Je suis capitaine de trois navires. » Un silence suivit, au cours duquel Pedro allongea une main prudente vers l'autre cuisse du poulet. Elle n'opposa aucune résistance.

« D'où êtes-vous ? demanda encore Colomb en hésitant à passer au tutoiement que l'apparente condition sociale de son interlocuteur aurait pu lui permettre.

– Malaga.

– Comment t'appelles-tu ? Je t'ai dit qui je suis, mais je ne crois pas avoir entendu ton nom.

– El Malagueño.

– J'ai compris. »

Ils burent posément. Chacun prenait la mesure de l'autre.

« Tu t'y entends aux choses de la mer ?

– Je suis de Malaga.

– C'est vrai ! J'aurais dû m'en douter. »

Quand, au matin, ils repartirent, ils étaient trois dans le vieux carrosse grinçant et c'est ce jour-là qu'ils atteignirent Palos[75].

75. Palos : port d'Andalousie.

2
Vendredi 3 août 1492

Christophe Colomb, au matin du 23 mai, s'éveilla d'excellente humeur. Ce fut du moins ce qu'il en parut à Pedro devenu définitivement Chinito. Le garçon s'accommodait du changement d'identité. Que pouvait lui être un nom, à lui qui ne possédait rien et avait même intérêt à laisser perdre sa trace ? Le monastère de la Rábida[76], monde de silence, était encore plus silencieux dans la canicule montante. La journée serait de feu, mais, pour le moment, des zones fraîches conservaient dans le cloître un air respirable. Des parfums de fleurs s'y mêlaient à une persistante odeur d'encens et à des relents d'humidité dans les coins où le soleil ne pénétrait jamais. Chinito se dit que c'était là le lieu idéal pour se faire oublier jusqu'à l'heure du déjeuner.

« *¡Holà!*[77] Tu m'accompagnes ! » lança Colomb en traversant le cloître d'un pas pressé.

Adieu, sieste du matin ! Adieu, quiétude[78] ! Il devait obéir.

Le gamin ne se demanda pas où ils allaient. À quoi bon puisqu'il fallait partir ? Qu'importaient la direction à prendre, le but de la sortie puisqu'il fallait s'agiter, courir les ruelles brûlantes dont l'air marin ne parvenait pas à adoucir l'haleine. Il emboîta le pas à son maître.

---

76. Monastère de la Rábida : situé à Palos.
77. *¡Holà!* : en espagnol, « bonjour ! ».
78. Quiétude : tranquillité.

Ils arrivèrent ainsi devant l'église Saint-Georges où une foule se pressait. Ce n'était pas l'heure de la messe, mais le bruit s'était répandu qu'une communication royale serait faite aux habitants de Palos et que chacun devait y assister. L'église s'avéra trop petite pour contenir tout le monde. Ceux qui n'avaient pu entrer s'agglutinaient aux deux portes et les questions fusaient dans ce public inquiet, se coulaient de bouche à oreille sans obtenir de réponse. On s'énervait à cause de la chaleur et de l'attente. Il y avait ceux qui croyaient avoir deviné de quoi il s'agissait et qui multipliaient les suppositions les plus folles. Il y avait ceux qui interrogeaient tout le monde pour conjurer leur impatience, et puis les silencieux, vieux marins enfermés en eux-mêmes qui n'attendaient rien de la terre et n'aimaient que la mer en s'octroyant le droit de maudire sa cruauté.

L'arrivée de Colomb provoqua un mouvement. Pour tous, il demeurait l'étranger. Sa présence soulevait une curiosité méfiante. On avait fait état, les jours précédents, de pourparlers avec Martín Alonso Pinzón qui était un notable[79] de Palos familier de l'océan, le meilleur capitaine, le plus riche aussi. Pourquoi ne se trouvait-il pas là, Martín Alonso Pinzón, à cette heure ?

Christophe Colomb fendit la foule. Son regard glacé obligea les hommes à s'écarter. Quand ils ne le faisaient pas assez vite, un geste rude les y contraignait. Derrière son maître, se faufilant au mieux, Chinito jouait des coudes désespérément pour le suivre. Ils parvinrent à

---

79. Notable : personnalité importante.

l'autel. Colomb s'agenouilla et, pendant une minute, donna les signes du plus profond recueillement.

Un murmure flotta sur l'assistance, qui alla diminuant et fit place à un silence hostile. Le notaire de Palos, Francisco Fernandez, venait de monter à la chaire[80] de fer forgé et, un message à la main, savourait l'importance qu'il se donnait en laissant planer son regard sur les visages levés. Il fit durer cette attente jusqu'à l'extrême limite, jusqu'au moment où naquirent d'autres murmures. Alors, sentant que son autorité allait être malmenée, il déroula le message, le tint à bout de bras, chercha quelque rai de lumière venant d'un vitrail et, d'une voix forte, lut le contenu de l'ordonnance royale.

Il était rappelé aux habitants de Palos une vieille condamnation pour contrebande de laquelle ils ne s'étaient pas encore acquittés. L'amende était remplacée par l'armement de deux caravelles avec un équipement qui permettrait de soutenir une navigation de douze mois. Dans leur bonté inépuisable, les Rois Catholiques donnaient dix jours, à partir de la date où cette ordonnance serait lue en public, pour fournir les deux navires.

Le mécontentement remplaça vite la stupeur. Chacun y alla de sa désapprobation exprimée dans les termes les plus vifs. Qu'était cette histoire de contrebande oubliée de tout le monde ? Y avait-il un seul port sur tout le littoral qui ne se fût jamais essayé à la contrebande ? Et n'était-ce pas tout naturellement que des barques affrontaient les

80. Chaire : tribune dans une église.

vagues, feux éteints, ou bien glissaient au clair de lune, un inoffensif filet de pêche à la traîne pour tromper l'ennemi ? Fallait-il ôter à des marins une des joies de la mer, peut-être la plus excitante ? Dix jours pour armer deux caravelles ! On les saignait comme des poulets !

Un vieux gabier[81], connu pour son esprit frondeur et le nombre de tempêtes dont il avait réchappé, rit bruyamment, sans respect pour le lieu saint dans lequel il se trouvait. D'autres rires suivirent. Colomb comprit que la partie était loin d'être gagnée. Chinito vit passer une ombre d'inquiétude sur le visage de son maître. D'instinct, il recula jusqu'à se dissimuler derrière un lutrin[82]. De cet abri, il pouvait voir sans être vu.

Francisco Fernandez tenta de rétablir le calme en criant qu'il n'en avait pas terminé avec l'ordonnance royale.

« Écoutez ! Écoutez ! » répétait-il à ceux qui ne voulaient plus l'entendre.

Sa voix dominait à peine le brouhaha.

« Écoutez donc ! Tous ceux qui ont des comptes à rendre à la justice pour des délits ou même des crimes et ne sont pas encore passés en jugement, tous ceux-là, s'ils s'enrôlent sur les caravelles, sont assurés qu'aucune poursuite pénale ne sera retenue contre eux. »

Le rire s'étrangla dans la gorge du vieux loup de mer aux innombrables tempêtes. Ainsi pour qui, pour quoi les prenait-on ? Palos n'avait pas assez de gens dont naviguer

81. Gabier : marin.
82. Lutrin : pupitre.

était le métier ? Il fallait aller chercher des voleurs, des assassins, des mécréants[83] pour hisser la voilure ?

« C'est une offense qui nous est faite ! clama-t-il bien haut.

– Qui peut croire encore que nous avons peur de l'océan et que nous ne sommes pas capables d'aller jusqu'à l'autre bout ?...

– C'est quoi, l'autre bout ?

– Vous en voulez combien, des marins, señor Fernandez ?

– Quatre-vingt-dix ! »

Christophe Colomb avait répondu à la place du notaire. Il se tenait au centre de la nef, dos à l'autel, face aux visages mal rasés et puant le vin, qui le sondaient sans aménité[84]. Il n'eût fallu qu'un geste pour que cette masse de défiance[85] se précipitât sur lui et, le ceinturant, le renversant, le piétinant, allât avec une sorte d'allégresse[86] mauvaise le jeter dans le rio Tinto[87] où des barques attendaient le moment de gagner la haute mer.

L'homme au rire tonitruant prit une autre résolution. Il s'approcha de l'étranger, le toisa en silence puis, lentement, sûr de l'effet qu'il produisait, il descendit l'allée centrale. On lui ouvrit le passage... On lui emboîta le pas... Tous étaient rassurés de voir que l'un d'eux avait pris la responsabilité de la résistance. L'église se vida.

---

83. Mécréants : qui ne croient en rien.
84. Sans aménité : sans ménagement.
85. Défiance : désapprobation.
86. Allégresse : joie.
87. Rio Tinto : rivière rouge chargée en minéraux.

Plus la moindre attention à Colomb. Parfois un clin d'œil narquois au notaire toujours juché dans la chaire comme un hibou dans quelque échauguette[88] de clocher. Les uns rentrèrent chez eux, les autres, plus nombreux, s'égaillèrent[89] dans les tavernes.

On y attendait le retour de Pinzón. Rien ne se déciderait sans son avis et, pour tuer le temps, on vidait chopes[90] et gobelets tandis que la tension montait. Chinito fit le tour des bouges[91], silencieux comme il avait appris à l'être, plus léger qu'un courant d'air, l'œil vigilant, l'oreille en alerte. À peine le remarquait-on et il y avait bien peu d'hommes pour le reconnaître. Parfois cependant un buveur s'arrêtait de boire et s'écriait en le montrant d'un geste menaçant :

« Je t'ai déjà vu, *muchacho*[92] ! Tu étais avec l'étranger[93] ! »

Chinito s'évaporait aussitôt dans les jurons et les rires, emportant un renseignement qui pouvait devenir utile à son maître, un mot dont dépendrait peut-être l'armement des navires. Il était revenu aux jours périlleux de Grenade, y puisait une sorte de joie âcre[94] qu'il croyait avoir rejetée définitivement en se mettant au service du navigateur, mais à laquelle il avait été trop habitué pour qu'elle ne lui fût pas encore nécessaire.

Un soir, il entra dans une salle basse. Des marins s'y pressaient, nombreux. À une table était assis un homme

88. Échauguette : petite tourelle.
89. S'égaillèrent : se dispersèrent.
90. Chopes : grands verres.
91. Bouges : tavernes mal fréquentées.
92. *Muchacho* : en espagnol, « garçon ».
93. L'étranger : Colomb.
94. Âcre : amère.

vêtu de noir, avec un beau rabat[95] de dentelle. On ménageait autour de lui une distance respectueuse. Il fit servir à boire pour tout le monde et il les laissa boire le temps qu'il leur fallait. Eux buvaient et se taisaient, conscients que les conversations devaient s'éteindre afin que l'homme noir pût prendre la parole. Ils burent posément, se surveillant du coin de l'œil, avec le souci de faire durer la chope assez longtemps, mais pas trop. Ainsi le voulait leur sens de la politesse. Quand le premier reposa son pot, les autres engloutirent d'un coup ce qui leur restait.

« Alors, dit Pinzón, il faut aller chercher du gibier de potence pour enrôler des équipages à Palos ?

– Qui a dit ça ?

– Cela m'est venu aux oreilles.

– Avec un drôle d'accent, pas vrai ?

– En effet. Pas avec l'accent de chez nous.

– Té ! »

La discussion était engagée. On pouvait se mettre d'accord. Martín Alonso Pinzón laissa tomber négligemment :

« Je dois être moi-même un de ces bandits puisque je serai du voyage. »

Un silence étonné accueillit ces mots. L'armateur[96] eut au coin des lèvres une ébauche de sourire qu'il réprima.

« Je n'ai pas envie de laisser ce Christophe Colomb aller seul au pays de tant de richesses. Et vous, les gars ? Avez-vous pensé que, d'après les récits anciens conservés par des sages, d'autres navigateurs ont pris autrefois ces

---

95. Rabat : col.
96. Armateur : personne qui équipe à ses frais un navire.

routes maintenant oubliées ?... Qu'ils sont parvenus dans des contrées où l'or brille à profusion ?... Tant d'or que les palais des rois et les maisons de tout un chacun en ont les toits recouverts ?... Des maisons aux tuiles d'or, Paco ! Avec autant de tuiles que ta maison en a, elle, d'argile cuite. Est-ce que tu peux imaginer cela ? Et vous, hommes de Palos de Moguer ? L'occasion vous est offerte d'aller puiser l'or à pleines mains. Vous laisseriez à des voleurs, à des criminels ces richesses que les indigènes méprisent par ignorance et donnent à qui veut les prendre ? »

On l'écoutait, chopes oubliées, bouches ouvertes, yeux qui voyaient des rivages auxquels on avait toujours pensé, des terres qui devaient bien exister et qu'on eût voulu atteindre si la crainte d'un au-delà de l'horizon n'avait pas retenu en deçà de certaines limites. Et maintenant le señor Pinzón affirmait que ce pays était désormais accessible, qu'il suffisait de le suivre, lui, l'homme d'expérience dont on ignorait le montant de la fortune, mais qu'on savait très riche. N'aurait-il pas, sans en rien dire, déjà navigué dans ces eaux lointaines et rapporté des cargaisons précieuses ?... Qui pouvait le dire vraiment ?... On prétendait même que...

« Non seulement je ferai partie du voyage, reprit Martín Alonso mais encore, en réponse au rescrit[97] des souverains, c'est moi qui armerai les navires. J'en fournirai deux. »

Ce fut la joie bruyante soudain libérée. Pinzón sut l'entretenir. Il avait une grande habitude des hommes et

97. Rescrit : écrit officiel.

connaissait l'art de s'adresser à eux pour faire tomber les résistances.

« Lequel d'entre vous n'est pas tenté par cette aventure qui prouvera notre courage avec nos qualités de marins ? Toi, Eusebio, tu voudrais rester à pêcher les anchois sans jamais t'éloigner de la côte alors que nous reviendrons, la tête pleine de ce que nous aurons vu, les cales pleines de ce que nous aurons troqué avec ces peuples ? Tu continueras d'essuyer les tempêtes du golfe du Lion et puis celles de ta femme quand tu ne rapporteras pas assez de poisson ? »

On rit plus fort car les colères de l'épouse d'Eusebio étaient connues et plus d'un les avait subies avec le malheureux pêcheur au sortir d'un trop long temps passé au cabaret ou à un retour de la barque vide. Chinito rit aussi. Il ne connaissait pas la virago[98] mais ce rire le faisait se fondre davantage dans une assistance avec laquelle il allait partager pendant des mois, une année peut-être, l'espace vital d'une caravelle.

« J'armerai la Niña, lança Pinzón avec une œillade grivoise[99] qui s'opposait à son rabat blanc et à son austère habit noir. Tu la connais, Manolo, et toi aussi Hernandez. Vous l'avez vue à Moguer. C'est la Sancta-Clara. Comme elle est une belle petite avec des formes… »

D'un geste, il évoqua une silhouette aux charmes affichés. Les mots n'étaient pas suffisants pour célébrer les beautés de la Niña.

---

98. Virago : femme ayant l'allure et les manières d'un homme.
99. Œillade grivoise : clin d'œil empreint de vulgarité.

D'autres envols de doigts, des lignes souples esquissées dans l'espace dirent mieux que des phrases les attraits fardés de la Pinta[100]. À l'énoncé de ce nom, une femme sortit de l'ombre, provocante, la lèvre rouge et le sourcil étiré sur la tempe. Elle louvoya entre les tables, se cambra comme une nef qui défie les vagues. Aussitôt, parmi les sifflets et les interjections, la deuxième caravelle au titre tapageur déclencha les premiers enrôlements.

« Demain ! Demain ! plaisanta Pinzón. Je vous attends demain avec mes registres ouverts ! »

On but encore pour célébrer l'entrée future de Palos dans la gloire. Les brumes de l'alcool ne firent pas perdre pour autant à Eusebio son sens de l'arithmétique la plus élémentaire.

« L'étranger a dit qu'il lui fallait quatre-vingt-dix hommes. On la connaît, la Niña de Pero Alonso Niño[101], puisque Niña on l'appelle maintenant. Elle peut embarquer au plus vingt-quatre marins. Et la Pinta une quarantaine, pas davantage. Quarante et vingt-quatre font soixante-quatre. Et les autres ?

– Les autres seront sur le troisième navire. Il est à quai. Il vient de Galice, c'est pourquoi il est baptisé la Gallega. L'équipage qui l'a conduit jusqu'ici l'appelait plutôt Marigalante. Son propriétaire est Juan de La Cosa. Il nous faut bien quatre-vingt-dix hommes en tout. »

Ils étaient là, au matin du 3 août. La veille, une messe avait déjà réuni ceux qui restaient et ceux qui partaient,

---

100. La Pinta : nom donné au navire, signifie en espagnol « la maquillée ».
101. Niña, nom donné à la caravelle, signifie en espagnol « petite fille ». Il y a un jeu de mot avec le nom de son propriétaire, Pero Alonso Niño.

tous coureurs des mers, experts en pirateries, commerces négriers et coups de force dans les îles. Les uns pas rebutés par les abordages, les autres receleurs des produits de la course lointaine, ils étaient aussi des pêcheurs intrépides. Ils s'agenouillèrent sur les dalles de l'église Saint-Georges, écrasés d'émotion après l'énervement des jours derniers, prosternés devant Dieu qui les soutiendrait au bord du grand mystère.

La nuit d'août, poisseuse et sans un souffle, enveloppait encore les trois caravelles tandis que les hommes répétaient des gestes tellement connus d'eux qu'ils en devenaient machinaux et que l'on aurait presque oublié, à les exécuter, la solennité de ce départ avant l'aurore.

Colomb se tenait debout sur le château d'arrière* de la Marigalante qu'il avait rebaptisée Santa-María pour ne pas tracer une route nouvelle sous les vocables[102] de trois filles de port[103]. Il levait les yeux vers la chape de touffeur[104] qui pesait sur l'embouchure du rio Tinto. Chinito, inconscient de la gravité de l'heure, restait à portée de sa voix. Cet homme représentait son seul appui. Le garçon ne laissait rien derrière lui qui valût la peine de se retourner. Il songeait à sa famille, certes, mais il était l'oiseau qui, ses ailes faites, ne revient pas au nid. Il en acceptait la dure loi. Son cœur se souvenait de quelques douceurs d'enfance et chérissait à sa façon ceux qui avaient trouvé naturel de ne pas le retenir.

---

102. Sous les vocables : sous les noms.
103. Filles de port : qui se donnent facilement aux marins.
104. Chape de touffeur : lourde couche de chaleur.

Antonio Cabral y Bejarano (1788-1861), *Départ des trois caravelles « Pinta », « Nina » et « Santa Maria »*, XIXe siècle, peinture, Palos de la Frontera, Monastère de La Rábida.

Grande était son impatience d'aborder à des rivages où, selon les promesses de Pinzón, les palais aux tuiles d'or regorgeaient de richesses. Il se moquait bien des magnificences de l'obsessionnel métal. Il avait osé risquer une ou deux questions sur les récoltes qu'on pourrait amasser dans ces pays, et il lui avait été répondu que les orangers poussaient à foison et tant d'autres arbres dont on ne connaissait encore ni le nom, ni la saveur des fruits qu'ils donnaient.

Sur les berges, la foule grossissait. Ce n'était pas le bruyant attroupement des campagnes de pêche. Chacun ressentait la grandeur de l'heure. Personne ne savait pourtant que, ce jour-là, dans le petit port de Palos, naissait une ère de l'humanité. Mais, de l'homme à la silhouette estompée par la nuit d'août finissante, une impression étrange émanait qui forçait le respect et poussait au silence.

Le capitaine de l'armada[105] calcula que, s'il donnait le signal du départ une demi-heure avant le lever du soleil, il atteindrait la haute mer dans la splendeur rose violacé des premiers rayons.

« Au nom de Notre-Seigneur Jésus-Christ, levez les ancres ! »

Le long du mât de la Santa-María monta le pavillon* blanc frappé d'une croix vert foncé portant sur les branches les initiales des Rois catholiques[106]. L'air immobile fit de cet emblème une triste coulée de toile.

105. Armada : flotte.
106. Rois catholiques : Ferdinand d'Aragon et Isabelle de Castille.

Les caravelles durent gagner l'entrée du port à force de rames. Mais, quand elles atteignirent la barre de Saltes après laquelle s'ouvrait le large, une brise gonfla les voiles. L'écume naquit autour des étraves*. Ce fut alors une belle agitation parmi les matelots. Sur les ponts encombrés de trop de gens qui participaient au voyage, on courait à la manœuvre. Il fallait rectifier les vergues*, profiter de ce vent providentiel. Un doux balancement épousa la houle régulière et les trois grands albatros porteurs d'espérance cinglèrent ensemble vers le sud.

Christophe Colomb ne doutait pas de l'origine divine du souffle qui les entraînait. Chinito le regardait à la dérobée. Il était debout, le diable roux, tourné vers le sillage de la Santa-María et il semblait voir dans les torsades de l'eau toutes les exaspérations passées qui s'éloignaient, toutes les acrimonies[107], les humiliations éprouvées, la confiance remise en cause, les paroles retirées, les promesses non tenues. Il triomphait. Avec la terre disparaissait un monde d'incompréhension qui, jusqu'à l'heure ultime, n'avait pas saisi la gloire d'un dessein comme jamais encore on n'en avait conçu.

Dans un élan d'affection que sa trop naïve jeunesse ne put maîtriser, Chinito vint aux côtés de l'homme déconcertant. Il n'osa pas le frôler comme il en avait envie, encore moins lui parler, pas même le regarder.

«Je pars !» murmura Christophe Colomb pour lui-même.

107. Acrimonies : agressivités.

La Niña, la seule des trois qui fût une vraie caravelle, était la plus rapide. Elle volait devant par la grâce de ses voiles latines. La Pinta la suivait. Parfois, Colomb sortait de ses pensées pour surveiller la marche du navire commandé par Martín Alonso Pinzón. Chinito avait entendu des conversations de part et d'autre. Il avait assisté à des entretiens qui avaient failli se muer en affrontements ouverts après des heures d'opposition sourde, de marchandages insidieux[108], de froides politesses ou de flatteries intéressées. Il savait l'entente fragile et forcée qui liait les deux hommes aux caractères aussi fiers. Il avait perçu leur rivalité pour conquérir la richesse, la gloire, et l'or de Cipango[109]. Quand il voyait Colomb, lèvres serrées, épier les évolutions de la Pinta, il comprenait le dépit de son maître obligé de traiter avec quelqu'un d'aussi redoutable pour que le voyage pût enfin se réaliser.

La Santa-María, plus lourde, fermait la marche. Le pavillon vert et blanc claquait maintenant dans la forte brise marine, et la croix, sur les voiles gonflées, frappée au plein mitan[110] de la toile, faisait face à l'inconnu.

Chinito reçut une mission de confiance. Jointe au service personnel de Colomb, elle le remplit de fierté, mais aussi le condamnait à la perpétuelle angoisse de se rendre coupable d'un instant d'oubli. Il fut chargé de retourner les *ampolletas*. C'étaient des sabliers dont le contenu s'écoulait en une demi-heure. Dans la vie hors

---

108. Insidieux : qui dissimulent un piège.
109. Cipango : nom chinois du Japon rapporté par Marco Polo du Japon.
110. Mitan : milieu.

du temps des voiliers sur la houle toujours déserte, l'existence était fractionnée en tours de garde. La hauteur du soleil, l'apparition de la première étoile, un air plus frais venu de l'horizon ou la couleur plus rousse de la lumière, un bleu des vagues plus profond étaient autant d'indices pour se repérer dans la fuite d'un jour trop semblable aux autres. Mais cela ne suffisait pas. Chinito devint la main qui comptait les heures. Il y apporta un sérieux sans faille, cochant sur une baguette de bois tendre chaque retournement de sablier. Un quart[111] durait huit *ampolletas*. Les membres de l'équipage qui, depuis le petit matin, retendaient les écoutes*, s'usaient les yeux dans la hune* à déceler une improbable voile sur la mer ou balayaient le pont assailli par les embruns auraient mal accepté un sablier oublié.

Le 6 août, qui était un lundi, le Malagueño descendit de la vigie* à la fin de son tour de guet et signala que, depuis un moment, la Pinta élargissait ses distances avec les deux autres caravelles. Le vent soufflait pourtant. Les voiles gonflées permettaient une bonne route. Comment fallait-il interpréter cette manœuvre de Pinzón ?

À la façon dont Colomb braqua sa lunette sur le voilier qui n'était plus qu'un gros point à l'horizon, le Malagueño, Chinito sur les talons, dut comprendre comment le capitaine l'interprétait. S'il n'avait pas, comme le mousse, l'occasion de vivre quotidiennement dans l'entourage immédiat de Colomb, il était trop habitué par contre à

111. Quart : l'emploi du temps des marins est divisé en quarts (quatre heures de travail suivies de quatre heures de repos).

la vie en mer pour ne pas percevoir la rivalité profonde entre les deux navigateurs. La rumeur lui avait rapporté des informations qu'il avait pu confirmer lui-même. On parlait en mangeant la soupe de fèves. On se racontait les événements du jour, les mots entendus à la dérobée dans la promiscuité[112] du navire. Surtout, on se souvenait des propos de taverne, des bavardages sur la place de Palos et dans les ruelles. Les silences de Colomb, la brusquerie de certaines de ses attitudes disaient sa méfiance envers l'homme qui avait basé l'entreprise sur sa fortune et son habitude des gens de mer.

« Regardez ! » s'écria Chinito en tendant le doigt.

L'équipage avait vu en même temps que lui la fumée qui montait du château d'arrière* de la Pinta. Ce n'était pas une fumée d'incendie, mais la haute colonne noire du signal d'alarme. Chinito en oublia ses sabliers. Christophe Colomb donna des ordres. La Santa-María changea sa course pour rejoindre la caravelle qui appelait à l'aide. Quand les bateaux se rangèrent, flanc contre flanc, la nouvelle sauta d'un bord à l'autre :

« Le gouvernail !

– Il est sorti de ses gonds.

– Comment ça ?

– J'sais pas ! » Un gouvernail si solide !

Ce Cristóbal Quintero, propriétaire du navire, à qui on avait un peu forcé la main pour qu'il lançât la Pinta dans une opération dont elle pouvait fort bien ne jamais reve-

---

112. Promiscuité : grande proximité physique entre différents individus.

nir, n'avait-il pas intérêt à ce que le voyage s'arrêtât pour elle aux Canaries ? Au-delà commençait l'inconnu.

« Tu n'as pas remarqué quelque chose ?

– Non.

– Gómez Rascón s'entend avec Quintero. Il a déjà travaillé avec lui…

– Eh bien ?

– Il se tenait à l'écart, de l'air de celui qui ne connaît rien à l'affaire, comme s'il n'avait jamais vu un gouvernail de sa vie.

– Il voulait pas avoir des histoires.

– Il se pourrait qu'il en ait. » Chinito servit des bols de bouillon à son maître, au patron et au pilote de la Santa-María qui s'étaient réunis sur le gaillard d'arrière* pour s'entretenir d'une avarie[113] aussi inexplicable.

« Si encore la mer était démontée, remarqua Juan de La Cosa. Une vague trop dure peut entraîner un accident de ce genre. Mais la houle est régulière et nous filons bon train.

– Un gond a peut-être cédé, avança Pero Alonso Niño, le pilote, qui voulait se montrer réservé. Un point de rouille suffit. Le bois s'affaiblit. Pourtant, Quintero n'a pas la réputation d'être négligent. »

Le bouillon refroidissait et aucun des hommes ne songeait à le boire. Chinito recula dans l'ombre. Il profita de ce que chacun des trois suivait sa pensée sans oser la formuler en clair pour avaler le fond du seau. Ce lui fut un petit réconfort.

---

113. Avarie : dommage matériel survenu durant le voyage.

Car il commençait à se demander si la chance l'avait véritablement accompagné alors qu'il fuyait Grenade. La vie à bord s'était vite révélée une suite ininterrompue de tâches multiples. Les marins lui faisaient payer la protection du capitaine. On le tenait le plus souvent à l'écart. Les conversations s'arrêtaient lorsqu'il s'approchait d'un groupe, ou bien reprenaient de plus belle car on ne doutait pas qu'il rapporterait les propos à celui auquel ils étaient indirectement destinés. Sans perdre longtemps de vue les *ampolletas*, Chinito devait laver le pont, répartir les écuelles de soupe au prix de récriminations nombreuses et de mouvements d'humeur lorsque la louche n'était pas assez pleine. Il lui fallait monter dans les gréements* pour tendre un cordage, répondre à l'appel du guetteur dans la grande hune* en se hissant le long d'un filin* qui lui brûlait les paumes et les jambes.

La première ascension dans le monde aérien du navire ! Vieillard écrivant, il s'en souvenait encore. Il ressentait avec toujours autant d'acuité[114] la peur qui lui fouillait le ventre, l'impression de vertige accentuée à chaque mouvement. Il montait, il montait. S'il fermait les yeux, il craignait de lâcher prise. S'il les conservait ouverts et s'il regardait au-dessous de lui, la houle[115] l'attirait, le pont se mettait à tourner, l'horizon chavirait. Les mille grincements des agrès* mêlés au claquement des voiles le cernaient d'un vacarme assourdissant. Le pilote, en particulier, prenait un malin plaisir à lui faire trans-

114. Acuité : précision.
115. La houle : les vagues.

mettre des ordres à la vigie[116] perdue dans l'azur fouetté de vents. Chinito comprit plus tard que Pero Alonso n'était pas méchant homme, mais que, formé lui-même de cette façon au métier de la mer, il croyait agir pour le bien du mousse.

« Hé, *chico*[117] ! Monte dire à Miguel... »

Chinito crachait dans ses mains avant de saisir le cordage à l'oblique dissuasive. Un jour de malchance, ses mains s'ouvriraient, ses genoux et ses pieds desserreraient leur étreinte et il s'écraserait sur le pont ou bien disparaîtrait dans la mer. Tout serait fini alors des misères de ce monde. Chinito n'arriverait pas au pays des toits d'or et des oranges profuses[118].

À cette pensée, il crispait un peu plus les doigts sur le chanvre[119] rugueux. Ses jambes se tordaient au prix de brûlures nouvelles et il montait vers les nuages, vers le grand ciel bleu et vide, sous l'œil goguenard du matelot de veille rompu à tous les balancements du navire.

Au troisième jour, la crainte se fit moins acérée[120]. Le mât sembla perdre de la hauteur, et le vent prit un goût de sel, un parfum d'eau que Chinito remarqua pour la première fois. Le moussaillon osa regarder au-dessous de lui. L'équipage ne prêtait aucune attention à ses progrès. Les passagers qu'on avait embarqués parce qu'ils voulaient être de ce téméraire voyage et les premiers à atteindre le

116. Vigie : guetteur chargé de surveiller le large.
117. *Chico* : en espagnol, « garçon ».
118. Profuses : en abondance.
119. Chanvre : corde.
120. Acérée : aiguë.

pays du Grand Khan[121] par l'ouest bavardaient avec le capitaine. Personne ne s'occupait du garçon perdu entre ciel et mer. Alors, tout soudain, tout magnifiquement, la peur et le vertige s'en allèrent. Ils laissèrent la place à une merveilleuse impression de liberté. Chinito rit tant il était heureux. Il était oiseau. Il n'avait plus de poids, il n'avait plus de peine. Un accord venait de se nouer entre lui et la Santa-María. C'était l'heure du couchant comme en ce jour où il avait découvert la mer. Le soleil flambait. Chinito allait jusqu'au bout du monde et il fut certain d'atteindre le pays des milliers d'oranges.

Il était accroché aux vergues*, se jouant maintenant de l'oscillation régulière imposée par la houle, la poitrine emplie de hardiesse, la tête éperdue d'une joie de vivre qui lui donnait envie de chanter.

Brusquement, les hommes coururent à bâbord*. Du récipient de métal fixé à la poupe de la Pinta comme il y en avait un sur chaque navire, une seconde fois en deux jours, la colonne de fumée noire monta. En même temps, l'intervalle avec le navire se creusa de façon visible.

La Pinta se trouvait de nouveau en difficulté. Son gouvernail venait de sauter alors qu'il avait été réparé la veille et que rien ne justifiait une telle faiblesse après des années de vaillante navigation.

Le Chinito d'autrefois posa sa plume pour écouter le bruit de la pluie. Vieil homme aux doigts secs qui se faisaient douloureux à l'épreuve de l'écriture, il se

121. Grand Khan : empereur de Chine (1215-1294).

revoyait, jeune garçon vainqueur de son vertige, allant vers une énigme avec insouciance et des larmes de fatigue vite ravalées.

Lui revenaient en mémoire le front soucieux de Christophe Colomb à l'annonce de l'avarie[122] et les ordres que le capitaine donna pour que l'on fît route vers l'île de Lanzarota afin d'aborder au plus vite à la Grande Canarie.

Au plus vite ! Pedro Alvarez tendit les mains vers le brasero avant de reprendre sa plume. Au plus vite ! Le ciel tout à coup avait paru s'associer au sourd dessein du saboteur. Car sabotage il y eut. Le vieux marin, en y repensant, en était convaincu.

Il s'égarait, perdait le fil de sa narration à cause du bruit endormeur de la pluie. Pedro fit un effort pour que resurgissent de ses souvenirs la Santa-María et ses deux sœurs.

Donc le ciel, soudainement, ne fut plus avec eux. Des vents contraires obligèrent d'abord les pilotes à une navigation difficile. Puis tomba la bonace[123] tant redoutée. La Grande Canarie ne put être atteinte qu'au soir du 11 août.

Pendant que la Pinta blessée dérivait et embarquait de l'eau en essayant de gagner Las Palmas, Christophe Colomb partit à la recherche d'un navire de remplacement. Son impatience augmentait avec la fuite des jours. L'automne venait et, même dans ces régions au climat délicieux, on en sentait l'approche à de très petits riens qui mettaient une fièvre dans l'esprit du capitaine. Une teinte du ciel à certaines heures de la journée, des

122. Avarie : dégât.
123. Bonace : calme plat entre deux périodes de mauvais temps.

brumes attardées, un alanguissement des masses florales débordant en cascades des jardins clos, une tombée du soir plus rapide, la présence des lampes et des lumignons[124] qu'on avait presque oubliés en traversant l'été. L'océan avait une respiration différente pour qui le connaissait.

Il fallait trouver une autre caravelle et hâter le départ. Laissant la Niña dans les chantiers navals de Las Palmas où l'on changea ses voiles triangulaires contre une voilure carrée plus capable d'affronter le large, Christophe Colomb partit pour La Gomera[125]. Chinito y entendit parler de l'île bleue, fantomatique, qui, certains jours, apparaissait au-dessus des flots. Des pêcheurs, des marins, plusieurs femmes du port assurèrent l'avoir vue. Cela durait peu et revenait pour disparaître et réapparaître au moment même où l'on commençait à douter de ses yeux.

« Une île toute bleue, comme un morceau du ciel figé à la crête des vagues.

– Loin ?

– On ne saurait te dire.

– Loin ? insistait Chinito.

– Elle ne semble pas loin. »

Le capitaine attendait au château San Sebastian le retour de la dame qui gouvernait La Gomera. Il rentrait le soir sur son navire, lourd d'impatience et de visions pour avoir contemplé les flots si longtemps.

---

124. Lumignons : bougies.
125. La Gomera : petite île de l'archipel des Canaries.

« Sais-tu ce que j'ai appris, Chinito », dit-il un jour où il lui fallait s'abandonner à la confidence.

Le garçon n'eut pas à répondre. Son mutisme[126] était réponse. Quand le capitaine monologuait[127] au sortir de ses longs isolements, il était l'oreille patiente et le cœur reconnaissant.

« Un gentilhomme, alors que nous nous promenions sur les remparts, m'a montré l'ouest en m'assurant qu'une île apparaît parfois lorsque le temps est clair. Une île...

– Bleue.

– Tu le savais ? »

Chinito opina, intimidé d'avoir coupé la parole à son maître.

« Dis-moi ! Tu le savais ? »

Colomb le tenait aux bras de ses mains crispées.

Une excitation qu'il ne contrôlait plus s'était emparée de lui. Sa voix haletait.

« Comment le sais-tu ?

– Des pêcheurs l'ont vue. Des femmes aussi.

– C'est un appel, proféra Colomb dans un grommellement. On la voit encore de Madère et des Açores. Comment avais-je pu l'oublier ? Un homme de Madère l'a affirmé un jour devant moi au roi du Portugal. Il faut partir, Chinito !... »

Le lendemain, dans le crépuscule, sans plus d'espoir de trouver une remplaçante à la Pinta, ils revinrent à Las Palmas. La Santa-María navigua par une nuit de feu.

126. Mutisme : silence.
127. Monologuait : parlait seul.

À Teneriffe, le volcan s'était réveillé. Le ciel rougeoyait. Des coulées de lave traçaient des chemins ardents aux flancs de la montagne. L'air sentait la combustion satanique. Les marins effrayés se signaient dans l'obscurité. Le capitaine vivait de sa fièvre. Parmi les incertitudes du temps présent, une certitude lui restait chevillée au cœur. Les Indes l'appelaient.

Pinzón, après avoir dérivé pendant douze jours, ne voulut pas se séparer de sa Pinta. Elle était réparable. Plus de radoubements[128] de fortune qui les mettraient à la merci d'un paquet de mer. La coque* fut pourvue d'un gouvernail tout neuf et calfatée[129] avec soin. Ainsi, elle pouvait aller jusqu'au bout du monde. Et n'était-ce pas justement au bout du monde qu'elle voulait aller ?

Les trois caravelles retournèrent à La Gomera pour y remplir leurs cales de ce qui était nécessaire à une longue navigation. Sur les quais s'entassaient des barils d'eau, des tonneaux de viande salée, des sacs de toutes sortes et, vidé à pleins tombereaux, du bois de chauffage aussi encombrant qu'indispensable.

Le 5 septembre, le capitaine annonça que le départ était prévu pour le lendemain. Ils ne s'étaient que trop attardés dans les douceurs tropicales. L'heure était venue de couper les liens avec le Vieux Monde. L'île bleue attendait. L'impatience de Colomb se doublait d'une inquiétude. Le roi Jean, maître de ce Portugal que le navigateur avait dû quitter pour trouver des oreilles attentives au projet

128. Radoubements : rafistolages.
129. Calfatée : enduite de goudron pour empêcher l'eau d'entrer.

grandiose, se repentait sans doute de ne pas avoir armé les caravelles d'un voyage de gloire et d'or. Des vaisseaux portugais croisaient dans les parages afin de surveiller les mouvements du futur amiral de la mer océane.

« S'ils nous rencontrent, ils le feront prisonnier. »

On se répétait la menace. Comme toujours, le souci de Christophe Colomb, dit une seule fois et en peu de mots, ne se percevait plus qu'à son front barré de grandes rides et à ses silences desquels il ne sortait que pour donner des ordres brusques.

« Nous n'attendrons pas la pleine lune. Demain, à l'aube, nous partons. »

La messe les rassembla dans l'église de l'Assomption. Ils confessèrent leurs faiblesses récentes, se dépouillèrent des fautes anciennes au moment de quitter les terres connues. Oubliant que l'espace étroit d'une caravelle surpeuplée était le creuset[130] de tous les péchés, ils s'efforcèrent de devenir meilleurs avant de voguer vers les Indes du Grand Khan, le Paradis terrestre ou…

Ils hésitaient à le penser, se refusaient à en prononcer les mots. Une peur insidieuse les harcelait à l'idée du trou immense, aux confins du monde, qui les engloutirait. Leurs voix s'élevèrent en un chœur de louanges. Le prêtre traça de deux doigts tranquilles une croix au-dessus des têtes inclinées.

Chinito, seul dans un coin, à genoux sur les dalles, laissa échapper un gros soupir.

---

130. Creuset : lieu où se mêlent.

QUESTIONS SUR LE TEXTE 1

AI-JE BIEN LU ?

1 **a.** Qui est Pedro Alvarez ? Dans quelle ville est-il né ?
b. Qui est Chinito ?

2 **a.** Qu'arrive-t-il à Pedro le 12 mai 1492 (l. 128, p. 20) ?
b. Quel âge a-t-il à ce moment-là ?

3 **a.** Qui Pedro rencontre-il ensuite ? Dans quelles circonstances ?
b. Dans quelle aventure l'entraîne-t-il ?

4 Quel événement a lieu le 3 août 1492 ? Et le 6 septembre ?

J'EXPLIQUE LE TEXTE

La construction du récit

> Il peut arriver que dans un récit, un personnage raconte son histoire. Le second récit est appelé « **récit encadré** ». Les deux récits peuvent être faits par le même narrateur.

5 **a.** À quelle période de sa vie Pedro Alvarez se met-il à écrire ?
b. Dans quelle ville se trouve-t-il ?

6 Quel est son état d'esprit au moment où il prend la plume ?

7 **a.** À quelle personne (1re ou 3e) le narrateur retranscrit-il le récit de Pedro ?
b. Par quel verbe introduit-il ce second récit (p. 15-16) ?

Le parcours de Chinito

8 **a.** Quelle vie Chinito mène-t-il durant son enfance ?
b. De quoi rêve-t-il (l. 113-121, p. 19) ?

9 Dans quel pays Colomb lui propose-t-il de l'emmener ?

10 Quelle est sa réaction lorsque Colomb lui fait découvrir la mer (l. 510-523, p. 34-35) ?

11 **a.** Quelles sont ensuite ses activités à bord de la Santa-Maria (l. 1020-1040, p. 54-55 ; et l. 1110-1123, p. 58) ?
b. Que ressent-il successivement lorsqu'il grimpe au sommet du mat (l. 1124-1174, p. 58-60) ?

Les personnages

Le Voyage inspiré est un récit de voyage fictif, mêlant **personnages historiques**, ayant réellement existé (Colomb et Pinzon) et **personnages de fiction**.

— Christophe Colomb

12 Quelle première image est donnée de Colomb (l. 286-307, p. 26 et l. 345-351, p. 28) ?

13 Relevez les traits essentiels de son portrait (l. 380-394, p. 29-30).

14 Est-ce un homme de passion (l. 403-424, p. 30-31) ?

— Alonso Pinzon

15 **a.** Qui est Martin Alonso Pinzon ?
b. Quelles sont ses relations avec Colomb ? Pourquoi part-il ?
c. Quel navire conduit-il ?

Le récit de voyage : le départ et le début du voyage

— Le rêve d'ailleurs

16 Quelle image est donnée des Indes :
– par Colomb (l. 543-553, p. 35-36 ; l. 563, p. 36) ?
– par Pinzon (l. 835-848, p. 46-47) ?

— Les navires

17 Quels sont les trois navires qui composent la flotte de Christophe Colomb ?

18 Comment les hommes d'équipage sont-ils recrutés ? Combien y en a-t-il ?

QUESTIONS SUR LE TEXTE 1

> • La **personnification** attribue des caractères humains à un animal ou un être inanimé.
> • La **métaphore** crée une image en rapprochant deux éléments.

19 **a.** Identifiez les figures de style suivantes :
– « Elles seront magnifiques mes trois filles de la mer océane » (l. 555, p. 36).
– « les trois grands albatros porteurs d'espérance cinglèrent ensemble vers le sud » (l. 981-982, p. 53).
b. Quelle image est donnée des caravelles ?

— Le début de la traversée

20 **a.** De quelle ville Colomb part-il ?
b. Dans quel ordre les bateaux avancent-ils ?
21 Quelle est la première étape du voyage ?
22 **a.** Qu'est-il arrivé à la Pinta ? A-t-elle pu être sabotée ?
b. A-t-elle été réparée ?
c. Pourquoi faut-il changer les voiles de la Niña ?

Je formule mes impressions

23 « Christophe Colomb ne doutait pas de l'origine divine du souffle qui les entraînait » (l. 983-984, p. 53) : quel rapport cette phrase a-t-elle avec le titre du roman ?
24 Chinito a-t-il bien fait selon vous de suivre Colomb ?

J'ÉTUDIE LA LANGUE

Orthographe : le pluriel des adjectifs en *–al*

25 « Laissant la Niña dans les chantiers navals de Las Palmas » (l. 1221, p. 62). Accordez les adjectifs suivants : **a.** Des vêtements (royal). **b.** Des mots (banal). **c.** Des soins (médical). **d.** Des architectes (naval). **e.** Des sentiments (cordial). **f.** Des pays (natal). **g.** Des matches (amical). **h.** Des hivers (glacial).
26 Énoncez la règle. Dans la liste, quels mots font exception ?

J'ÉCRIS

Réécrire un passage de récit en changeant le narrateur

27 Réécrivez les lignes 33-42, « Il dit qu'il s'appelait Pedro Alvarez... l'air de Grenade » (p. 16) en imaginant que Pedro est le narrateur.

CONSIGNES D'ÉCRITURE
- Commencez par : « Je m'appelle... »
- Faites les modifications qui s'imposent.
- Remplacez le conditionnel « se souviendraient » par un futur.

JE ME DOCUMENTE

La chute de Grenade

Grenade tombe le 2 janvier 1492, au terme du siège soutenu par Ferdinand d'Aragon devant le refus du jeune Boabdil, dernier roi maure de Grenade, de céder la ville aux Rois Catholiques. Le voyant se lamenter devant la perte de sa capitale, la sultane Aïcha aurait dit à son fils : « Pleure comme une femme ce que tu n'as su défendre ni comme un homme ni comme un roi ! » La prise de Grenade achevait la Reconquête.

L'équipage de Colomb

Pour compléter l'armement de ses bateaux, Colomb doit recruter voleurs, hors-la-loi, fripouilles et bandits à qui on promet une remise de peine et la cessation des poursuites s'ils acceptent de s'embarquer pour une durée d'un an. Les équipages sont donc composés d'hommes durs à la peine, prompts à la révolte et à la mutinerie.

« Chinito crut sa dernière heure arrivée »

3
Jeudi 6 septembre 1492

La mer semblait vouloir contrarier l'impatience du capitaine. Loin d'entraîner les trois coques de noix[1] sur les flots où nulle voile encore ne s'était hasardée, elle étouffait ses mouvements comme pour retenir les marins au bord d'une fatale hardiesse. Ce fut une navigation lente, sans l'élan qui aurait dû porter les cœurs. L'aventure se refusait ou, tout au moins, se différait. Les Canaries restaient visibles sur l'horizon calme. La bonace[2] persista jusqu'au samedi, si désespérante que, toute la journée du vendredi, les caravelles demeurèrent en panne*. Les marins perdirent presque de vue le voyage qu'ils avaient entrepris. Les heures passaient lentement. L'équipage désœuvré s'assemblait par petits groupes sur le pont ou dormait, couché sur les planches, un rouleau de cordages ou une toile pliée.

Le soir vint, éclatant et rouge. Les vaisseaux gardaient la proue* tournée vers le disque solaire. Avait-on déjà vu un couchant qui teignait les flots tout entiers, les traversait de lumière ardente et les frangeait de feu ?

1. **Coques de noix :** petits bateaux.
2. **Bonace :** voir note 123, p. 61, texte 1.

« Moi, oui, Malagueño, j'ai vu un jour la mer aussi belle, affirma Chinito. C'était la première fois que je la voyais.

– Pas de ce rouge, *muchacho*.

– Il y a quoi, à l'endroit où le soleil se couche ?

– Le saurons-nous jamais ? C'est pour le savoir que nous sommes partis. »

Au cours de la nuit du samedi au dimanche, la Santa-María se mit à frémir. Sa carcasse craqua, ses voiles se gonflèrent, et elle grimpa au sommet d'une vague, poussée par une force venue des profondeurs. Le vent souffla, belle brise marine qui entraîna la caravelle en direction du lieu où le soleil s'était anéanti.

Chinito n'en pouvait plus de veilles et de travaux. Son jeune âge réclamait le sommeil. Profitant de l'agitation générale que la levée du vent suscitait, il se réfugia dans un angle un peu abrité dont il fit son « chez lui ». Sur un bateau aussi surpeuplé, trouver un coin à soi relevait de l'exploit et rien n'en garantissait la durée. L'espace y était parcimonieusement[3] compté. Le gamin parvenait mal à étirer les jambes. Le bois se faisait dur à son corps maigre, l'oreiller n'était que billot[4] intraitable qui traversait la nuque d'une douleur lancinante.

La fatigue terrassa Chinito d'un sommeil hâtif. À peine le garçon eut-il le temps de penser aux nuits dans les bosquets de Grenade quand, lové[5] comme animal des

3. Parcimonieusement : de façon extrêmement mesurée.
4. Billot : pièce de bois.
5. Lové : enroulé.

champs, le cœur tranquille mais l'ouïe aux aguets, il dormait sous les étoiles, parmi l'odeur tenace des jasmins.

Le premier rayon de l'aurore lui caressa la joue. Le mouvement du bateau pénétra son corps, et le sommeil s'en alla. S'en allèrent aussi les parfums de Grenade retrouvés en rêve. L'air saumâtre[6] imposa sa réalité. D'un bond, Chinito fut sur pied. Le maître avait sûrement besoin de lui. C'est alors qu'il aperçut l'horizon vide à l'arrière du navire. Partout, autour d'eux, l'eau seulement. L'eau et son ondulation verte. Et ce vent enfin décidé à les entraîner au loin.

L'île de Hierro[7], la dernière terre connue, avait disparu. Quelle impression étrange cela faisait !

Les marins se penchaient sur le bordage*, dans l'espoir de retenir encore la ligne bleutée d'une côte à fleur de houle[8]. En vain. Le fil était coupé avec le monde bien délimité. Ils avaient tout laissé, tout abandonné parce qu'on leur avait dit qu'ailleurs, par des voies à trouver, ils atteindraient le pays de l'or. L'or valait-il pareil déchirement ? Tous se posaient la question dans l'angoisse de cette route qui risquait de les conduire au néant. Un seul osa l'exprimer à haute voix.

« C'est fini », murmura-t-il dans un soupir.

Fini, les jours d'Espagne, la petite maison rouillée par l'haleine des marées, l'auberge où l'on se racontait les tempêtes pour la centième fois, les pierres des quais

6. **Saumâtre :** à l'odeur salée.
7. **L'île de Hierro :** île des Canaries.
8. **À fleur de houle :** au niveau des vagues.

si rassurantes et les galets à demi enfouis dans la terre battue.

Fini, les rentrées d'avant l'orage, la tablée d'enfants et d'aïeules autour de la soupe de poissons qui sentait l'ail et le basilic.

Fini, le lit qui voulait oublier les rigueurs du jour. Lit des naissances plus que lit des morts pour ces hommes destinés à être emportés par l'assaut d'une vague. Paillasse[9] d'une vie rude mais précieuse, à laquelle ils songeaient dans le temps presque arrêté du quart[10] interminable.

Le mât de beaupré* toujours pointé vers le ponant[11], la Santa-María filait, lieue après lieue, au travers des flots.

Sur le gaillard d'arrière*, Christophe Colomb vivait la joie de son envol loin du Vieux Monde. Chinito comprit qu'en ces moments il ne devait pas l'approcher. L'enfant, au souvenir de leur rencontre, avait besoin d'exprimer un attachement auquel le capitaine se dérobait. Déçu, il s'éloignait en essayant de dissimuler une envie d'affection autrefois masquée par la friponnerie[12] dans les rues de la ville. Et puis, soudain, le maître l'appelait, comme s'il eût été désireux de trouver un confident sûr à qui parler.

L'heure était à l'effacement. Droit dans son manteau gonflé de brise, Colomb se tenait face à l'ouest dans un bel isolement altier[13]. Son regard transperçait les réalités présentes pour en atteindre d'autres promises par Dieu.

---

9. Paillasse : mauvais lit.
10. Quart : voir note 109, p. 54, texte 1.
11. Ponant : ouest.
12. Friponnerie : fourberie.
13. Altier : fier.

Le coucher du soleil, ce soir-là encore, multiplia ses éblouissantes merveilles. Les voiles bises[14] se couvrirent d'une rutilance[15]. Les croix potencées[16], frappées en leur centre, brûlèrent d'un éclat fantasmagorique et, sur le front des matelots, un reflet de l'or espéré, tel un masque de carnaval au pays des grandes fêtes folles, estompa les soucis et les renoncements.

Rodrigo de Triana, venu de la Pinta, descendit des haubans* avec l'aisance d'un mortel détaché de la terre. C'était le marin le plus joyeux, le plus vif, celui dont on recherchait la compagnie tout en redoutant les farces. Il sauta sur le pont, monta sur le gaillard d'avant*, s'avança dans la lumière. À la proue*, il entonna le *Salve Regina*[17] selon une tradition de la marine espagnole à l'heure du couchant. Sa voix parvenait à ne pas se perdre au sein de l'immensité. Elle était belle et puissante, d'une beauté et d'une puissance qui ne recherchaient pas l'effet mais l'expression de la foi. Les gabiers[18] arrêtèrent leurs travaux. Lentement, le bonnet au poing, ils s'assemblèrent autour du bas-mât* et se mirent à chanter, insoucieux de leurs possibilités vocales, tous mus[19] par le désir de se placer sous la protection de la Vierge. Il en résulta un chœur vibrant et mal accordé. Des larmes coulaient sur certains visages, de peine exprimée, mais aussi d'émotion et de réconfort.

---

14. Bises : grisâtres.
15. Rutilance : vif éclat.
16. Croix potencées : croix à bras égaux.
17. *Salve Regina* : prière catholique, en latin, dédiée à la Vierge Marie.
18. Gabiers : marins chargés de la manœuvre.
19. Mus : poussés.

Christophe Colomb contempla ces hommes dont il avait pris la charge. Le Ciel était avec lui, il n'en pouvait douter.

Le *Salve Regina* s'achevait. Il y eut ensuite un long silence peuplé seulement par le claquement des voiles. Les marins hésitaient à se séparer, émus encore après ce chant de confiance.

« Gens de la mer, lança Colomb, nous sommes partis pour un grand dessein[20] dont nous retirerons belle gloire. Reprenez courage ! Je fais ici une promesse solennelle. L'océan est immense. Au bout est le Cathay[21]. Nous l'atteindrons parce que Dieu le veut. Nous allons poursuivre vers l'ouest. Toujours vers l'ouest. Et nous rencontrerons, je le sais, le rivage des épices. Car je vous le dis et vous l'assure : la Terre est ronde ! »

Toutes les têtes étaient tournées vers lui, sourcils froncés, lèvres serrées. Tous se taisaient. Chinito se glissa à côté du Malagueño auprès de qui il trouvait toujours, à la différence du capitaine, une affection discrète qu'un mot, un clin d'œil, un croûton partagé traduisaient.

« Dieu le lui a dit ? » s'étonna le jeune homme à mi-voix irrévérencieusement[22].

Chinito leva la tête et répondit d'un sourire. « Je vous fais la promesse, reprit Colomb après avoir laissé s'aiguiser un temps les curiosités, je vous fais la promesse de ne plus naviguer entre la minuit et le lever du jour lorsque nous aurons couvert sept cents lieues. »

20. Pour un grand dessein : pour accomplir un grand projet.
21. Cathay : ancien nom du royaume de Chine, appelé ainsi par Marco Polo.
22. Irrévérencieusement : de façon peu respectueuse.

Un murmure courut sur l'assistance, de déception et de surprise mêlées. Ce n'était que ça, la promesse ? Que voulait-il dire par là ? En quoi la nuit ou le jour pouvaient importer s'il fallait basculer dans le grand vide une fois arrivé aux limites de l'océan ?

« Je comprends votre stupeur, poursuivit le capitaine avec calme. Les Indes sont à moins de sept cents lieues[23], j'en suis convaincu. Mais s'il faut aller plus loin, elles doivent nous apparaître de jour. Car le roi et la reine, nos souverains bien aimés, dans leur générosité sans égale ont promis une récompense de dix mille maravédis[24] de pension à vie au premier, quel qu'il soit, qui apercevra la terre. »

Une ovation[25] accueillit ces paroles. Les matelots n'avaient pas toujours un maravédis dans leur ceinture quand la mer était mauvaise longtemps, le poisson rare et l'embauche difficile. Ils oublièrent qu'il fallait aller saisir au bord du grand abîme une fortune qui dépassait ce que leur esprit était en mesure de concevoir. Ensemble ils se mirent à rêver à l'incroyable magot. Chacun se prit à espérer qu'il serait le choisi de Dieu, et l'ombre tomba sur leur confiance revenue.

Les jours et les nuits passèrent ainsi. Le vent était avec les Espagnols. D'abord ils s'en félicitèrent et puis se rembrunirent. Un soir où la caravelle voguait avec un entrain renouvelé, Chinito reposait ses jambes fatiguées

23. Sept cent lieues : 2 800 km.
24. Maravédis : ancienne monnaie espagnole.
25. Ovation : applaudissements.

en les étirant sur le pont. Une conversation lui parvint. Il écouta. Deux loups de mer à l'expérience certaine échangeaient le fond de leurs pensées.

« Étrange, ce vent.

– Ouais. J'ai remarqué aussi.

– Depuis qu'il s'est levé, il n'a jamais tourné.

– Jamais.

– Tu sais quoi ? » L'autre n'avoua pas son ignorance supposée. Il attendit une explication qui allait suivre inévitablement.

« On dirait qu'il va vers un grand trou.

– Comme s'il n'arrivait pas à le remplir.

– Hein ! Tu as vu ?

– Pardi ! J'suis pas moins futé qu'un autre !

– Moi, je me dis…

– Quoi ? interrompit Chinito que tant de lenteur impatientait.

– Toi, le mousse, claque-la. On t'a rien demandé. »

Le vieux loup tenait à exposer le contenu de ses réflexions et ce n'était pas ce freluquet de protégé du capitaine qui l'en empêcherait.

« Je me suis dit, reprit-il, que, si on a la chance de ne pas tomber dans le trou, on pourra quand même jamais retourner en Espagne.

– Ouais, marmonna l'autre pour faire croire qu'il y avait pensé tout autant.

– Si le vent souffle toujours dans le même sens, comment on fera pour naviguer contre le vent ?

– Comment on fera ? » interrogea le compère en écho.

Aucun d'eux n'apporta une réponse. La crainte s'insinua dans leur esprit, plus forte d'avoir été clairement exprimée. L'idée sauta d'une cervelle échauffée à une autre. Elle s'amplifia jusqu'à pousser les hommes à maudire la bonne brise qui menait danser les bateaux sur la houle.

« Pourquoi ont-ils peur ? s'étonnait Colomb quand le patron du navire ou le pilote lui parlaient de leurs inquiétudes. Ces vents se déplacent toujours d'est en ouest et j'ai noté qu'ils empruntent une sorte de couloir. Je les ai repérés à Madère et sur les côtes de Guinée. J'ai fait mes observations. Chaque jour me convainc que j'ai vu juste.

– Ils pensent au retour.

– Dites-leur que nous décrirons une boucle pour sortir de ce couloir.

– Mais si aucun vent ne souffle de l'occident vers l'orient ? »

Colomb sourit à ces préoccupations d'un futur avant lequel devait se produire le grand événement. Il posa sa main gantée de velours sur le bras de Juan de La Cosa.

« D'ici là, nous aurons atteint les Indes. »

Chinito, que sa charge appelait régulièrement au château de poupe*, un œil sur le sable filant et l'oreille traînante, retournait les *ampolletas* et essayait de comprendre, à travers les conversations surprises, la longue vogue des caravelles.

Étrangement, il n'éprouvait pas de crainte pour le retour. Après avoir vaincu le vertige auquel sa vie à Grenade ne l'avait pas préparé, il ne redoutait que les tempêtes à venir.

« Malagueño, tu en as connu, toi, des tempêtes ?

– Si j'en ai connu ! J'étais à peu près de ton age quand j'ai embarqué pour la première fois. Les tempêtes les plus dures, je les ai rencontrées devant les côtes catalanes, en Méditerranée. La mer y pique des colères subites. Elle se soulève sans crier gare. À peine as-tu le temps de larguer[26] les écoutes* et de brasser les vergues*[27] qu'elle t'envoie son premier paquet. Et, en général, il est rude. Combien de bateaux sont allés par le fond avant même d'avoir terminé la manœuvre !

– Les vagues sont plus hautes que le bateau ?

– Ces jours-là, moussaillon, tu n'as pas à laver le pont. Elles s'en chargent. Par contre, tu peux écoper.[28] Y a de l'ouvrage.

– Mais alors, si on est sur le pont ?...

– Tu as intérêt à te cramponner ou, si tu n'es pas nécessaire aux mouvements, à ouvrir la première écoutille* que tu rencontres, à t'y enfiler au plus vite et surtout à bien refermer la trappe. Sinon...

– Sinon ?... – La vague t'envoie au royaume des poissons. »

Chinito frémissait. Il contemplait la traînée blanche que laissait le navire, sondait du regard les profondeurs et, le cœur en déroute, imaginait des lieues et des lieues verticales au sein desquelles son cri se ferait silencieux.

Que lui importaient les vents du non-retour ? Il était

26. Larguer : détacher.
27. Brasser les vergues : orienter la voilure.
28. Écoper : vider l'eau d'un bateau.

prêt à s'échapper vers des continents inconnus, à ne plus jamais revoir l'Espagne pourvu qu'un monstre écumant ne l'envoyât pas au royaume des poissons. L'expression du Malagueño le remplissait d'effroi. Le jeune homme s'en apercevait, essayait de le rassurer d'un rire.

« Nous n'y sommes pas encore, moussaillon ! Et la mer, ici, a l'air de vouloir nous rester favorable.

– Tu n'as pas peur, toi, de ne plus retourner en Espagne ?

– Non. »

La conversation s'arrêtait après cette question maladroite. Le Malagueño s'éloignait. Chinito, intérieurement, se traitait d'imbécile.

Au soir du 13 septembre, alors que la nuit tombait avec la rapidité surprenante dont elle fait preuve sous ces latitudes, une sorte de malaise oppressait l'équipage. Les hommes chuchotaient et contemplaient la mer avec défiance.

Chinito se sentait plus seul que jamais. Pourtant il ne désespérait pas de gagner un peu d'amitié.

« Encore une louche de soupe, Carlos ?

– Donne toujours. On verra après.

– Qui veut les miettes de biscuit ? Y en aura pas pour tout le monde !

– Ferme ton bec !

– Ouvre le tien, répliqua Chinito sans se laisser démonter.

– Tu nous prends pour quoi ? Pour des oiseaux ?

– De drôles d'oiseaux ! »

Paf ! Une gifle bien appliquée arrêta la discussion.

La peur, au lieu de souder les hommes, les isolait en eux-mêmes.

Et Chinito retourna les *ampolletas* consciencieusement.

Donc le soir venait, heure de paix après les cent petites besognes de la journée qui, mises bout à bout, composaient une grosse fatigue. La paix ne durait pas. Un ennemi, depuis quelques jours, ne se laissait pas oublier. Chinito regagnait, sur le gaillard d'arrière* où l'équipage ne montait qu'en cas de manœuvre, l'étroit recoin qu'il avait élu pour domaine. Rien de personnel n'y devait demeurer. Tout était dans l'idée qu'on s'en faisait. Mais le gamin, à l'écart de l'entassement du pont et des soutes, reconnaissait le bois, l'odeur, la rainure d'une planche, la trace de sel à l'angle où l'air marin avait bu l'eau du dernier brossage. C'était presque assez pour se croire chez soi si l'on avait de l'imagination et un grand désir de survivre.

La dernière *ampolleta* de son service retournée, il s'allongeait autant qu'il le pouvait et goûtait au plaisir d'être seul.

L'ennemi choisissait cet instant pour se manifester. Il commençait par un picotement sur une jambe, quelque chose d'irritant à force d'insistance. Chinito, tout occupé à chercher une position qui lui permît d'oublier la dureté des planches, n'y prenait trop garde. D'un geste machinal, il frottait son mollet gauche avec son talon droit ou bien il se grattait et essayait de trouver le sommeil en changeant de côté.

Une démangeaison lui venait à la hanche. Il se retournait encore. La démangeaison gagnait la poitrine. Une main dans l'échancrure de la chemise, il ratissait des ongles tandis que le sommeil le prenait. La démangeaison persistait. Chinito s'étrillait[29] avec rage. Sur ses épaules maigres, au creux du ventre, sous les bras, les piqûres se répondaient à un rythme de plus en plus précipité.

La Santa-María avait embarqué ses passagers clandestins au bord du rio Tinto puis à La Gomera. Le jour, on les oubliait dans les mouvements nombreux du travail. Mais, dès que l'accalmie[30] nocturne permettait d'espérer un peu de repos, la vermine se mettait en campagne. Elle était partout. On savait qu'on la trouverait bientôt dans les fèves et les pois de la pitance[31] quotidienne. On la découvrait déjà, noire, diverse et inévitable, dans la brisure des biscuits. Elle attaquait la coque* du navire plus sûrement que les lames de l'océan. Tapie dans les plis chauds du corps, elle attendait l'immobilité de ses victimes pour mettre en branle un arsenal de pattes, de suçoirs, de pinces et de dents.

Chinito ôtait chemise et culotte au clair de lune. Le vent de mer le lavait de ces assauts répugnants. Depuis combien de temps le gamin ne s'était-il pas lavé à l'eau douce ?

Il se souvenait du plaisir qu'il avait à entrer dans les canaux d'irrigation un mois plus tôt. La fraîcheur opaque montait le long des jambes, enveloppait les reins, lui arrachait des rires. Ses compagnons criaient de joie, s'environ-

29. **S'étrillait :** se frottait la peau.
30. **Accalmie :** retour au calme.
31. **Pitance :** maigre repas.

naient d'éclaboussures, et l'eau entourait leur cou d'une caresse boueuse.

Sur la Santa-María, l'eau était parcimonieusement[32] comptée. En aucune façon elle ne pouvait être gaspillée par une toilette pour laquelle la mer était inépuisable.

Inépuisable aussi était la morsure du sel.

Chemise et culotte secouées par-dessus bord éparpillaient au vent leurs hôtes acharnés. Chinito imaginait une pluie de puces et de poux tombant, imperceptibles vies, dans les flots. À ce remuement, les hardes[33] acquéraient une fraîcheur provisoire. Il les revêtait avec une sensation de petit bonheur dont il devait se contenter et d'espoir dont il devait bientôt déchanter. Tous les maudits insectes n'étaient pas allés nourrir les poissons. Beaucoup s'étaient accrochés et, sitôt la quiétude[34] rétablie, jouaient des mandibules avec une énergie accrue. Chinito finit par savoir dormir dans un harcèlement rongeur.

Il s'abandonnait au sommeil quand, le soir du 13 septembre, un remue-ménage se produisit. Les hommes quittaient leur poste pour se précipiter vers celui du timonier[35] d'où était partie la nouvelle. Chinito tenta de surprendre des mots parmi les phrases brèves lancées dans tous les sens. L'agitation était trop forte pour qu'il pût saisir goutte[36]. Il se leva et suivit ses compagnons.

« Que se passe-t-il ? »

---

32. Parcimonieusement : voir note 3, p. 71.
33. Hardes : vieux vêtements.
34. Quiétude : tranquillité.
35. Timonier : marin chargé de la barre, il dirige le navire sous le pont.
36. Saisir goutte : entendre quelque chose.

Personne ne lui répondait. Une frayeur inattendue marquait les visages. Invocations à mi-voix et jurons fusaient des bouches hérissées de barbe mal rasée. Des gestes exprimaient le désarroi[37], la peur franchement avouée. Parce que chacun avait conscience de sa fragilité devant un danger inconnu, les mots et les mouvements se chargeaient vite de colère afin de libérer l'angoisse.

Le mousse joua des coudes pour parvenir à ce qui semblait être le centre d'un drame. Il se faufila ainsi jusqu'au timon* où le timonier expliquait une vingtième fois l'étrange événement qu'il avait surpris.

« Je rajoutais de l'huile à la lampe… »

Il profitait de l'occasion pour mettre en valeur sa perspicacité[38] pas toujours reconnue.

« Quelque chose me disait que tout n'allait pas comme je le voulais. Et qu'est-ce que je vois ?…

– La boussole !

– Oui !

– Depuis quand ?

– Je sais pas.

– Où on va, comme ça ?

– Je sais pas.

– C'est où, l'ouest ?

– Je sais plus maintenant. Je sais pas ! »

Le ton montait. Les réponses du timonier ne rassuraient personne.

« Qu'est-ce qu'il y a ? demanda Chinito en écartant les matelots du premier rang.

37. Désarroi : trouble.
38. Perspicacité : flair.

– Tu vois pas ? » On lui montra du doigt la fleur de lys qui, sur le cadran de la boussole, indiquait le nord. L'aiguille s'en était légèrement écartée vers l'ouest.

« Il y a de la mauvaiseté là-dedans, dit un ancien qui avait vu bien des choses au cours de sa longue vie en mer.

– De la sorcellerie ! »

L'équipage au grand complet fixait ses regards sur l'aiguille, avec l'espoir de la voir revenir à sa position naturelle. Après les mots lancés, les prières et les menaces, le silence s'installa, lourd d'une peur d'animaux traqués.

Dans quels parages arrivaient-ils si la boussole ne pouvait plus leur servir de guide ? Le pays tant redouté des confins de la terre et de l'eau précisait ses avertissements. Tout ce qui était connu et reconnu, tant de fois vécu, laisserait bientôt la place à de grands mystères. Ceux-ci commençaient avec le déplacement de l'aiguille aimantée. Un signal était donné, une mise en garde terrible. Dieu allait punir la témérité des hommes qui avaient voulu déchirer le rideau d'ombre de sa Création.

« Dieu se venge ! cria un matelot.

– Dieu est avec nous. »

Une voix calme, froide, coupante les fit se retourner. Christophe Colomb s'était approché sans qu'ils l'eussent remarqué tant ils étaient absorbés par l'étrange phénomène.

« Ne soyez pas dans la crainte, dit le capitaine sur un ton patriarcal[39]. Ce déplacement de l'aiguille qui vous surprend m'a surpris aussi pendant mes nuits de veille.

39. Ton patriarcal : ton de chef expérimenté.

Combien de nuits ai-je passées, depuis notre départ, en compagnie de ma boussole et de l'étoile polaire ? Le sommeil m'a fui. Je ne m'en plains pas, car j'ai pu ainsi recueillir des observations capables de vous expliquer pourquoi, devant vous, l'aiguille aimantée a glissé d'un quart de quadrant vers l'ouest. Elle a *noroueste*, tout simplement, si je peux inventer ce mot. C'est que l'étoile polaire, la plus belle, la plus pure, la plus froide, la plus constante pourtant des étoiles, n'indique pas exactement le nord. »

Des protestations naquirent à ces paroles. Affirmer cela remettait en cause un des principes essentiels de la navigation. À quoi se fier, dans l'infini de l'eau, si l'on ne pouvait accrocher son regard à l'étoile du soir ?

« L'aiguille se dirige vers un autre point, reprit Colomb. Un point invisible qui attire l'aimant. C'est le véritable nord et il est fixe. »

L'intuitif capitaine n'attendit pas les questions. Il esquissa un signe un peu bénisseur qui élevait une barrière entre l'équipage et lui. Par ce signe, il se voulait aussi rassurant. Le réconfort ne fut qu'imparfait. Plusieurs se laissèrent convaincre car ils avaient trop besoin d'être convaincus. D'autres rejetèrent ouvertement ce chef d'extraction[40] obscure qui jouait les grands seigneurs et se prétendait le protégé de Dieu.

Chinito ne savait rien de la variation magnétique de la Terre. À peine la soupçonnait-on alors dans les milieux

40. Extraction : origine.

maritimes et ce n'était pas lui qui pouvait y comprendre quelque chose.

La fatigue du jour avait moulu[41] ses jambes et ses bras. Une autre fatigue, sournoisement, s'emparait de son esprit au sein de l'inquiétude générale. Il regagna le coin, soulagé de s'y trouver seul. Recroquevillé, il se mit à pleurer inexplicablement. Larmes chaudes, presque bonnes à sentir tomber sur la main qui servait d'oreiller. Larmes d'épuisement. L'exilé de Grenade vivait une cassure. Il n'était pas inquiet pour un futur qu'il concevait à peine. La préoccupation du lendemain n'avait jamais embarrassé pour lui l'heure présente. Parce qu'il fallait trouver une justification à ces larmes, il revit la maison où il avait vécu ses premières années. Le visage de sa mère apparut dans les brumes du souvenir, idéalisé par l'absence, lointain, lointain jusqu'à devenir inaccessible et incompréhensiblement radieux. Ce n'était plus la femme aux mèches huileuses échappées d'un foulard, lourde de toutes les maternités passées autant que de celle qui encombrait sa jupe lasse. C'était un visage sans voix, un front sans chagrin, des yeux lavés de toute souffrance. Des yeux noirs, doucement lumineux, qui souriaient plus que la bouche.

Les larmes de Chinito puisaient leur source à ce regard maternel venu au travers des lieues de houle déserte, de vent obstiné à emporter l'enfant toujours plus loin vers un pays toujours plus redouté de ceux qui étaient des compagnons de route et pas davantage.

---

41. Moulu : rompu.

Et Chinito se mit à rêver aux contrées supposées vers lesquelles ils allaient. Il ne pensait ni à l'or, ni aux épices. Peu lui importaient ces richesses. Il rêvait d'une couche douce pour son dos harassé, immobile, immobile surtout et non pas bondissante, roulante et balayée d'embruns comme les planches dures à son cœur autant qu'à son corps dont il devait s'accommoder. Le jour béni entre tous arriverait où la vigie* lancerait le mot « Terre ! » auquel il fallait bien croire encore si l'on ne voulait pas désespérer.

Ah ! Quel lit alors il se ferait ! Il volerait ses plumes au phénix dont le maître parlait. Comment ? Il ne le savait pas. Dans un parc plus beau encore que les jardins du Generalife, il lui tendrait un piège. Un parc enclos de murs en rempart sur des pentes escarpées. Chinito était un garçon des villes. Il n'imaginait pas les Indes autrement que sous l'aspect d'une Grenade fabuleuse. Donc, il tendrait un piège au phénix dans un buisson de roses. Et tant pis s'il devait le tuer puisque toujours l'oiseau renaissait. D'ailleurs, il ne le tuerait pas. Il n'en aurait nul besoin. Il le capturerait. Il mettrait sur la main un peu de blé d'Espagne et il le présenterait à l'oiseau au moment où celui-ci s'étourdirait de son chant. Ce serait dans les dernières heures du soir. Une brise venue des montagnes proches baignerait le jardin. Les roses fatiguées laisseraient tomber leurs pétales. Dans l'ombre du buisson, ignoré de tous, des hommes à la peau de cuivre ou d'ébène, des matelots pilleurs de perles et de gemmes[42],

42. Gemmes : pierres précieuses.

et des orpailleurs[43] dédaigneux de la beauté des roses, Chinito mêlerait les pétales de soie et les plumes de feu. Il aurait la plus moelleuse, la plus chaude, la plus réconfortante des couches. Il aurait atteint son nouveau monde.

Le sommeil le prenait dans ces rêves débridés. Quelque part les pétales tombaient encore, imprécis, opalins[44]. Les plumes se posaient, légères, irréelles. La dernière larme séchait sur la joue de l'adolescent.

Étrange coïncidence. Les phénomènes inexplicables se produisaient toujours le soir. Dieu était avec ses envoyés puisque le capitaine l'affirmait, mais il multipliait les présages à l'heure du noir venant, porteur de songes douloureux.

Le 15 septembre, les trois caravelles filaient bon train. De la Niña, un matelot cria qu'il avait vu des oiseaux. C'était encore le jour. Un héron était passé, très haut, et puis un paille-en-queue[45]. L'homme avait reconnu cet habitant des falaises tropicales à ses ailes blanches et à la longue plume qui lui donnait son nom. On se persuada que le matelot avait bien vu.

Au soir, quand Colomb annonça quinze lieues parcourues[46], un bougonnement sceptique[47] suivit l'information. Le capitaine se trompait ou les trompait. Vent en poupe, les vaisseaux avaient couvert au moins une vingtaine de

43. Orpailleurs : hommes qui cherchent à extraire les paillettes d'or contenues dans le sable de certains cours d'eau.

44. Opalins : de teinte laiteuse.

45. Paille-en-queue : oiseau de mer, à queue terminée par deux plumes longues et effilées.

46. Quinze lieues parcourues : Christophe Colomb minimise les distances afin que les marins ne sachent pas à quel point ils se sont aventurés dans des eaux inconnues.

47. Bougonnement sceptique : murmure de désapprobation exprimant le doute.

lieues. Vingt lieues qui les éloignaient encore plus du pays chrétien. Équipage et passagers contemplaient les luisances de la lune sur l'eau et interrogeaient la houle pour mieux comprendre vers quel aboutissement ils cinglaient. Chinito percevait leur angoisse et se faisait rabrouer. Assis sur le tillac*, le Malagueño chantait à mi-voix un chant dont il ne faisait qu'effleurer les paroles. Il les retenait comme s'il ne les livrait qu'avec répugnance à la brise nocturne. Chinito n'osa pas l'interrompre.

Le crépuscule avait une douceur lénifiante[48]. On aurait dit que la mer et le ciel attendaient.

Dédaigneux de l'inquiétude générale, Christophe Colomb savourait cette paix. Comme le mousse passait près de lui, il l'arrêta.

« Où vas-tu ?

– Dormir, maître.

– Dormir ! Par une nuit pareille ? »

Un reste de l'à-propos[49] hérité des rues de l'Albaïcin rendit le garçon insolent. « Après un jour pareil ? » Colomb ne s'en formalisa pas. Il suivait ses songes.

« Respire ! dit-il. L'air est comme d'avril en Andalousie. »

À ce moment la chose survint. La mer était calme. L'horizon s'assombrissait avec sérénité. Un air léger parcourait les vagues, quand, à quatre ou cinq lieues des navires, sans le moindre nuage menaçant, le plus petit indice d'orage, une branche de feu soudain tomba du ciel. Elle

---

48. Lénifiante : apaisante.
49. À-propos : répartie.

déchira l'obscurité de fulgurances[50] bleues, ferma la route d'une grille ardente avant de s'abîmer[51] dans l'onde. Les marins attendirent le fracas du tonnerre, il ne vint pas. Ils attendirent un nouvel éclair, il n'y en eut pas. La branche était seule, légère comme un signe qui aussitôt disparaît, lourde comme un mauvais présage.

4
Dimanche 16 septembre 1492

Ce dimanche-là, une herbe apparut sur l'eau.

Tout mouvement presque arrêté, l'océan sentait peser un ciel alourdi par une humidité qui se mit à tomber doucement, obstinément, comme un crachin de Galice. Les hommes tendaient leur visage rongé de sel à cette bruine qu'ils buvaient sur la peau de leurs bras, de leurs mains. Hydromel[52] des dieux, nectar providentiel, perles de transparente pureté, elle éteignait les morsures du soleil. Nombreux furent les marins au torse dénudé qui se couchèrent sur le pont, membres en croix, paupières closes, pour rafraîchir leur corps et leur âme à cette douceur.

Chinito en oublia presque de retourner ses *ampolletas*. Les cheveux gorgés d'eau, la chemise plaquée sur ses omoplates saillantes, il se livrait tout entier à la pluie, léchait ses lèvres tuméfiées[53], cueillait de la pointe de la

50. Fulgurances : brillances.
51. S'abîmer : sombrer.
52. Hydromel : boisson des dieux, faite d'eau et de miel.
53. Tuméfiées : enflées.

langue une goutte qui roulait au coin de la bouche comme une larme exempte[54] de tristesse. Le ciel mettait sur son visage des larmes de sérénité. Qu'elles étaient bonnes ! Pas joyeuses, pas tristes non plus. Bonnes seulement à la manière d'un onguent[55] qui apaise des brûlures, d'un mot d'amitié qui endort une peine.

Et l'herbe apparut.

Ce ne fut d'abord qu'une tige flottant entre deux eaux et verte à faire défaillir d'espérance. Un homme la recueillit avec un crochet fixé à une perche. Étalée sur le pont, elle fut regardée comme un signe évident de la terre prochaine. Une herbe pour ceux qui, depuis longtemps déjà, hormis les objets du navire, n'avaient vu ni touché que l'élément liquide ! Il ne s'agissait pas d'une brindille emportée par une tempête ancienne et roulée pendant des jours, pendant des mois dans l'écume des vagues. Elle était verte. Verte ! D'un vert étrange, en vérité, moiré de brun sans que ce fût la marque d'un pourrissement. Un brun avec des chaleurs de cuivre, une luisance qui peu à peu s'éteignait tandis que l'algue séchait.

Ils frôlaient la tige du doigt pour s'assurer de sa réalité, doutant de leurs yeux trop souvent trompés par les mirages de l'horizon. Elle était comme cueillie du matin. À quel roc avait-elle été arrachée ?

« Jamais vu une herbe pareille », dit un matelot en la reposant sur le plancher.

La remarque fit tomber l'exaltation. Véritablement, on

54. Exempte : dépourvue.
55. Onguent : crème.

n'avait jamais aperçu d'algue de cette sorte sur aucun des récifs qui défendent l'Espagne.

« Regardez ! »

L'homme de la hune[56] avait crié. De l'index tendu, il balayait la mer environnante. Ils se précipitèrent tous, se penchèrent par-dessus bord au risque de tomber.

D'autres herbes flottaient. Elles se balançaient sur la faible houle. L'étrave* du navire les happait. Elles glissaient le long de la coque*. Le sillage les tordait, les bousculait, les noyait dans l'écume. La tourmente passée, elles s'étalaient de nouveau, d'instant en instant devenaient plus nombreuses. Il y eut bientôt comme une prairie autour des caravelles.

« La terre ! La terre est proche ! Les herbes viennent nous l'annoncer ! »

Les équipages menaient grande joie. De la Niña, de la Pinta toujours à l'avant, arrivaient des appels, des cris d'exultation[57]. Les guetteurs s'agitaient tels de beaux diables dans leur corbeille aérienne. Chacun d'eux voulait être le premier à surprendre la montée d'un rivage sur la ligne du ciel.

Juan de La Cosa[58] fit jeter un filet pour recueillir des herbes et les observer mieux. Les mailles emprisonnèrent cette fenaison[59] étrange qui se répandit, ruisselante, sur le pont. Au creux de la verdure, un poisson se débattait. Ses écailles étaient d'or avec des reflets verts et bleus.

---

56. L'homme de la hune : la vigie.
57. Exultation : joie.
58. Juan de la Cosa : marin ami de Colomb qui lui a loué la Santa-Maria.
59. Fenaison : récolte de foin.

« *¡Es un dorado!* » s'écria le lanceur de filet en hésitant à s'en saisir.

L'or qu'ils recherchaient par-delà le monde chrétien s'annonçait sur le corps d'un poisson fabuleux. Des dorades, ils en avaient vu au cours de leurs pêches côtières, mais aucune ne ressemblait à celle-ci, jaillie des algues inconnues.

Examinées avec soin, les plantes ne laissèrent pas de les surprendre. Leur vert brun mordoré devait receler lui aussi quelque or fondu né d'une alchimie sur la terre du Grand Khan fastueux. Un détail intrigua les marins. Les tiges étaient munies de capsules rougeâtres qui devaient faire office de flotteurs.

« Ce sont des herbes sans racines, reconnut le plus pessimiste de l'équipage, un matelot natif de Venise. Elles ne se nourrissent que d'eau de mer.

– Ce sont des herbes de récifs[60] », assura un autre pour refuser l'évidence.

Comme si elle voulait démentir ces derniers propos, la houle se couvrait d'algues à perte de vue. Quelle tempête il eût fallu pour arracher pareille abondance à des rochers !

« Il y a une terre, sûrement. »

Aucun ne voulait en démordre, tant ils avaient besoin de croire à ces indices.

« S'il y a une terre, ce ne sont que des îles, dit Colomb aux passagers qui l'entouraient. Nous devons continuer notre route vers l'ouest-nord-ouest. Les Indes sont au

---

60. Herbes de récifs : herbes qui poussent sur des rochers.

bout. S'il existe des îles dans ces parages, nous les visiterons au retour. »

Le filet lancé plusieurs fois pour tenter de capturer d'autres poissons d'or, réserva une surprise. Un homard s'était laissé prendre parmi les algues. Son apparition éveilla des cris d'allégresse[61]. Pouvait-on imaginer ce paisible crustacé remontant des abîmes au-dessus desquels les caravelles avaient vogué depuis maintenant des semaines ? On atteignait des fonds plus hauts.

« La preuve ! »

Ils levèrent le nez qu'ils tenaient fixé sur les herbes. Un paille-en-queue planait en décrivant des cercles autour du grand mât.

« Sancho, un paille-en-queue ne dort jamais en mer. Avant le coucher du soleil, celui-ci aura bien regagné une terre. »

Le marin se sentait l'âme d'un paille-en-queue. Il enviait à l'oiseau ses ailes que les voiles imitaient imparfaitement, son sens de l'orientation à l'abri de toute dérivation magnétique et l'instinct héréditaire qui le lançait sur l'onde avec la certitude de rejoindre son nid.

Le messager coupa leur route, s'éloigna en direction du sud-est. Pourquoi ne le suivait-on pas ? Il eût été le pilote le plus sûr, celui qui aurait permis, au soir du même jour, de sauter dans le ressac d'une île sans doute déserte, mais qui devait conserver de l'eau de pluie au creux de ses rochers, des fruits dans ses vallons sauvages, un sable merveilleu-

61. Allégresse : joie

sement dur sous les pieds, une terre dont les hommes de la Santa-María pensaient avoir oublié le parfum.

« Au retour », répéta le capitaine.

Son œil exercé perçut les attitudes de découragement, les mots sans son que formulaient les lèvres, les gestes encore qu'ébauchés. Sa voix résonna, persuasive.

« J'espère que Dieu Tout-Puissant, entre les mains de qui sont toutes les victoires, nous conduira bientôt à notre but. »

Les algues séchaient, abandonnées. Chinito en prit une et la tint un moment dans la main, la huma, l'emporta vers son asile étroit de solitude. De l'eau restait au fond du cuveau[62] qui lui servait à laver le gaillard d'arrière*. Il y plongea l'algue pour lui redonner un peu de vie. Il voulait surtout qu'elle retrouvât ce vert qui était un rappel de la terre dont ils avaient tous tant besoin. L'indifférence au lendemain peu à peu le quittait. Le manque de sommeil et de nourriture creusait ses joues, agrandissait ses yeux en leur donnant un éclat de fièvre.

La soif surtout était pénible. Les fontaines auxquelles il avait bu avec insouciance, bruissantes de l'inépuisable trésor des sierras[63] enneigées, étaient un luxe inouï dont il commençait seulement à prendre conscience. Il lui arrivait de recréer en songe des cascatelles[64], des filets chuchotants tombant dans des bassins, des débordements qui se répandaient parmi les fleurs. Les tourterelles se

62. **Cuveau :** petite cuve.
63. **Sierras :** chaînes de montagnes.
64. **Cascatelles :** petites cascades.

perchaient sur des vasques[65] de marbre, le bec avide, le col gonflé de l'eau aspirée à longs traits. Et Chinito, songes envolés, posait à l'aurore ses lèvres sur le bois du navire pour les humecter d'un reste de rosée.

Un matin, alors qu'il dormait encore à demi et que les réalités se rappelaient à lui par des courbatures et le dur contact de sa couche, il crut entendre gazouiller des oiseaux. Une image naquit aussitôt derrière ses paupières closes. Toujours prêt à retourner en pensée vers Grenade la ville-mère depuis que l'existence à bord le malmenait, il vit des branches au feuillage avivé par l'aube, des mouvements d'ailes. Le gazouillis ne cessait pas et pourtant le sommeil s'en allait.

Il ouvrit les yeux.

À l'extrême bord du château d'arrière, trois petits oiseaux se disaient avec force pépiements les choses de la nuit et l'extravagante excursion qu'ils avaient entreprise. Trois petits oiseaux pas inquiets du tout de se trouver là et jabotant[66] à qui mieux mieux tandis qu'au bout du sillage de la Santa-María de longues bandes de jour naissant s'étiraient. Trois petits oiseaux de la terre qu'un caprice avait conduits en mer. Caprice d'un vent, caprice des petits oiseaux ? Rien de terrible puisque les trois intrépides chantaient et se lissaient les plumes tour à tour, comme ils l'auraient fait à la base d'un toit.

Chinito restait immobile pour que ne s'enfuît pas ce qu'il prenait encore pour un rêve. Appuyé sur un coude, il souriait aux visiteurs.

---

65. Vasques : bassins.

66. Jabotant : chantant.

Des arbres poussaient donc à quelques coups d'ailes d'un passereau. Et cependant la mer demeurait vide. Le capitaine gardait les yeux tournés vers le ponant sans se soucier de possibles escales en des îles qui envoyaient des messagers aussi engageants que trois petits oiseaux.

Au dernier rayon de l'aurore, ils s'envolèrent. L'agitation reprenait à la relève du matin. Les matelots qui avaient tenu les différents postes laissaient voir des airs de soulagement. Personne n'aimait ce tour de garde pendant lequel la solitude devenait lugubre. C'était l'heure où les superstitions envahissent l'esprit tandis que le corps se raidit dans la nuit finissante. À ce moment apparaissent sur l'horizon, à peine perceptibles mais terriblement présents, sortis d'une nuée, les vaisseaux désertés errant où le destin les mène. Les âmes des marins noyés remontent à la surface, et l'eau présente des moirures[67], des couleurs illusoires, des formes estompées qui rendent l'aube plus froide et l'esprit plus inquiet.

Chinito eut l'impression d'être abandonné quand les passereaux furent partis. Il regarda couler le sable dans l'*ampolleta* retournée. Pour lui qui avait des réserves de jeunesse et de vie, la course du temps ne comptait pas. Il aurait jeté des heures à la mer, offert une part de ses jours avec prodigalité[68] pour toucher plus vite au bord ardemment espéré.

Le sort lui avait joué un drôle de tour en lui faisant rencontrer l'homme des grands voyages. Chinito soupirait après le pays andalou parce qu'il ne concevait pas un

67. Moirures : reflets.
68. Avec prodigalité : sans compter.

rivage nouveau peuplé de merveilles. Et cependant il était sûr de s'adapter à tout autre monde pourvu qu'il lui offrît les senteurs de la terre ensoleillée, une branche alourdie de figues ou d'oranges, quelque porte cochère[69] au grand huis[70] condamné, un mur de pierres sèches à escalader, fleuri de giroflées ou de chélidoine[71] à la sève de sang irritante et poisseuse.

La mer ne l'attirait guère. Les voiles gonflées ne suscitaient en lui qu'un élan modéré après l'inoubliable rencontre et la joie du vertige surmonté. La vie grouillante sur l'espace restreint cerné par une étendue sans limites l'oppressait. Il voulait dévaler de nouveau les flancs d'une colline jusqu'à perdre le souffle, marcher sous la lune en une délicieuse complicité avec la nuit, fouler un sol dur et solide.

Il attendait une autre terre.

Et les trois petits messagers s'en étaient allés.

Un point, qui paraissait noir, naquit très loin dans le ciel. Chinito le vit grossir au fur et à mesure qu'il approchait, devenir clair jusqu'à être presque blanc. Et voilà qu'il lui poussait des ailes. Des ailes vigoureuses dont on distinguait peu à peu les battements. Et puis un bec. Un bec énorme. Car le point était oiseau. Il approchait, le col légèrement renversé, le goitre orangé pendu sous le bec comme un sac fripé. Il venait du nord-nord-est à la rencontre du voilier. Il hésita avant de se poser sur le toit du château d'arrière, à deux pas de Chinito. Saisi de

69. Porte cochère : grande porte à deux battants permettant de laisser passer les voitures.
70. Au grand huis condamné : dont la grande porte ne s'ouvre pas.
71. Chélidoine : plante à fleurs jaunes.

stupeur, celui-ci n'osait pas bouger. Il contemplait l'œil à la fixité jaune impressionnante, le plumage d'une blancheur parfaite et le bec disgracieux aux peaux ourlées de liserés bleutés.

« Un pélican ! »

Les matelots délaissèrent la manœuvre pour tenter de le capturer.

« N'y touchez pas ! ordonna Colomb. Ne l'approchez pas ! Cet oiseau est le signe avant-coureur de notre victoire prochaine. Jamais il ne s'éloigne de plus d'une vingtaine de lieues du rivage où il dort. Car, comme le paille-en-queue, il ne passe pas la nuit sur les vagues. S'il plane pendant le jour au-dessus des flots, c'est pour chercher sa nourriture. Ne le... »

Un geste maladroit, et le pélican s'envola dans un grand fracas d'ailes. Il monta, tournoya au-dessus du navire puis, mu par une décision soudaine, il piqua droit lui aussi vers le sud-est où les dorades nageaient à fleur d'eau parmi les sargasses[72] vertes et brunes.

« Gardons le cap », répéta Colomb.

Le vieil Alvarez, quand il eut tracé le mot « sargasses », posa sa plume pour mieux replonger en lui-même. Maintenant, il connaissait le nom des algues et l'étrave* de nombreux galions[73] déchirait la prairie fantastique.

Ses doigts secs balayèrent son front, descendirent sur les sourcils, firent la nuit en emprisonnant les paupières. Deux jours déjà qu'il écrivait. La pluie avait cessé au

---

72. Sargasses : algues. Voir « Je me documente », p. 118.
73. Galions : navires des grandes découvertes utilisés pour le transport de marchandises.

crépuscule de la veille. À présent, un silence pesait à l'intérieur de la chambre. Une clarté d'étain bruni envahissait le ciel, mettant une patine hivernale sur les meubles. Un reflet glaçait la page besogneuse tandis que les coins d'ombre devenaient plus profonds.

Loin dans l'espace, démesurément loin dans le temps et cependant si présents à la mémoire, trois voiliers cinglaient vers un monde diffus sur un océan tout à coup dépouillé de ses herbes. Les marins avaient vu disparaître ces indices à regret. Un détour de quelques heures seulement devait les séparer d'une île parée des attraits que l'on accorde aux rêves insatisfaits.

L'armada[74] volait sous un vent constant, sur une mer redevenue uniformément vide. Les lieues succédaient aux lieues. Les comptes de la Niña et de la Pinta ne coïncidaient pas avec ceux de la Santa-María. Les grognements reprenaient.

« Pourquoi notre mesure est-elle toujours en dessous des autres ?

« Pourquoi ? Tu as besoin de le demander ? »

On ne le demandait pas au capitaine. On posait parfois la question à Juan de La Cosa, aux accompagnateurs qui ne savaient que répondre. On maugréait.

Comment retournerait-on en Espagne sous un vent soufflant toujours vers l'ouest ? Interrogation obsédante. Aveu d'une anxiété. Plus le vent était favorable, plus on le redoutait.

74. L'armada : la flotte constituée des trois voiliers.

Il tomba soudain. Et tandis que les voiles pendaient, misérables, les herbes reparurent, si abondantes que les carènes* se trouvèrent prises dans un amas épais. Les proues* s'ouvraient un sillon à grand-peine. Combien de temps allait durer cette quasi-immobilité ? Faudrait-il périr dans ces eaux de fin du monde où les vents ne soufflaient plus, où les algues proliférantes[75] se heurtaient sans doute à une limite infranchissable, s'accumulaient en un mélange obscur d'eau et de végétal ? On s'était attendu à un saut dans le vide, à une cataracte cyclopéenne sur un abîme sans fond. On allait se cogner à un butoir[76].

Quand les marins regardaient à la poupe, ils voyaient avec angoisse les herbes se refermer sur le sillage et empêcher ainsi toute possibilité de retour. Que Cipango[77] ne fût pas au bout de leur route ne les décevait qu'à moitié. L'or promis par Pinzón dans les exhortations[78] de taverne avait perdu de son éclat au long d'une traversée trop pleine de risques. La mort ou quelque chose de pis encore et pour quoi ils n'avaient pas de nom les préoccupait davantage.

Le guetteur découvrait autour de lui la plus vaste, la plus formidable étendue d'algues que l'œil humain eût été en mesure de contempler. Les hommes désœuvrés se laissaient gagner par l'épouvante et le découragement.

« C'est le pays du diable !

– Nous sommes maudits !

– On ne peut pousser plus avant ! »

75. Proliférantes : qui se multiplient.
76. Butoir : obstacle sur lequel on bute.
77. Cipango : nom donné au Japon par Marco Polo.
78. Exhortations : discours par lequel Pinzón avait incité les marins à partir.

Christophe Colomb, lui-même, fut pris d'un doute. Chinito le comprit lorsqu'il vit son maître rester dans le château d'arrière* et, de là, adresser à l'équipage des paroles brèves, moins convaincantes que d'habitude parce que, à l'évidence, moins convaincues.

« Le Ciel nous viendra en aide. Ne perdez pas l'espérance. »

Le ciel était désert au-dessus de la mer engorgée. Il était flamboiement vengeur, azur cruel, soleil de fournaise.

Un homme tenta de sonder avec une perche armée d'un croc l'épaisseur végétale. Le crochet s'enfonça. Quand l'homme le retira, il entraîna un énorme écheveau[79], fourchée d'une viscosité[80] maléfique qui engluait les bateaux pour les punir de leur témérité.

La Niña et la Pinta s'étaient rapprochées de la Santa-María, et Colomb devait subir maintenant les plaintes des trois équipages. Les griefs[81] sautaient par-dessus bord pour l'atteindre plus sûrement. À mesure que la bonace persistait, s'y mêlaient des jurons, des gestes menaçants encore à peine esquissés qui mettaient en péril l'autorité du capitaine.

Colomb affrontait le danger. D'une voix posée, il expliquait dans un espagnol marqué d'accent étranger :

« Vous voyez bien que nous n'avons pas quitté le monde de la Vie ! Ces plantes sont vivantes. Regardez leurs couleurs ! Elles vivent ! Les croyez-vous capables d'arrêter

79. Écheveau : sorte de pelote.
80. Viscosité : aspect gluant.
81. Griefs : reproches.

nos navires ? Elles s'ouvrent pour nous laisser passer. La brise va bientôt se lever. Lequel d'entre vous n'a jamais connu ce calme redoutable ? Il nous retarde, certes, mais il ne durera pas. »

Lorsque la brise revint, elle avait changé de direction. Les bateaux avancèrent vent debout[82]. Loin de s'en montrer affecté, Christophe Colomb le fit remarquer à la ronde.

« Qui a prétendu qu'aucun vent ne nous reconduirait en Espagne ? Tous à vos postes, vite ! Il n'est pas temps encore de nous en retourner. Dieu, dans Sa grande miséricorde nous envoie un signe pour que nous ayons confiance. Il pourvoira à notre retour. Son souffle nous le dit. Mais aujourd'hui, et demain encore, nous devons voguer en maintenant notre route autant que faire se pourra.

– Vers où va-t-il nous mener, ce vent que nous ne connaissons pas ? » demanda un marin porté par sa crainte à braver le capitaine.

Ce fut le début d'une foule de questions jaillissant d'un brouhaha désapprobateur.

« Il est vent du sud-est. Mais nous avons bonnes voiles et gouvernails solides. Nous garderons notre route sur le ponant.

– Voilà trois semaines que nous sommes partis ! »

Colomb voulut les rassurer une fois encore. « Nous n'avons guère parcouru que quatre cent cinquante lieues[83], dit-il.

– À savoir !

---

82. Vent debout : vent contraire à la direction suivie.
83. Quatre cent cinquante lieues : 1 800 km.

– Ceux de la Niña disent qu'on a bien dépassé les cinq cents ! » renchérit un énorme barbu.

Le capitaine eut un instant de silence. Était-ce une hésitation ? Avait-il besoin de se ressaisir ? Il posa la main sur l'épaule de Chinito. Son geste se voulait paternel et courait le risque d'être jugé ostentatoire[84].

« Quatre cent quarante-huit », prononça-t-il en détachant les syllabes.

Chinito perçut que la main tremblait légèrement.

Les herbes devinrent moins épaisses et puis, au fur et à mesure que la journée se déroulait, elles laissèrent apparaître de larges espaces d'eau turquoise. Leur balancement monotone les entraîna loin derrière les navires. Elles disparurent. Lorsque d'autres arrivèrent, si on ne les tint pas pour annonciatrices d'un rivage, on ne les craignit pas non plus. Dans le secret de leur végétation, un peuple de petits animaux se cachait. Homards et dorades, pris dans les filets, apportèrent un peu de joie.

Chinito servait du vin chaud à son maître et à Pinzón et Vicente Yañez[85] venus aux ordres.

« Ce vin andalou est excellent », remarqua Colomb. Il lui manque pourtant quelque chose.

« Il a le parfum de nos vieilles terres.

– Justement ! Il lui faudrait en plus un soupçon de cannelle, un je-ne-sais-quoi de poivré, certain arrière-goût de gingembre que nous lui donnerons bientôt.

– Dieu veuille !

---

84. Ostentatoire : ici, exagéré.

85. Vicente Yañez : frère de Martín Alonso Pinzón (qui a armé les navires, voir p. 41).

– Dieu veut. »

Chinito sentit le plancher brusquement moins assuré sous ses pieds. Un tangage[86] le contraignit à s'adosser à la cloison. Le vin se mit à rouler dans les gobelets. Les trois hommes se regardèrent, surpris. Colomb se leva. En une enjambée, il fut à l'une des petites fenêtres qui donnaient sur l'eau.

« Étrange ! » marmonna-t-il.

La mer se couvrait de vagues sèches, ourlées d'écume.

Et pas un souffle sur cette tempête naissante.

« Un miracle ! se récria Colomb. Un miracle comme il n'y en eut qu'un autre dans l'Histoire. Souvenez-vous de Moïse étendant le bras au-dessus de la mer Rouge, devant Pi-Habiroth[87]. L'Éternel a imposé à la mer un mouvement inoubliable. Elle s'est ouverte[88] pour laisser passer les enfants d'Israël et, quand le peuple élu fut sauvé, Moïse étendit de nouveau le bras. Aussitôt, les flots engloutirent les chars et les cavaliers de Pharaon. »

Il parlait d'une voix hachée, bougeait sans cesse sous le regard interloqué de ses convives. Emporté par l'exaltation, il ébaucha le geste d'étendre le bras, se reprit aussitôt en un mouvement embarrassé. La mer creusait sa houle et donnait à ce visionnaire qui l'ouvrait pour la première fois du tranchant de trois proues* audacieuses, l'illusion qu'un autre Moïse était apparu.

---

86. Tangage : oscillation d'un navire, d'avant en arrière.
87. Pi-Habiroth : lieu où le peuple d'Israël a établi son campement avant le passage de la mer Rouge.
88. Elle s'est ouverte : selon le récit biblique, sur un geste de Moïse faisant appel à Dieu, la mer s'ouvre miraculeusement pour laisser passer les Israélites et se referme sur les Égyptiens à leur poursuite.

« Et le peuple d'Israël fut sauvé ! » enchaîna-t-il.

« Au souffle de tes narines, les eaux se sont amoncelées. Les courants se sont dressés comme une muraille. Les flots se sont durcis au milieu de la mer... »

Soudain il eut conscience de sa fougue haletante et des paroles de L'Exode[89] qu'il citait avec trop de passion pour ne pas intriguer ceux qui l'écoutaient. D'où lui venait une telle ardeur pour le peuple d'Israël, à l'heure où les Rois Catholiques chassaient les Juifs d'Espagne, devait se demander Pinzón toujours à l'affût d'une arme nouvelle dans sa course vers les terres fabuleuses. Et Vicente Yañez s'interrogeait aussi sans doute.

Chinito, le pot de vin serré contre son cœur, les omoplates collées à la paroi de la cabine et les jambes écartées, les orteils crispés pour conserver un équilibre toujours plus compromis, surprit des airs interrogateurs, des regards échangés qui confirmaient des doutes.

Colomb sortit de la chambre capitane. On menait sur le pont le branle-bas des tempêtes. Tout ce qui avait été abandonné dans une certaine instabilité sur les planches en dos d'âne pendant les heures de la bonace était lié, emporté dans la cale*. Voiles ferlées[90], vergues* brassées, les trois navires affrontaient le début de la tourmente. Pinzón et Vicente Yañez voulurent regagner leurs bâtiments avant qu'il ne fût trop tard.

---

89. L'Exode : second livre de l'Ancien Testament qui raconte la fuite des Hébreux hors d'Égypte sous la conduite de Moïse.
90. Ferlées : pliées.

Chinito ne voyait plus rien, n'entendait plus rien. Il lui semblait que le vaisseau allait s'engloutir dans ces creux d'un vert qui virait au noir.

« Jamais rencontré une tempête comme celle-ci », grogna le Malagueño.

D'énormes rouleaux accouraient de l'horizon. Ce n'étaient pas des vagues déferlantes qui écrasent leur masse furieuse sur la coque* des navires, se heurtent et s'entrechoquent en de grands assauts d'écume emportés par le vent. Le ciel ne prenait pas part aux mouvements de l'eau. La mer était soumise à un bouleversement interne. Les vagues se succédaient avec des creux toujours plus vertigineux dans lesquels les nefs disparaissaient avant de resurgir, de se hisser sur une crête[91] en un instant d'équilibre et de s'engloutir de nouveau dans une fosse marine. On eût dit un grain[92] issu du pays des songes.

Les marins connaissaient des sommeils au cours desquels les orages traversés hantaient leurs cauchemars. Les vagues venaient d'un lointain sans limites. Elles se jetaient avec des éclatements silencieux sur les épaves abandonnées à leur furie, s'acharnaient jusqu'au réveil du dormeur hébété tout surpris de se trouver sur un pont paisible ou sur la paillasse bienveillante de ses retours à terre.

Ici, le rêve était réalité. Il était angoisse car – le Malagueño ne se trompait pas – on n'avait jamais rencontré un tel phénomène. Les marins, pris par les actions d'ur-

---

91. Crête : sommet de la vague.
92. Grain : coup de vent accompagné d'averses.

Caravelles dans la tempête, école anglaise, XXe siècle.

gence que la tempête réclamait, en oubliaient leur peur. Ils écopaient les paquets de mer embarqués à chaque soubresaut.

Chinito crut sa dernière heure arrivée. Il demeurait seul dans la pièce du capitaine. La cruche de vin toujours serrée lui apportait le réconfort d'un reste de chaleur. Mais où aller ? Le plancher basculait. Les gobelets abandonnés roulaient, tombaient de la table, roulaient encore, dans un sens, dans l'autre, au gré de chaque mouvement.

Le malheureux avala une gorgée de vin pour se donner du courage et en resta étourdi. Le liquide, dans son estomac, participait au tournoiement général. Chinito posa la cruche au pied du lit et tenta d'aller à la recherche d'un peu d'air frais. La cruche, aussitôt renversée, et les gobelets le poursuivirent jusqu'à la porte avant d'entamer un reflux[93].

Colomb avait regagné le château de poupe*. Il se tenait entre deux piliers dans la galerie. Son œil s'allumait à la vue des manœuvres de l'équipage. Les jours d'attente et de calme plat étaient terminés.

En sortant de la cabine, Chinito fut projeté contre un de ces piliers. Il l'étreignit à pleins bras, y resta agrippé. Enfin, quelque chose de solide et de sûr, un appui qui ne se dérobait pas !

« Ne reste pas là, *grumete*[94] ! » ordonna le capitaine.

Sur le moment, le jeune garçon ne comprit pas pourquoi on le renvoyait. Ce ne fut que plus tard, lorsqu'il eut

93. Reflux : mouvement de recul.
94. *Grumete* : mousse.

appris à mieux connaître les hommes et surtout quand, vieillard à la recherche de ses souvenirs lointains, il se rappela l'exaltation du navigateur, qu'il saisit les raisons de cet ordre.

Christophe Colomb avait voulu être seul dans cette immensité pourtant à peine à la mesure de ses rêves pour refaire mentalement le geste de Moïse et renouer avec un peuple persécuté sur le nom duquel il gardait toujours le silence.

Chinito abandonna à regret le pilier protecteur. Une montagne choisit ce moment pour soulever le navire. La Santa-María se cabra, toute grinçante et gémissante, à l'arête de la vague et puis se jeta dans un gouffre où le jour lui-même avait des couleurs d'eau profonde. Le pauvre grumete se trouvait en haut de l'échelle. Il sentit que le sol se dérobait sous lui, lança désespérément les bras pour s'accrocher à quelque relief capable de le sauver. Il y eut un grand vide, une chute de plus en plus douloureuse à chaque rebond sur l'échelle, et la violence du choc quand la tête heurta le plancher inférieur.

Il était à demi assommé, incapable du moindre mouvement. Une douleur le clouait aux planches. Il la bénissait presque, cette douleur qui lui imposait de faire corps avec le navire. Il ne tenta pas de se relever. Son nez saignait doucement comme une petite source épuisée donne ses dernières gouttes. Des aiguilles brûlantes irradiaient leurs piqûres de l'épaule droite au cou. Des élancements lui venaient, loin, très loin, de l'extrémité de la jambe.

Mais il adhérait de toutes ses forces à la Santa-María malmenée. Il en percevait les soubresauts courageux. Si la coque* se disloquait, il se disloquerait lui aussi. Ils iraient ensemble par le fond qu'il avait tenté de sonder avec effroi pendant les jours de navigation paisible et imaginé surtout, dans la mesure où son esprit pouvait recréer des fosses de silence. Il allait y descendre vers une nuit sans fin, une éternelle immobilité.

La silhouette flottante du Malagueño apparut. Elle dansait au-dessus du pont, en quête d'un équilibre. Les bras tendus appuyaient comme un balancier sur l'air épaissi. Au-delà du bordage*, le ciel virait au noir progressivement.

Le Malagueño s'abattit plus qu'il ne se pencha à deux pas du blessé.

« Tu as mal, *muchacho* ? »

Chinito ferma les yeux, attendant la fin de toutes choses. La chute avait provoqué en lui un engourdissement.

« Ne reste pas là ! »

L'homme le prit dans les bras et le souleva. Il se carra[95] sur ses jambes solides pour s'assurer un aplomb. Chinito se crut emporté dans un monde où tout chavirait. Alors que son sauveteur essayait, en le ménageant beaucoup, de le déposer à l'abri dans la resserre à voiles du château de proue*, le ciel s'ouvrit brutalement. Des trombes d'eau s'écrasèrent, lourdes autant que des cascades et inépuisables comme elles. Cela faisait maintenant un bruit d'enfer. Les vagues hurlaient de tous les côtés à la fois.

95. Se carra : prit appui.

Elles assaillaient leur proie avec une violence acharnée et l'on pouvait se demander pourquoi la Santa-María ne sombrait pas.

« La fin du monde ! gémit un matelot réfugié dans le coin le plus obscur.

– Nous allons y passer », grogna un compagnon de panique.

Sa remarque se poursuivit par une prière à la Vierge, marmonnée d'un ton rageur. C'était plus un règlement de comptes qu'une oraison[96]. L'homme s'en prenait à la Mère Protectrice qui avait permis qu'un fou les entraînât en des contrées où jamais chrétiens n'étaient allés. Il rongeait les mots de soumission adorante avec colère, demandant le pardon de ses fautes d'une voix pleine de ressentiment et ne s'apaisa que dans un « ainsi soit-il » chargé de la résignation[97] des gens de mer.

« Tu as mal à la tête ? s'enquit[98] le Malagueño en posant une main précautionneuse sur le front de Chinito.

– Non.

– Tu as mal où ?

– Au cœur... »

Un hoquet vint appuyer la réponse. Il sembla au garçon que son estomac se retournait.

« *¡Vaya!* dit le Malagueño. Si ce n'est que ça ! »

Il partit vers d'autres tâches. Le mal de mer passerait avec la tempête. Mais tant que la tempête durerait, cent tâches resteraient à accomplir.

---

96. Oraison : prière.
97. Résignation : fait de renoncer à lutter.
98. S'enquit : demanda.

QUESTIONS SUR LE TEXTE 2

AI-JE BIEN LU ?

1 Retrouvez la chronologie des événements. Reliez chaque date à l'événement correspondant.

Le jeudi 6 septembre •	• Les matelots arrivent sur la mer des Sargasses.
Le 13 septembre au soir •	• Une violente tempête s'abat sur les navires.
Le dimanche 16 septembre •	• Le grand départ.
Quelques jours plus tard •	• La boussole n'indique plus le nord.

J'EXPLIQUE LE TEXTE

Le parcours de Chinito

— Les difficultés du voyage

2 Le jeune Chinito supporte-t-il physiquement le voyage ? De quoi manque-t-il principalement (l. 32-46, p. 71-72 ; l. 702-712, p. 96-97) ?

3 **a.** Quel « ennemi » a-t-il à combattre (l. 291-292, p. 81 ; l. 357, p. 83) ?

b. Réussit-il à s'en débarrasser ?

4 Quelle épreuve la tempête constitue-t-elle pour lui (l. 1069-1134, p. 111-113) ?

— Amitié, rêves et désillusions

5 Avec quel marin Chinito entretient-il des relations privilégiées (l. 231-267, p. 79-80 ; et l. 1092-1108, p. 112) ?

6 Quels souvenirs l'assaillent lorsqu'il est malheureux (l. 454-476, p. 87) ?

❼ Quels rêves fait-il ? Quel est le mode utilisé (l. 483-507, p. 88-89) ?

❽ Que ressent-il lorsque les « trois petits oiseaux » sont partis (l. 755-781, p. 98-99) ?

❾ Chinito est-il finalement attiré par la mer (l. 772-779, p. 99) ? Justifiez votre réponse.

Le personnage de Colomb

— L'image de Colomb

❿ Par quelle expression le narrateur désigne-t-il Colomb (l. 762-763, p. 98) ?

a. Comment Colomb vit-il son « envol loin du vieux monde » (l. 83-95, p. 73) ?

b. Quelle image le narrateur donne-t-il alors de lui (l. 92-95, p. 73) ?

— Les relations entre Colomb et l'équipage

⓫ Analysez les arguments utilisés par Colomb pour encourager l'équipage (l. 127-159, p. 75-76).

a. Comment appelle-t-il les matelots ?

b. Quelle promesse solennelle leur fait-il ?

c. Quelle récompense est destinée à les motiver ?

⓬ À partir de quel moment Colomb lui-même est-il pris d'un doute (l. 872, p. 103) ?

⓭ **a.** Par quels arguments calme-t-il les marins (l. 895-932, p. 103-105) ?

b. Sur quel ton s'exprime-t-il (l. 893-894, p. 103) ?

c. Quels principaux types de phrases utilise-t-il ?

d. Quel intérêt voit-il à évoquer les épices (l. 947-950, p. 105) ?

⓮ Pourquoi en vient-il à citer Moïse (l. 962-980, p. 106-107 ; et l. 1060-1064, p. 111) ?

QUESTIONS SUR LE TEXTE 2

L'équipage

— Les premiers jours de la traversée

15 Quel est l'état d'esprit des marins lorsqu'ils voient l'île de Hierro disparaître à l'horizon (l. 56-80, p. 72-73) ?

> L'**anaphore** est une répétition de mots ou de groupes de mots en début de vers ou de phrases.

16 **a.** Relevez l'anaphore (l. 67-80, p. 72-73).
b. Quels souvenirs les marins évoquent-ils ? Quel est l'effet produit ?

17 Pourquoi les marins chantent-ils un chant à la Vierge Marie (l. 108-120, p. 74) ?

18 Quel argument de Colomb les motive (l. 160-168, p. 76 ; et l. 152-159, p. 76) ?

— Peurs, inquiétude, fausses joies

19 Pourquoi la direction du vent inquiète-t-elle les marins (l. 176-201, p. 77) ?

20 Quels différents sentiments les marins éprouvent-ils :
a. lorsqu'ils constatent que la boussole n'indique plus le nord (l. 366-372, p. 84) ? Relevez des termes précis.
b. lorsqu'ils voient des herbes flotter sur l'eau (l. 609-623, p. 93) ?
c. lorsqu'ils se découvrent prisonniers des algues (l. 846-892, p. 102-103) ?

> Pour raconter ou décrire, le narrateur du *Voyage inspiré* peut adopter son propre **point de vue** ou le point de vue d'un personnage.

21 Quel terme le narrateur utilise-t-il pour désigner Colomb (l. 1121-1123, p. 113) ? Quel point de vue adopte-t-il ?

J'ÉTUDIE LA LANGUE

Orthographe : l'accord des participes passés

22 Justifiez l'orthographe des participes passés en gras.
a. « Les tempêtes les plus dures, je les ai **rencontrées** devant les côtes catalanes... » (l. 233-234, p. 79).
b. « Colomb annonça quinze lieues **parcourues**... » (l. 524, p. 89).
c. « Combien de bateaux sont **allés** par le fond avant même d'avoir **terminé** la manœuvre ! » (l. 239-240, p. 79).

AIDE : Observez les auxiliaires.

Grammaire et conjugaison : l'indicatif et le subjonctif

Le mode **indicatif** exprime un fait réel ; le mode **subjonctif** un fait souhaité ou craint.

23 « Dieu veuille ! » (l. 951, p. 105). « Dieu veut. » (l. 952, p. 106).
a. Identifiez l'infinitif, les modes et temps du verbe.
b. Justifiez l'emploi de chacun des modes. Prenez en compte l'énonciateur (celui qui prononce la phrase).
c. Conjuguez le verbe à toutes les personnes du subjonctif et de l'indicatif présent.

AIDE : Pour le subjonctif, n'oubliez pas le « que » (« que je... »).

J'ÉCRIS

Exprimer une opinion

« La mer ne l'attirait guère. [...] La vie grouillante sur l'espace restreint cerné par une étendue d'eau, l'oppressait. Il voulait dévaler de nouveau les flancs d'une colline [...], fouler un sol dur et solide. » (l. 772-779, p. 99)

QUESTIONS SUR LE TEXTE 2

24 Et vous ? Êtes-vous attiré par la mer, la campagne, la montagne, la ville… ? Rédiger un paragraphe dans lequel vous justifierez votre choix.

CONSIGNES D'ÉCRITURE
- Rédigez à la première personne.
- Commencez par : « J'ai toujours été attiré par… En effet… » ou par « À y bien réfléchir, je pense que c'est… qui m'attire le plus. En effet… »
- Donnez vos raisons ; appuyez-vous sur votre expérience.

JE ME DOCUMENTE

La mer des Sargasses

La mer des Sargasses, qui se situe au nord-est des Antilles, doit son nom aux longues algues brunes flottantes qui la recouvrent, concentrées par les grands courants marins, emprisonnant les navires. À cet endroit précis, l'angle formé par le nord magnétique et le nord réel diminue, ce qui terrifie l'équipage.

« Terre ! »

5
Mardi 25 septembre 1492

Le calme revint et l'angoisse avec lui. Des oiseaux volaient au-dessus du sillage, se posaient sur les navires, mais les marins, comptant les jours de navigation qui les éloignaient de leur pays sans les conduire vers une autre terre, ne ranimaient plus leur volonté à la contemplation de ces battements d'ailes. Ils ne croyaient plus aux présages. L'agitation, d'abord dissimulée, se montrait à présent sans retenue. La grogne renaissait chaque matin, alourdie parfois de menaces à demi formulées.

Colomb restait à son poste, sans rien dire du tourment qui l'habitait, mais que Chinito, dans sa quête éperdue d'un peu d'affection, décelait. Il contemplait le ciel, clouait son regard clair aux soleils levants pour lire dans leurs teintes safranées ou violentes des raisons d'espérer, défiait les couchants qui se dérobaient sans cesse. La nuit, le visage tourné vers les étoiles, il murmurait des paroles inintelligibles, à lèvres serrées. Chinito prêtait l'oreille, entendait parfois des mots dans une langue qu'on ne parlait pas à Grenade. Puis le silence retombait. À mesure que le temps passait, Colomb devenait plus farouche. Une passion secrète le corrodait[1] qu'il dominait par d'inces-

1. **Corrodait :** rongeait.

sants efforts de volonté. Il n'y avait plus de place pour le geste amical des premiers jours ni pour des paroles réconfortantes. Le capitaine poursuivait le soleil jusque dans les chemins d'étoiles. Il scrutait les points lumineux, les interrogeait au long des nuits, traçait des relevés afin d'établir une route. Quand dormait-il ? Les jurons qui montaient vers lui, les soupirs et les lamentations glissaient sur les plis de son manteau comme averse d'avril.

Chinito s'alarmait de la tension croissante. Chaque communiqué du nombre de lieues parcourues soulevait des protestations de moins en moins étouffées.

« C'est faux ! » hurla une vigie* à l'annonce de douze lieues, le 21 septembre.

Christophe Colomb ignora ce cri, mais il toisa l'homme avec insistance avant de tourner les talons.

« On en a fait quatorze, sinon plus ! »

Ce soir-là, des groupes se formèrent. Les marins discutaient entre eux avec force gestes. Les gentilshommes[2] se tenaient à l'écart, rassemblés eux aussi, l'aveu de la peur retenu sur les lèvres parce que leur grand chapeau à bord relevé et leur court manteau de brocart[3] imposaient un style de comportement. Christophe Colomb restait seul à la poupe. Des pétrels[4] planaient autour du grand mât. Ils n'étaient plus oiseaux d'espoir, mais de mauvais augure[5] tels les charognards qui accourent, conduits par un instinct surprenant lorsqu'une vie, en un coin oublié, va s'éteindre.

---

2. Gentilshommes : nobles, personnages importants.
3. Brocart : étoffe brochée de soie, d'or ou d'argent.
4. Pétrels : oiseaux de mer.
5. Mauvais augure : mauvais présage.

Et pourtant, les voiliers voguaient avec constance en direction du point désiré où le soleil, à son coucher, se dérobait toujours. Un vent les poussait, qui rendait la navigation facile et laissait trop de liberté aux équipages. Le temps se serait déroulé sans histoires si on avait su où l'on allait.

Chinito comprit qu'une mauvaise affaire se tramait lorsqu'il surprit des remarques qui ne voulaient plus être entendues. Un homme parlait à un autre avec des mots chuchotés. Il se tut à l'approche du mousse. On se méfiait de l'enfant aux *ampolletas* trop familier de la chambre du commandement.

Le garçon passa, feignant l'indifférence, mais l'oreille tendue et le cœur étreint d'une crainte diffuse. Il s'attarda au rangement de cordages, sans parvenir à surprendre le moindre mot. Les deux hommes se séparèrent sur un hochement de tête. Un accord venait d'être passé.

L'un s'est coulé ensuite dans l'écoutille* pour porter son message au ventre du navire où l'ombre se prêterait à un colportage feutré[6]. L'autre est allé vers un groupe qui jouait aux dés l'or futur des Indes. Les conciliabules[7] ont repris, les hochements de tête aussi. Ensuite, le conspirateur[8] est monté dans la voilure. Il a glissé le long des vergues* jusqu'à la hune*. Le message, en plein ciel, au milieu des cris des goélands trompeurs, pouvait s'exprimer librement, inaudible pour ceux qui grouillaient

6. Colportage feutré : propagation discrète du message.
7. Conciliabules : réunions secrètes de personnes soupçonnées de mauvaises intentions.
8. Conspirateur : qui prépare un complot.

en bas, sur le pont des misères, de la soif, de la peur et presque de la haine.

À aucun moment, le messager ne s'est approché du château de poupe[9].

Chinito a senti la menace, d'autant plus effrayante qu'elle se dérobait. Il est allé trouver le Malagueño. Depuis que l'homme l'a relevé après sa chute et soigné avec des gestes doux qui voulaient passer pour indifférents, une amitié est née entre eux. Mais le Malagueño est déroutant. Il ne veut rien dire de sa vie passée, ne parle pas du présent et semble se préoccuper nullement de l'avenir.

« Pourquoi t'es-tu embarqué, Malagueño ? »

Quand Chinito a posé cette question, il a su tout de suite qu'il avait commis une erreur. On ne posait pas certaines questions au Malagueño. Et d'ailleurs, le Malagueño détestait les questions quelles qu'elles fussent. Il a eu un froncement de sourcils à peine esquissé, mais qui a mis pourtant de la nuit dans ses yeux. Après avoir suivi le vol d'un pétrel avec une attention feinte qui lui permettait de ne pas répondre, il a cherché d'autres oiseaux dans le ciel.

« Là ! Regarde ! s'est-il écrié un peu trop vite en étendant le bras. Une frégate. On l'appelle encore aigle des mers. »

Par la suite, Chinito n'a plus osé poser de questions. Maintenant, il lui fallait savoir.

« Malagueño, tu es au courant de quelque chose ? »

Son ami détourne la tête. L'amitié entre eux défie la vague qui risque de les emporter, mais ne peut libérer

9. Château de poupe : salle à l'arrière du navire où se trouve Colomb.

les mots d'un secret. Elle arrête la confidence, maintient l'homme et le garçon dans une solitude intérieure.

« J'aurais pas dû, Malagueño !... »

Un sourire. Tant de réconfort peut passer dans un sourire ! Chinito se laisse envahir par la chaleur de celui-ci. Il se trompe, il insiste, libéré de la gêne qui le saisit lorsqu'il approche le capitaine tous les jours plus indifférent à son besoin d'affection. Le Malagueño est jeune. Il pourrait être un grand frère. Est-ce qu'on est intimidé par un grand frère ?

« Je ne sais pas ce qui se trame, tu comprends ! »

Le Malagueño n'a pas répondu. Afin de décourager d'autres questions sans rabrouer ce gamin qui l'attendrit avec ses yeux encore tout arrondis d'enfance, il s'est mis à fredonner une chanson triste que l'on devait entendre souvent à Malaga et que Chinito ne connaît pas. À Grenade, les chansons parlaient de soleil, de teint plus clair que la fleur de l'orange, d'amours plus constantes que jets d'eau, de peines sans espoir où le cœur définitivement s'abîme, de princesses aux cheveux de nuit, et de fatals cavaliers venus du désert originel. Elles étaient passion, elles étaient chaleur. La chanson du Malagueño dit le froid de la vague et celui de l'absence, le grain des mauvais jours et les pleurs de l'attente déçue.

« De quoi ils ont parlé, Malagueño ? »

Un homme couché non loin de là les observe en faisant semblant de dormir. Il écoute. Et puis, brusquement il se lève et s'approche. Il a, dans sa barbe hérissée de sel, un sourire d'inquiétante malice.

« Tu veux savoir, *chico*, ce qui se dit ? »

Il savoure sa satisfaction. Son œil s'allume. Il est fort de la méchanceté née d'un mauvais dessein collectif. Ses peurs, ses ressentiments se perdent dans un projet meurtrier qui aura le pouvoir du nombre. Le regard de colère du Malagueño ne l'arrête pas.

« Ce soir, on le passe par-dessus bord.

– Qui ? »

Un rire insupportable révèle des chicots[10] rongés par le scorbut et l'alcool. L'homme se tape sur le ventre pour mieux extérioriser une joie marquée de trop de raillerie pour être sereine.

« Qui ? *¡Madre mía!* Tu demandes qui ? »

Il se penche. Son haleine triomphe de la brise de mer. Chinito reçoit en plein nez une bouffée corrompue, de haine et de mort. Un mouvement du menton remplace les mots. La barbe en bataille indique la chambre dans le château de poupe*.

« Tais-toi, Paco. »

Le Malagueño coupe court à ce qui allait suivre. Son ton est impérieux[11]. L'autre hésite devant la détermination du jeune homme.

« J'ai rien dit !

– Tais-toi. »

Toujours assis, le Malagueño serre les poings. Les phalanges blanchissent sous le hâle et les écorchures, les muscles se tendent, chargés d'une puissance qui ne

---

10. Chicots : restes de dents.
11. Impérieux : autoritaire.

demande qu'à être libérée. L'autre voit cette impétuosité[12] accumulée dans les mains du jeune homme. Il voit aussi le soubresaut qui les détend ensuite par un effort de volonté extrême. Alors il retrouve son arrogance. Il sait des choses. Il peut les dire.

« Je peux dire des choses, moi !... »

Prudemment il recule d'un pas, car l'adversaire va bondir. Pour compenser son infériorité physique, il risque des allusions que Chinito ne comprend pas, mais qui allument une rage noire dans les yeux du Malagueño.

Chinito a remarqué combien, dans l'espace réduit d'une caravelle où tant de gens s'agglutinent, les regards, plus encore que les mots et bien davantage que les gestes, sont moyens de communication. La colère, la peur, la camaraderie, les rivalités de la faim et de la soif, du manque de sommeil et des heures de garde, l'illusion d'une terre apparaissant sur l'eau, l'élévation vers une étoile, l'espoir, la déception, la souffrance muette et la foi renaissante, tout tient dans des regards échangés, des regards surpris, des regards qui quêtent l'attention, d'autres qui se dérobent.

Des matelots sont accourus. Ils ont perçu au vol la tension qui croît entre les deux hommes. Dans la monotonie des voyages au long cours, ils sont friands de ces pugilats nés de la cohabitation trop étroite. Tout peut être étincelle pour allumer un grand feu de violence. Les coups menés par les cris deviennent spectacle, défoulement

12. Impétuosité : violence.

de brutalités trop longtemps contenues, de frustrations cruelles à la recherche d'exutoires[13].

Cette fois, un projet les unit, qui a l'excuse de la peur. Ils ne veulent pas mourir aux confins du monde.

Paco, rassuré par la présence du renfort, revient à la charge.

« Tu seras avec nous, Malagueño.

– Non.

– Nous devons être tous ensemble.

– Non. »

Le ton se rabaisse brusquement. Christophe Colomb est appuyé au bastingage. Il n'écoute pas. Perdu dans ses songes, il scrute la mer pour donner des réponses à son rêve qui sera toujours pour lui une réalité à atteindre.

« Malagueño, je sais pourquoi tu t'es embarqué. Tu ne risques plus rien maintenant.

– Paco, tu as une femme, des enfants. Si, après avoir fait cela tu retournais à Palos, tu serais pendu. Et vous tous avec lui !

– Pas sûr !

– Oui, c'est sûr !

– Crois-tu ? Nous aurons une explication à ce qui sera arrivé. Crois-tu que tout le monde peut réchapper de la mer aux algues traîtresses où volent des poissons d'or capables d'arracher une main, où les vagues se lèvent sans le secours du vent ?...

– Tu deviens poète !

---

13. Exutoires : personnes sur qui laisser aller sa colère.

– Je plaide non coupable. Je dis ce que nous avons vu. Et vérifiez l'état de notre navire ! Vous lirez sur sa coque* l'histoire des malheurs que nous avons connus. Notre capitaine a trépassé[14], mes doux seigneurs, un soir de grande fièvre. C'est miracle que nous ayons pu nous en retourner après l'avoir bien religieusement enseveli dans les flots.

– D'autres témoigneront.

– Ils seront morts avant de pouvoir le faire, les malheureux ! Morts de cette même fièvre. Il faut être tâcheron des bancs de nage[15] et des vergues* ferlées[16] pour résister à ces maux, mes bons seigneurs. Et puis, comptez ! Comptez combien d'entre nous, gens d'équipage, ont rendu leur âme à Dieu avant de revenir au port ! »

Chinito sentit peser sur lui une menace lourde. Allait-on s'entretuer ? Et si cela était, les révoltés ne commenceraient-ils pas par le supprimer lui qui vivait près du capitaine depuis que les côtes de Moguer avaient disparu derrière eux ? Quel autre témoin pourrait, mieux que lui, raconter les horreurs commises ? Les accompagnateurs de Colomb risquaient certes leur vie tout autant en cette aventure. Il y aurait donc crime dans la solitude des eaux jusque-là inexplorées. Pinzón n'était-il pas prêt à soutenir les mutins pour récolter seul la gloire de l'expédition ?

Un tremblement parcourut le pauvre mousse.

« Tu seras avec nous, insista Paco en s'adressant de nouveau au Malagueño. Tu seras avec nous, Bar…

---

14. A trépassé : est mort.
15. Tâcheron des bancs de nage : rameur assis sur les bancs d'une embarcation.
16. Vergues ferlées : vergues autour desquelles on a replié les voiles.

Il ne put achever. L'autre lui avait sauté à la gorge. Ils roulèrent sur le pont.

—… tolomeo… »

Le Malagueño se reprit. Haletant, il desserra l'étreinte, contempla ses mains avec un air hagard. Une épouvante le secouait. Il se releva, frottant ses paumes l'une contre l'autre comme pour les apaiser, bêtes dangereuses qu'il fallait apprivoiser en mettant de la douceur dans le geste.

« Paco ! Arrête ! » supplia-t-il.

Il s'éloigna pour fuir la violence qui, en un instant, l'avait submergé. Chinito lui emboîta le pas. Ils allèrent ainsi à la proue*, dans une grande débauche de vent. Le Malagueño continuait de frotter ses paumes en un va-et-vient obsédant.

« Il allait dire quoi ? » interrogea Chinito avec prudence.

Le jeune homme était sous l'effet d'un choc. Il rejeta son désir de silence. Les mots sortirent de lui en un épanchement continu.

« Ce que je voudrais que tout le monde oublie. Je ne suis pas de Malaga, en vérité. Je suis de Torres. Je m'appelle, c'est exact, Bartolomeo. La saison dernière, l'équipage du navire sur lequel je servais a tenté de se mutiner à cause des duretés de la vie à bord. J'ai pris la tête de la révolte et c'est miracle que je n'aie pas jeté le capitaine à la mer. Au dernier moment, j'ai fléchi. Il a su profiter de ma faiblesse. Il a repris la situation en main. Il aurait pu me pendre à la grande vergue*. Il m'a fait grâce. Pourquoi ? Je n'en sais rien. Il m'a seulement dit : "Que jamais je ne te revoie à

Malaga." Ma colère contre lui était si forte que je lui en ai voulu encore plus de sa clémence[17]. »

La voix se tait brusquement. Chinito n'ose questionner davantage. Bartolomeo, puisque tel est son nom, a posé ses mains ouvertes sur ses cuisses et les contemple. Elles sont source d'une profonde peur. Le matelot a besoin d'exorciser un mal qu'il porte en lui et qui a resurgi brutalement tout à l'heure, alors qu'il croyait le dominer après avoir changé d'identité. Ce garçon qui l'écoute avec l'innocence de son âge le guérira peut-être si les mots parviennent à sortir.

« Un soir, à Tarifa, je suis allé dans une taverne en vue d'un enrôlement. Je proposais mes services à tous les patrons qui préparaient leur saison de pêche sur les côtes du Cap Vert et mêlaient, pour leur plus grand profit, commerce d'esclaves et piraterie lorsque l'occasion se présentait. Je suis homme de mer. Je n'aurais pas pu rester à retourner le lopin[18] de terre que ma mère possède et à gauler[19] les olives de trois oliviers aussi vieux que le monde. Un patron venait de me donner son accord quand un gars, avec qui encore j'avais eu des histoires sur le bateau précédent, m'a reconnu. Il était passablement ivre. Il s'est mis à crier que j'étais un mutin[20], que le capitaine m'avait fait grâce à condition que je ne m'enrôle plus et que c'était lui, plutôt que moi, qu'il fallait engager. J'ai vu rouge. J'ai sauté sur l'ivrogne pour le faire taire comme… comme… »

17. Clémence : bonté.
18. Lopin de terre : petit morceau de terrain.
19. Gauler : faire tomber.
20. Mutin : en révolte contre l'autorité.

Il se frotte les mains, hésite à poursuivre.

« … comme tout à l'heure j'ai bondi sur Paco. Seulement, cette fois-là, j'ai serré les doigts autour du cou du marin. Il fallait qu'il se taise, tu comprends ! Il s'est tu. Quand j'ai réalisé que ses yeux se révulsaient, il était trop tard. Sa respiration s'arrêtait… Un hoquet rauque… J'ai desserré les doigts. Il s'est affaissé à mes pieds. Il était mort. J'avais tué un homme. »

Le vent éparpillait la confession du Malagueño, l'emportait, la roulait au creux de la houle. C'était au vent, plus qu'à Chinito, que le malheureux se livrait.

« Quand nous nous sommes rencontrés, à l'auberge, je quittais la côte, sûr de ne plus pouvoir m'y faire employer. Je partais vers les montagnes avec l'intention de me bâtir une autre vie. Un inconnu m'a proposé de retourner sur la mer. Je n'ai pas résisté à l'occasion. Personne ne saurait rien de moi. Et puis, il nous l'a assuré, toutes les poursuites pénales contre ceux qui décideraient de s'enrôler seraient suspendues. Il l'a proclamé dans l'église de Palos. Tu l'as entendu. Voilà pourquoi je suis ici. Mais j'ignorais que Paco se trouvait dans la taverne, le jour de la rixe[21]. Une fatalité me poursuit. Tout à l'heure, j'ai compris que les mêmes fautes pouvaient recommencer. J'ai eu le même geste avec Paco et je me demande comment j'ai réussi à me dominer. »

Il se tourna vers Chinito, soulagé d'être parvenu enfin sinon à communiquer, du moins à se libérer de ce qui pesait sur sa conscience.

21. **Rixe :** dispute violente.

« Nous arriverons à une terre. Je le crois. Elle sera comme elle sera, peu importe ! Je quitterai le navire et je m'enfoncerai dans les bois. Je grimperai au flanc d'une montagne. Je trouverai un endroit assez hospitalier pour y construire une cabane. Et j'attendrai là que la vie enfin me soit plus douce. Douce est peut-être beaucoup demander. Qu'elle me soit moins amère. Je t'ai dit ce que je gardais en moi. Je pourrai me taire maintenant sans trop en souffrir et je n'aurai plus peur de mes mains. »

Chinito leva l'index vers son visage. Il montra la cicatrice qui marquait sa joue gauche.

« Tu vois, fit-il, cela aussi a été récolté dans une bagarre. Je te comprends, Bartolomeo. »

Quand le mousse revint vers la chambre capitane, il trouva Christophe Colomb en conférence avec Martín Alonso Pinzón.

« Capitaine, disait Pinzón, cette carte que vous m'avez fait parvenir, il y a de cela trois jours, mentionnait certaines îles sur la mer où nous sommes.

– C'est fort possible.

– Elles se trouvent sûrement tout près d'ici.

– C'est fort probable.

– Pourquoi ne les avons-nous pas vues ?

– Parce que les courants nous ont fait dériver vers le nord-est.

– Vous savez, capitaine, combien il serait souhaitable pour nos hommes que nous atteignions une terre bientôt.

– Je le sais.

– Ils désespèrent.

– C'est péché que la désespérance. »

Pinzón bomba le torse d'un air avantageux. Pourtant, à bien l'observer, on pouvait noter des signes de fatigue sur son visage amaigri. Une usure sournoise semblait le dévorer.

« Non pas que je craigne une mutinerie sur mon navire. S'il en était ainsi, quelques mauvais sujets pendus haut et court dissuaderaient les autres de pousser plus avant leur entreprise. Mais nous naviguons sous la bannière de deux grands rois, et nous ne pouvons nous permettre d'échouer. Nous devons rentrer en Espagne en vainqueurs.

– Nous ?

– Enfin ! Vous… et moi aussi pour la part que j'ai prise à l'armement des navires.

– Nous avons fait moins de lieues que ce qui a été noté. »

Pour se donner une contenance, Colomb demanda à Chinito de servir à boire. Pinzón esquissa un sourire narquois[22].

– Vous plaisantez, capitaine ! Je crains au contraire que nous n'ayons dépassé Cipango.

– Impossible !

– Pourquoi donc ?

– Voyez ces pétrels qui tournent autour du navire.

Ils sont d'une terre proche. Nous touchons au but, je le sens !

– Souvenez-vous de ce que nous avions prévu à La Gomera. Notre voyage ne pouvait excéder sept cent cinquante lieues.

---

22. Narquois : moqueur et méprisant.

– Nous ne les avons pas parcourues.

– D'après vos mesures, capitaine Colomb ! »

Martín Alonso tendit son gobelet d'un air triomphant. Chinito servit de nouveau à boire. Colomb réfléchissait. Il dessinait d'un doigt des contours d'îles sur l'accoudoir de son siège.

« Vous me renverrez cette carte, seigneur Pinzón. Je l'étudierai avec soin une fois de plus et je vous promets que, d'ici trois ou quatre jours, nous aviserons. »

Il eut un mouvement qui traduisait une soudaine incertitude.

« Laissez-moi trois ou quatre jours.

– Changez de route, capitaine. Ou plutôt, apportez une légère correction. Allons vers le sud-ouest.

– Non, répliqua Colomb en mettant dans son refus un grand calme. Toujours vers le ponant[23]. Toujours ! »

Ce même soir, Chinito qui se couchait en étirant ses jambes fatiguées nota une agitation sur le pont de la Pinta. Les deux navires n'étaient pas si éloignés l'un de l'autre qu'on ne pût voir ce qui se passait à bord. Pinzón montait à la proue*, le bras tendu vers l'horizon. L'équipage gesticulait, pressé autour de lui. Des hommes grimpaient aux mâts et se suspendaient aux haubans*.

Sur la Santa-María, le mousse ne fut pas seul à remarquer l'affairement de ceux de la Pinta. On eut vite compris qu'un grand moment se préparait. Chacun lâcha son ouvrage et courut à bâbord*. Les deux bateaux se rappro-

23. Le ponant : l'ouest.

chèrent au milieu des cris d'enthousiasme, des accolades bruyantes et des bonnets lancés en l'air.

Pinzón vint se planter devant Colomb lorsque les vaisseaux furent l'un près de l'autre.

« Terre ! Terre ! lança-t-il. J'ai vu la terre, j'en suis sûr ! C'est moi qui l'ai vue le premier ! N'oubliez pas votre promesse, seigneur Colomb ! »

Christophe Colomb était en proie à une émotion trop vive pour entendre ce que lui disait Pinzón. Il n'avait compris qu'un mot qui résonnait dans sa tête comme les carillons de Gênes, un beau matin de Pâques.

Terre ! Terre ! Terre !

Il restait fasciné par l'horizon que l'autre capitaine montrait du doigt. Était-ce vrai ?

Chinito retenait son souffle, lui aussi, les yeux rivés sur le maître au visage si pâle qu'on l'eût cru sur le point de défaillir.

« Votre promesse, qui est, en réalité, celle de nos deux grands Rois Catholiques ! reprit Pinzón. N'oubliez pas ! Dix mille maravédis au premier qui verrait la terre. C'est moi, seigneur Colomb ! C'est moi ! »

La tentation du gain le rendait extravagant. Où était l'homme à la parole nette, sûr de convaincre, que Chinito avait vu dans la taverne de Palos ? Maintenant, une sorte de pantin se démenait devant lui pour emporter une décision, et croassait des mots précipités, la bouche tordue par la cupidité[24].

24. Cupidité : amour du gain.

Le soleil descendait. Dans le rougeoiement de ses rayons, une ligne bleutée plus compacte semblait émerger. Elle dessinait des pics, une crête dentelée, une échine[25] hors de l'eau enrobée de vapeurs.

« Là-bas ! Regardez ! Regardez ! »

Le remue-ménage gagna ceux de la Niña, la fille au galbe élancé[26] qui, depuis les Canaries, filait en tête de l'armada. Les matelots se hissaient à la hune* et poussaient des vivats. Certains, pris de folie, se jetèrent à l'eau. La mer était lisse. Les hommes nageaient dans une onde irisée qui soudain ne les effrayait plus.

Colomb brisa d'un coup la stupéfaction qui le figeait au milieu de l'effervescence générale. Il tomba à genoux, mains jointes, le visage bouleversé.

« *¡A Dios muchas gracias sean dadas!* [27] » murmura-t-il.

Seul Chinito l'entendit.

Sur la Pinta, Martín Alonso Pinzón et les siens chantaient un vibrant *Gloria in excelsis Deo*. Ceux de la Santa-María se joignirent à eux et ce fut un moment de grande ferveur[28] qui balaya tous les projets de mutinerie, les rancœurs et les désirs de vengeance.

Lorsque Christophe Colomb se releva, l'ombre d'île restait encore visible dans les dernières lueurs du couchant. Le bleu dont elle était faite semblait accru. Pinzón triomphait sans mesure car cette terre se trouvait au sud-ouest.

---

25. Échine : ici, comme un dos.
26. Galbe élancé : forme courbe et gracieuse.
27. *¡A Dios muchas gracias sean dadas!* : « Grâces soit rendues à Dieu ! »
28. Ferveur : sentiment religieux.

« J'en conviens », dit Colomb.

Et il fit ce qu'il avait refusé de faire depuis des jours. Il commanda qu'on changeât de cap.

Ils abandonnèrent la route du ponant.

Le lendemain, le jour se leva sur une étendue vide. L'île avait disparu avec les dernières traînées obscures de la nuit. Était-ce une masse nuageuse, un mirage provoqué par la réverbération ? Des hommes pleuraient en silence, d'autres, trop abattus, tentaient d'oublier leur déception dans le sommeil. La mer était calme désespérément.

Christophe Colomb ordonna qu'on reprît la direction de l'ouest.

Chinito se souvint des propos entendus à La Gomera. Une île apparaissait, certains jours, si proche, semblait-il, qu'on avait l'impression de pouvoir l'atteindre à la rame. Tant d'imprudents avaient cédé à l'appel de cette illusion ! Ils n'étaient pas tous revenus. Quelquefois leur corps avait été rejeté, au plus dru de la tempête, sur une plage désertée.

Le 7 octobre, ce fut la Niña qui crut découvrir la terre, à l'heure matinale où le ciel, dégagé de ses brumes, permettait de voir loin. Un coup de bombarde tiré dans la hâte voulut s'assurer la récompense promise, après quoi l'étendard[29] de Castille monta au grand mât, dans une gloire de soleil levant.

La Pinta et la Santa-María accoururent. La fête fut moins bruyante, cette fois. Il s'y mêlait une crainte mal définie,

29. Étendard : pavillon (drapeau).

un besoin de se protéger contre une déception nouvelle. Les marins se tenaient au bordage*, silencieux et tendus.

Quand l'illusion se dissipa, ils n'eurent pas un mot, pas un grognement ni une plainte. Mais, de la rage au cœur, ils en avaient. Elle se concentrait sur celui qu'ils tenaient pour responsable de cette folie. Il les avait trompés. Il les trompait jour après jour avec ses mesures volontairement erronées.

Et pourtant, elle devait être tout près. Elle se laissait deviner à des parfums sur l'eau, à des impressions vagues. Elle. On ne la nommait plus tellement elle hantait l'esprit de tous. La nommer eût été créer un nouveau mirage, la voir fuir encore, et ressentir davantage le vide.

Et pourtant ! On cherchait des indices qui permettraient d'espérer. Est-ce qu'une corneille n'a pas besoin d'un morceau de champ où se poser ? Est-ce que l'alouette ne chante pas plus volontiers au-dessus d'un sillon ?

Ils avaient vu une corneille, signe obscur détaché sur le gris délavé des voiles. Ils n'en furent pas effrayés. Ni heureux. Depuis des jours, ils ne croyaient plus guère à la bonne nouvelle apportée par les oiseaux.

Ils avaient vu une alouette. Après tant de plumes blanches, de plumes noires qui avaient menti, brune comme une motte à l'automne, avec un brin de roux telle une feuille tombée à l'heure où s'endort la sève, la petite alouette avait la couleur de ce qu'ils attendaient désespérément. Elle chanta. Plusieurs fermèrent les yeux pour l'écouter. Et disparurent le pont, le grand mât, les voiles muettes dans la bonace persistante, les profondeurs marines. Ils étaient loin de là, sur les labours de Castille. L'alouette chantait. Hommes de mer, ils oubliaient les embarquements, les errances dans le brouillard quand l'inconnu redouté garde au fond de lui une saveur d'aventure.

L'alouette chantait ; ils redevenaient hommes de la terre.

Le travail du pont leur accordait le temps de penser. Un vent léger les portait vers des lendemains vides. Les jours se succédaient.

« Gardez courage ! les exhortait Christophe Colomb. Nos réserves ne sont pas épuisées. Nous ne mourrons ni de faim, ni de soif. Nous parviendrons bientôt à Cipango.

– Toujours les mêmes paroles !

– Soyez vigilants car la terre va apparaître. Les dix mille maravédis seront à celui qui, le premier, la verra. Mais ne semez pas la désillusion par esprit de lucre[30]. Ne criez pas victoire avant que nous ne l'ayons remportée. »

Une fermeté nouvelle donna à sa voix une vibration métallique lorsqu'il précisa :

« Si l'un de vous crie “Terre !” sans l'avoir vraiment aperçue, il sera châtié. Celui qui annoncera ce que nous espérons tous avec tant d'ardeur et qui ne se sera pas trompé recevra les maravédis de nos souverains et, en plus, je lui offrirai, pour mon compte, un beau pourpoint[31] de soie. »

Un pourpoint de soie ! Chinito, en entendant ces paroles, remonta sur ses hanches maigres le reste de culotte qui l'habillait encore. Dix mille maravédis ne recouvraient

30. Lucre : amour du gain.
31. Pourpoint : veste.

pour lui aucune réalité. Avait-il jamais vu dix mille maravédis ? Un pourpoint de soie, par contre !...

Ce soir-là, il regagna, songeur, le coin où il dormait. Les *ampolletas*, elles aussi, devaient être perdues dans leur distraction, car elles avaient laissé filer le sable à une vitesse inaccoutumée. Le mousse avait oublié de les retourner.

Il allait vers le pays où il débarquerait en pourpoint de soie. Il serait prince dans un palais aux tuiles d'or. Que ne peut-on faire en habit de soie bleue ?

Bleue ? Elle serait bleue ?

Elle sera bleue.

Il la voyait déjà. Le pourpoint s'accompagnerait forcément d'un grand col de dentelles. Il ne porterait plus le méchant carré de mouchoir rouge noué au cou, un soir de danses dans un bas quartier de Grenade. Il irait par les rues, à travers des foules colorées, et les belles dames de Cipango se demanderaient qui est ce jeune homme bleu descendu de navire.

Pour le moment, la couche en dos d'âne demeurait dure à ses membres fatigués. Aux Indes, il s'offrirait un lit moelleux. Il avait été habitué pourtant aux sommeils de fortune. D'où venait cette peine à dormir sur les planches du pont ?

« Tant mieux si je veille, se dit-il en bâillant. Je pourrai ainsi apercevoir plus sûrement la terre. »

L'air était doux, la nuit sereine. Le mol balancement de la Santa-María se perdit sur des lieues de soie à l'azur irréel. La caravelle arrivait au port. Chinito descendait sur le quai en triomphateur. Il était le premier à avoir vu la terre du phénix. Partout on l'acclamait. On le trouvait charmant, on vantait sa belle tournure. Avec ce pourpoint et pas trop d'étourderie, rien ne restait impossible dans un monde nouveau. Il marchait sous une lumière qui se parait du reflet de l'or omniprésent. Tout était or à Cipango, tout sauf un habit bleu rehaussé de dentelles.

La couche était dure, mais le mousse dormait.

Et voguait la caravelle.

6
Jeudi 11 octobre 1492

La mer se souleva en vagues écumantes avec, cette fois, un terrible déchaînement des vents. On eût dit le dernier sursaut de colère avant d'avouer sa défaite. Car elle allait être vaincue, la mer illimitée. Les hommes en oubliaient leurs projets de mutinerie et l'expiration du délai qu'ils avaient accordé au capitaine.

Quand le grand tumulte fut apaisé, quelqu'un aperçut sur les flots une brassée de verdure.

« Des joncs ! »

Il cria sa surprise et lança un filet. Ce n'étaient plus les algues du large. Les joncs ne sont pas herbes marines et ceux-ci se révélèrent frais comme s'ils avaient été coupés une ou deux heures plus tôt.

Vers le milieu du jour, la Pinta vint se ranger le long de la Santa-María. Martín Alonso Pinzón apporta au capitaine un bâton que l'un de ses marins avait repêché. Sur le bois durci au feu, la lame de ce qui pouvait bien être une serpe[32] avait laissé des traces. La branche première avait perdu ses ramifications. On l'avait dépouillée de son écorce à longues éraflures, appointée et polie en son extrémité.

Quels gestes humains avaient émoussé[33] la pointe ? Le bâton avait-il servi à fouiller le sol pour déterrer une racine comestible, transplanter un arbre, espérer la germination d'une graine ? Avait-il été bourdon[34] de pèlerin usé sur les routes qui mènent au temple de quelque divinité païenne ? Avait-il perdu son aigu redoutable en perçant la poitrine de trop d'ennemis ou en sacrifiant de nombreuses victimes sur un autel barbare ? Le bois s'était fait outil sous la main de l'homme. Christophe Colomb, fasciné par ce premier message humain venant à sa rencontre, le tournait et retournait pour en déceler le sens. Les marins s'étaient rassemblés, cependant que les bateaux continuaient à bondir sur les vagues.

Un frisson d'incertitude courut à travers l'assistance.

Ils avaient attendu une civilisation riche de tout l'or de Cipango, raffinée comme le parfum musqué des épices, lustrée comme la soie sauvage, amollie sans doute dans les délices d'une vie trop facile, décadente et assez folle pour abriter ces animaux fantastiques que des écrits anciens évoquaient. Au lieu de cela, leur parvenait un épieu maladroitement façonné, arme d'une tribu primitive.

---

32. Serpe : outil à lame recourbée servant à tailler des branchages.
33. Avaient émoussé la pointe : avaient rendu la pointe moins tranchante.
34. Bourdon : bâton.

« C'est un harpon. »

Ils étaient terriblement présents, ces hommes inconnus. Menace ? Invitation ? La mer, autour des navires, se peuplait de leurs ombres. Mais la joie de la terre proche enleva vite toute crainte. Les trois caravelles rivalisèrent de vitesse pour gagner dix mille maravédis. Voiles tendues, elles luttaient, se dépassant sans cesse au milieu des hurlements et des injures joyeuses. Le vent était complice. Le ciel avait balayé ses brumes. Les lieues aux lieues s'ajoutaient.

Vers midi, la Niña vint se placer à son tour contre la Santa-María. Un homme monta à bord. Il tenait à la main une branche d'épine alourdie de baies rouges. Les feuilles et les fruits étaient si frais, eux aussi, qu'on ne pouvait imaginer qu'ils aient séjourné longtemps dans l'eau.

« Capitaine ! »

Le gabier présentait son offrande à la manière dont un enfant tend une brassée de fleurs. Son visage respirait l'allégresse[35], devenait lumineux sous la barbe de deux jours. Il riait, brèche-dent et hirsute[36]. La solennité de l'heure lui donnait une grâce miraculeuse. Il ploya le genou et déposa la branche d'épine aux pieds de Christophe Colomb.

Celui-ci se baissa de même. Il détacha un fruit, l'examina avec soin. Ce n'était pas le cynorrhodon[37] mûrissant dans l'hiver de Castille ni la pomme menue de l'aubépine

---

35. Allégresse : joie.
36. Hirsute : qui a la barbe et la chevelure hérissée.
37. Cynorrhodon : fruit de l'églantier.

acérée. Ce n'était pas non plus la sorbe livrée sans défense sur son rameau trop lisse. C'était un fruit nouveau, chargé d'innocente douceur ou de venin perfide. Qui avait jeté la branche dans les flots ? Quel fleuve l'avait recueillie et emportée jusqu'à l'endroit où ses eaux se perdent dans la mer ?

La baie passa de main en main sous le regard intrigué de ceux qui la contemplaient avec une attention passionnée.

Le Malagueño la garda plus longtemps que les autres et, au moment de la transmettre, il la porta, par une décision brusque, à la bouche cependant que chacun s'exclamait :

« Tu es fou !

– Si c'est du poison ?

– Pourquoi ? lui demanda plus tard Chinito lorsqu'ils furent seuls. Pourquoi tu l'as mangée, Bartolomeo ? »

Le proscrit[38] n'acceptait son prénom que de Chinito. Encore fallait-il qu'ils fussent à l'écart des autres pour que le mousse osât l'utiliser.

« Si c'était du poison ?

– C'est le premier contact avec le pays où je vais », expliqua Bartolomeo.

Il mit une ardeur inattendue dans ses paroles. Chinito la reçut comme le présage d'un événement imminent[39].

« Où je resterai, enchaîna le jeune homme. Si ce pays m'est accueil, le fruit que j'ai mangé ne peut me faire de mal. Si je dois y mourir bientôt, autant que ce soit tout de suite.

---

38. Proscrit : banni, chassé.
39. Imminent : très prochain.

– Tu as tenté le sort.

– Je lui ai demandé une réponse.

– Et si nous touchons à une île déserte ? Tu ne rembarqueras pas ?

– Non. »

Chinito éprouvait un bonheur grave à cette conversation qui les rapprochait. Il avait enfin, juste au moment où il allait le perdre, un grand frère auquel il pouvait parler librement. Les mots coulaient entre eux.

Non, rectifia le vieil Alvarez, cinquante ans plus tard, en reprenant la plume. Les mots ne coulaient pas. Il n'y avait pas abondance de mots.

Une habitude de silence les contraignait encore. Ils savaient qu'ils allaient se séparer et ne parvenaient pas à dire le lien qu'ils auraient pu l'un à l'autre se donner. Les mots sautillaient comme des moineaux qui se risquent à des approches pour saisir les miettes capables de diminuer leur faim, pas de l'apaiser.

À dix heures du soir, Chinito rêvait encore sous les étoiles. Il n'avait pas sommeil. La lune jetait sur tout une indécise clarté. On voyait assez pour distinguer les vagues. Les voiles prenaient des teintes livides, les haubans* s'élançaient dans le ciel, la hune* se balançait à donner mal au cœur et Chinito, sur le château d'arrière, rêvait.

Non loin de lui, Christophe Colomb interrogeait la nuit. Comme chaque soir, il était dans l'attente. Son âme impatiente l'amenait à ce poste lorsque venait le crépuscule. Combien d'heures restait-il ainsi à scruter l'obscurité ? Son visage émacié[40], ses yeux toujours plus fiévreux disaient, au matin, les longues veilles et les tourments endurés. Si l'incertitude, pendant quelques jours, l'avait conduit à ce point douloureux où la volonté risque de chanceler, il s'était depuis lors repris magnifiquement. Chinito, devant qui il n'éprouvait pas le besoin de se composer une attitude, avait remarqué les changements de son maître.

Cette nuit, la fièvre de Colomb renaissait. Fantôme obstiné, il forçait le demi-jour lunaire à lui livrer les secrets de son opacité.

« Tu vois, Chinito, la terre existe. Elle est là, derrière l'horizon. Ils ne le croient pas, ces hommes apeurés qui ne me font pas confiance. Ou plutôt, ils n'osent y croire. Moi, j'en suis sûr. Demain, elle apparaîtra. »

Il avait prononcé ces paroles le matin, dans un moment d'abandon. Chinito avait souri, heureux d'un bout de confidence qui était chaleur.

« Oui, maître ! »

Le mot « capitaine » ne lui venait pas facilement et il mettait dans celui de « maître » plus d'affection admirative que de servilité[41]. Ce soir-là, ils veillaient tous les deux, à six pas de distance, chacun perdu dans ses pensées qui devaient être bien différentes et qui pourtant se rejoignaient.

---

40. Émacié : amaigri.
41. Servilité : soumission.

Soudain, Colomb eut un mouvement. Il se pencha par-dessus bord. Longtemps il resta ainsi, tourné vers le ponant.

« Chinito ! appela-t-il.

– Oui, maître.

– Regarde ! »

Les vagues se heurtaient et le ciel était vide. À part une grosse lune qui faisait ruisseler des lueurs d'acier nu, aucune ligne sombre, au-dessus des flots, ne se laissait deviner.

« Tu ne vois rien ?

– Non, maître.

– Tu en es sûr ?

– Non, maître.

– Ah ! »

Ils se turent. Chinito écarquillait les yeux. Il aurait tant voulu voir quelque chose pour faire plaisir à celui qui l'avait ramassé, à demi inconscient sur un chemin de fortune. Mais il ne voyait rien.

« Tiens ! sursauta Colomb. Tu as vu ?

– Peut-être, maître, un...

– Ah ! Tu l'as vue aussi ! Une lumière ! »

Chinito se reprit à temps. Il allait dire qu'il avait vu un nuage pour satisfaire le capitaine.

« Les lames la cachent par instants. Elle disparaît et puis elle revient. Elle monte et descend... Tiens ! Tu la vois ?

– Euh ! Il me semble que...

– On dirait une chandelle.

– Une chandelle, oui, maître.

– Tu en es sûr, toi aussi ! »

Il exultait. Sa respiration devint bruyante. Le poing serré sur la poitrine pour mieux comprimer les battements de son cœur, il ne voulait pas lancer le cri tant attendu.

« Je ne dois pas me tromper, tu comprends. »

Dieu lui avait envoyé ce garçon pour qu'il pût vivre, sans être recru de souffrance par une joie trop vive, la minute qui lui brûlait l'âme.

Pedro Alvarez, dans sa petite chambre qui surplombait le Génil, en était persuadé. À travers les ans, l'exaltation du navigateur restait intacte en sa mémoire. Riche maintenant d'une vie qui touchait à sa fin, il ressentait mieux, comprenait davantage la passion de Christophe Colomb. L'émotion de ce moment lointain renaquit avec la même intensité et rendit frissonnante son écriture appliquée. Il revivait ce soir d'octobre et les paroles exactes qui furent alors prononcées.

« Chinito ! Va dire au *señor* Pero Gutierrez que je lui demande de venir. Et surtout qu'il se hâte ! »

Le confident de Ferdinand d'Aragon accourut. Le ton du jeune messager avait su traduire l'urgence.

« Vous m'avez fait appeler, dit-il en rajustant sa veste.

– *Señor*, j'ai besoin de votre témoignage. Je crains que mes yeux n'aient été abusés. À tant souhaiter voir apparaître une lumière sur la ligne du ciel, ne finit-on pas par en créer l'illusion ? J'ai vu briller cette lumière.

– Où donc, capitaine ? »

Colomb hésitait, pris par la pudeur qui accompagne un aveu incongru[42]. La crainte de se tromper rivalisait en lui avec le désir de découvrir les Indes. Il préféra répondre d'un geste.

« Je ne vois rien, capitaine. »

La Santa-María jouait sur les vagues. La lune, impassible comme à Palos ou à La Gomera, jouait avec les ombres.

« Pourtant, señor, pourtant… »

Une lame[43] passa, qui jeta le navire dans un creux et le propulsa ensuite au sommet écumant, le temps pour Pero Gutierrez de s'exclamer :

« Une petite flamme, en effet. Une sorte de lanterne qui s'élève et s'abaisse… Un signal lumineux.

– Vous voyez ! Vous aussi, vous voyez !

– Me semble-t-il.

– Don Pero, retenez bien cet instant. Gardez-le présent à votre esprit. L'enfant que voici est allé vous quérir[44] à ma demande et vous avez vu vous-même une lumière sur la mer. Demain, la terre surgira avec le soleil. Elle m'a fait un signe. Vous l'avez vu !

– Je crois, capitaine, que je l'ai vu.

– Je suis amiral de la mer Océane ! »

Il se rendit compte aussitôt qu'il avait parlé trop vite, révélé inconsidérément la phrase qui le hantait depuis ce jour d'août où on avait hissé les voiles. Un doute l'assaillit

---

42. Incongru : déplacé.
43. Lame : grosse vague.
44. Quérir : chercher.

de nouveau. Le besoin d'une certitude le poussa à accumuler les preuves.

« Chinito, mon fils, cours donc avertir Rodrigo Sanchez que je voudrais le voir. »

Il l'avait appelé fils. Chinito entendit sonner le mot avec ravissement. Pour lui, il aurait donné Cipango et les Indes, les toits d'or et le poivre odorant s'ils lui avaient appartenu.

Rodrigo Sanchez, notable de Ségovie que le roi avait lancé dans le voyage pour en obtenir une relation[45] exacte si, d'aventure, les caravelles revenaient, sommeillait sur le tillac*, vaincu par l'espérance sans cesse mise à l'épreuve, le grand soleil d'une journée interminable et la fureur presque apaisée d'une nuit toute baignée de langoureuse lune. La nuit serait comme les autres nuits, le jour à naître identique aux autres jours. On dirait la terre sur le point de se montrer, et la mer durerait tel un mauvais rêve.

Il dormait.

Chinito se remémorait les récriminations[46] habituelles du personnage en se demandant comment il oserait le secouer.

Il toussa.

L'autre ne bougea pas.

Il sifflota entre les dents, de l'air dégagé de celui qui passe.

Sans résultat.

---

45. Relation : compte-rendu.
46. Récriminations : reproches.

« *Señor* Sanchez, appela-t-il en le touchant à l'épaule. Réveillez-vous ! »

Il eût fallu davantage pour réveiller le señor Sanchez. Bouche entrouverte, doigts croisés sur l'estomac, il avait laissé retomber la tête en avant. Un ronflement léger révélait avec quel abandon paisible il dormait, loin du Cipango légendaire, de la mer vierge et de l'espoir toujours renouvelé.

Chinito se pencha à son oreille.

« *Señor* Sanchez ! »

Un sursaut recomposa l'envoyé royal. Sa bouche se ferma et ses yeux s'ouvrirent. Ses doigts se décroisèrent, déjà à la poursuite du chapeau qu'un roulis malveillant avait emporté.

« Qu'y a-t-il ? Qu'y a-t-il ? Et qu'as-tu besoin de crier de la sorte ? Tu vois bien que je ne dormais pas !

– Le capitaine vous appelle.

– Eh bien, j'y vais ! Mais dis-moi, petit, tu n'as pas vu mon chapeau ? »

Chinito ramassa la calotte de soie au centre d'une flaque.

« Le voici, *señor*.

– Ah ! Ces veilles épuisent mes yeux. Qu'attends-tu donc ? Va devant ! Je te suis ! »

Il progressait d'un pas mal assuré sur le pont qui roulait. Dix semaines de navigation ne lui avaient pas rendu le pied marin. Un sursaut du navire le projeta sur le capitaine.

« Vous voilà, don Rodrigo ! Vous qui avez de bons yeux, ne voyez-vous rien sur l'horizon ?

– Par ma foi, je ne vois rien.

– Vraiment ?

– Aussi vrai que mes yeux ne me trompent jamais. Si je voyais quelque chose, je vous le dirais.

– Une lumière, non ?

– Une lumière ?

– Qui s'élève et redescend. Si loin encore que le feu dont elle provient ne paraît guère plus que celui d'une chandelle.

– Rien. »

Le compliment inattendu accordé à ses yeux lui était prétexte à jugement péremptoire et d'autant plus aisé que c'était vrai qu'il ne voyait rien.

« Je vois le clair de lune et la grosse mer qui ne faiblit pas.

– Mais si ! Mais si !

– Mais non !

– Mais si, elle faiblit ! Vous n'avez pas remarqué que le vent est tombé ? »

Colomb avait espéré une seconde confirmation. Il était désappointé. « Pero Gutierrez est témoin qu'une lumière m'est apparue. »

Le capitaine renvoya les deux hommes. Il avait besoin d'être seul à l'heure où son destin enfin se réalisait. Ignorant la présence du garçon resté à ses côtés, il continua de fouiller le clair de lune pour surprendre une nouvelle manifestation de la lumière. Chinito le comprit après des années au cours desquelles le souvenir lui revenait souvent de la grande aventure de sa jeunesse. Il fallait que l'amiral fût le premier à voir la terre. Lui seul devait en recueillir la gloire plus encore que les dix mille maravédis.

La somme promise donnait des ailes aux trois navires. Ils luttaient de vitesse, bondissaient de vague en vague, craquaient de toute leur coque* mise à rude épreuve, et couraient à pleines voiles sans qu'un seul membre d'équipage se fût laissé aller à dormir.

Dix mille maravédis à vie ! Dix mille maravédis entrant régulièrement sous le toit de vieille paille ou de tuiles ébréchées, sans qu'on eût à se préoccuper de savoir si la mer était mauvaise, la pêche assez bonne, l'embauche encore possible malgré la saison avancée !

Deux heures après minuit, le cri tant attendu monta dans le ciel. Un seul mot, cette fois, un mot de certitude jailli de toute la force d'une jeune poitrine. Un élan de victoire qui souleva l'enthousiasme des trois équipages.

« Terre ! »

Personne ne se trompa aux accents de ce cri. Rodrigo de Triana, accroché à la proue* de la Pinta, le visage tourné vers sa découverte, demeurait frappé de stupeur au-dessus des flots. Derrière lui et sur les autres navires, les marins hurlaient leur joie.

La terre avait pris forme à l'horizon. Une bande blanchâtre qui devait être de sable s'étendait, marquée à l'une de ses extrémités par la masse noire d'un promontoire. Les oiseaux s'étaient posés en cette heure nocturne. Nulle vie ne se manifestait.

Christophe Colomb près du but après avoir vu la terre, XXe siècle, lithographie couleur, d'après un tableau d'Ellis Silas.

Un coup de bombarde explosa au milieu de la liesse. Loin encore, sur la côte assoupie, des hommes et des femmes l'entendirent peut-être dans leur sommeil. Cela ne préoccupa en aucune façon les Espagnols. La nature de cette terre ne leur importait pas à l'heure où elle se rendait à eux après une aussi longue poursuite. Elle était la terre, simplement. Abstraite jusque-là comme une idée, elle se matérialisait soudain et livrait ses contours bien réels.

Les matelots allaient aborder, fouler un sol, escalader une falaise et s'abreuver aux eaux courantes. La terre était devant eux tandis que le matin s'annonçait. Le bruit du canon se perdit sur les flots et les hourras redoublèrent.

Rodrigo fut arraché à sa contemplation. Chacun voulait l'embrasser, le féliciter. Les claques pleuvaient sur ses épaules, les clameurs frappaient ses oreilles, et lui se laissait faire, ballotté et hagard sous l'effet d'un choc dont il ne parvenait pas à se remettre.

– Te voilà riche, vieux frère !

– Fini pour toi les semaines de pêche ! Diable de chanceux !

– Dix mille maravédis que la reine te versera !

– Tant que tu auras de vie !

– Longue vie à toi, Rodrigo ! »

Les vivats[47] reprenaient. Les bonnets s'envolaient. Sur la Santa-María, personne absolument ne prêtait attention à l'homme qui, les bras ouverts, tourné vers le ciel comme

47. Vivats : acclamations de joie.

si la terre conquise n'était plus que sa préoccupation seconde, remerciait Dieu de lui avoir inspiré ce voyage.

Chinito se tenait près de Bartolomeo lorsque Rodrigo de Triana vint demander la reconnaissance de sa découverte. Le luron[48] avait retrouvé ses esprits et mesurait maintenant la faveur du Ciel accordée à son humble personne. Une assurance nouvelle lui donna un parler clair et haut dans lequel toute parole était joyeuse jeunesse.

« Capitaine, c'est moi qui ai vu la terre le premier.

– Amiral. »

Le mot tomba et, après lui, l'assemblée fit silence.

Christophe Colomb demeurait impassible. Ombre dans le clair de lune, le visage mouillé de clarté froide, il n'avait de vie que par la voix.

– Je suis amiral de la mer Océane. »

Cette phrase que Chinito avait entendue murmurer en un instant d'incertitude, lâchée à regret sous l'emprise de la passion la plus exigeante, résonna au cœur de la nuit. L'assistance en fut brusquement intimidée, mais pas Rodrigo.

– Amiral, reprit-il avec un rien de négligence dans le ton, je viens chercher l'engagement que j'aurai mon dû.

– Tu auras ton dû, j'en réponds. Mais détrompe-toi, ami. Tu n'es pas le premier à avoir vu la terre. J'ai priorité sur toi.

Un flottement parcourut le groupe des matelots. Que voulait dire l'amiral ? Chacun savait que c'était Rodrigo qui, le premier, avait aperçu la côte.

48. Luron : homme joyeux.

– J'ai vu une lumière aux dernières heures d'hier, reprit Colomb. Le premier qui a aperçu la terre, c'est moi ! »

Le mouvement s'accentua, accompagné de protestations confuses. Personne n'osa dire son désaccord, sauf Rodrigo qui, stupéfait une seconde fois, voulut en savoir davantage.

– Une lumière ? demanda-t-il. Quelle lumière ? Je n'ai jamais vu de lumière, moi !

– Justement !

– La terre semble inhabitée.

– Que le *señor* Gutierrez en témoigne. Le confident du roi dodelina de la tête, ce qui lui permit de ne pas parler tout de suite. Un certain embarras le fit bredouiller.

– Une… Une lumière, en effet. L'amiral m'a appelé. Il pouvait être dix heures du soir. Il m'a dit avoir vu, pendant un long moment, une lumière qui s'élevait et descendait sur l'horizon, puis… »

Il hésita, tel un homme sur le point d'énoncer une vérité aux contours trop flous.

« Si mes sens ne se sont pas leurrés[49], j'ai vu, moi aussi, cette lumière. »

Christophe Colomb arrêta d'un geste le brouhaha.

« Je tiendrai ma promesse, Rodrigo de Triana. Tu auras ton habit de soie.

– Grand merci, amiral ! Il me sera utile pour accompagner la pension de dix mille maravédis ! »

Quelques rires s'étouffèrent aussitôt que nés. Une tension planait sur l'assistance. L'ironie du gabier était

49. Leurrés : trompés.

coupante et glacée. Personne ne fut dupé par le ton de la réplique.

« Tu oublies que tu n'as pas été le premier. Les maravédis ne pourront t'être octroyés.

– Dussé-je pour cela me rallier aux infidèles et conquérir ces pièces à la pointe d'un yatagan[50], je les aurai, amiral ! » siffla Rodrigo.

Il termina sa diatribe[51] dans un hululement que quarante gorges reprirent. Et puis, la nervosité retomba. On attendit le jour. Aborder un rivage inconnu sur des fonds que la nuit ne permettait pas d'évaluer, à travers des récifs près desquels jamais barque chrétienne ne s'était aventurée, présentait trop de risques. La mer gardait son humeur. Ce ne serait pas un débarquement sur une nappe d'huile. Prudemment on cargua[52] les voiles. La flotte mise à la cape[53], les marins veillèrent jusqu'à l'heure où le jour leur donnerait enfin à voir le pays de l'or et des merveilles.

Rodrigo de Triana s'échappa des groupes qui voulaient l'accaparer. Il quitta la Santa-María. Lorsqu'il fut sur la Pinta, il se hissa avec l'agilité née d'un désespoir furieux le long du grand mât jusqu'au point où les haubans* enserraient le bois sous la hune*. Là, il resta accroché de toute la force de ses doigts crispés, de ses jarrets tendus.

Il semblait, par un effort de volonté, se détacher du navire, devenir sans poids loin d'un manque de parole qui lui faisait injure. Seul, perdu dans l'air marin, hors

---

50. Yatagan : sabre incurvé.
51. Diatribe : critique violente.
52. Cargua : replia.
53. Mise à la cape : ralentie en vue d'être immobilisée.

d'atteinte au-dessus de sa condition de damné de la mer, il se rassasia d'un face à face avec la terre qui l'avait choisi tandis que, près de lui, la lune pâlissait et le ciel se risquait à des teintes d'ivoire.

Assis dans un coin avec le Malagueño, Chinito surveillait les progrès de l'aube, mêlant son impatience à celle de l'équipage. Pour tromper l'attente, un homme se mit à chanter. Ce ne fut d'abord qu'une mélopée[54] puis un lamento[55] éclatant en des traînées vocales toutes rugueuses d'un pathétique où la voix tenait jusqu'à l'absurde une note désespérée. Chacun s'immobilisa pour écouter ce chant qui était l'Espagne au milieu d'un monde nouveau.

Le ciel dévoilait peu à peu la proie aux conquérants. Mais qui était la proie et qui le prédateur ? La terre, maintenant sortie de l'ombre, montrait sa réalité dépouillée des illusions de la nuit. Elle était roche abrupte encore bleuie de brume, plage de sable blanc offerte avec trop de complaisance pour que l'idée d'un piège irrémédiable ne vînt pas à l'esprit.

Le Malagueño n'avait jamais été autant silencieux.

Dans leur euphorie[56], les hommes rejetaient les pensées de prudence. Cette île – mais était-ce une île ? – qu'ils avaient atteinte après des jours de frayeur apparaissait semblable à toutes les autres. Ils oubliaient les lieues parcourues, les vents dominants et le retour non assuré.

54. Mélopée : chant monotone.
55. Lamento : chant plaintif.
56. Euphorie : sensation de profond bien-être.

Ils étaient des marins près de débarquer, secouant les liens qui les unissaient à la mer pour retrouver les joies des bordées[57] dans le temps chichement mesuré d'une escale.

Les plaisanteries fusaient. Les cris, de nouveau, se mêlaient aux rires sonores. On se montrait du doigt un détail brusquement révélé. Après l'émoi de la nuit, une surexcitation chargée de menaces s'emparait des âmes, parcourait les corps qui se pressaient contre le bordage*, tous les sens en alerte, dans le balancement d'une houle profonde.

Le Malagueño gardait le silence.

Quand l'aurore débuta, le matelot qui chantait son Espagne lointaine se tut soudain. Les battements des paumes s'arrêtèrent aussi. L'homme se leva, arracha son bonnet et, vibrant de foi, de tension et de reconnaissance, il entonna le cantique du soir alors que, triomphal, le soleil allumait sur la côte des teintes roses et de doux reflets orangés.

Le *Salve Regina* trouva un écho sur les autres navires. Dévotion tonitruante[58] qui emplissait la mer et le ciel, rivalisant de discordances avec les cris des oiseaux tourbillonnants. Puis une vergue* monta et développa sa voilure. Une autre la suivit et une autre encore. La brise poussa les caravelles vers la terre offerte. Les hommes au cœur serré par l'émotion s'appropriaient du regard ce nouveau rivage qui semblait venir à eux au gré des

---

57. **Bordées :** moments passés dans les tavernes des ports.
58. **Dévotion tonitruante :** prière faite à voix très forte.

courants et des vagues. Personne ne disait plus mot. On scrutait la crête de la falaise pour y surprendre une silhouette de guetteur, y distinguer une tour où, la nuit, flamboierait un brasier qui servirait de phare. On fouillait d'un œil soupçonneux la plage peu à peu visible dans son étendue, pour y discerner une barque abandonnée ou des filets de pêche.

Et rien ne se laissait apercevoir. Le pays dormait dans l'attente de sa découverte.

Bartolomeo se leva. Il n'y mit aucune hâte. Depuis le jour qui lui paraissait si éloigné où ils s'étaient rencontrés à l'auberge, jamais Chinito ne lui avait vu un visage aussi paisible. Le jeune homme resta appuyé un long moment au mât d'artimon* puis, se retournant :

« Le petit fruit rouge n'était pas du poison », affirma-t-il avec un demi-sourire.

Chinito était trop absorbé par ses propres pensées pour comprendre le sens des paroles du Malagueño. Il n'osa pas dire sa chimère envolée, mais il tenta de maîtriser un regret enfantin.

« Je ne débarquerai pas au Cathay en habit de soie bleue, rumina-t-il. En guenilles je serai. Comme toujours. Bah *¡No importa!* »

AI-JE BIEN LU ?

1 Quel est l'état d'esprit des hommes d'équipage au fur et à mesure que les navires s'éloignent de l'Europe ?

2 **a.** À qui en veulent-ils ? Pourquoi ?
b. Quel projet forment-ils ?

3 **a.** Qui a entrevu la terre le premier ?
b. Après combien de fausses alertes ?

J'EXPLIQUE LE TEXTE

Le parcours de Chinito

4 **a.** Quels sont les deux personnages auprès de qui Chinito cherche de l'affection ?
b. Comment chacun d'eux se comporte-t-il avec lui ?
c. À quels moments Chinito semble-t-il heureux des liens qu'il a noués (l. 678-681, p. 144 ; l. 812-817, p. 149) ?

5 Pourquoi les hommes de l'équipage se méfient-ils de lui ?

6 Comment Chinito imagine-t-il son arrivée à Cipango (l. 542-553, p. 139) ?

Le personnage de Colomb

L'amiral de la mer Océane

7 Dans quel état d'esprit Colomb se trouve-t-il, au fur et à mesure que les navires s'éloignent de l'Europe (l. 10-22, p. 119-120) ? Citez le texte.

8 À quoi passe-t-il son temps (l. 12-17, p. 119 ; et l. 698-702, p. 144-145) ?

9 Se préoccupe-t-il des lamentations et des jurons de l'équipage ? Relevez une comparaison (l. 27-29, p. 120).

10 Accepte-t-il la demande de Pinzon d'aller vers le sud-ouest ? Pourquoi (l. 389-392, p. 133 ; et l. 457-468, p. 136) ?

QUESTIONS SUR LE TEXTE 3

— Ses relations avec Chinito

11 **a.** Montrez que le comportement de Colomb envers Chinito a changé (l. 22-24, p. 120).
b. À quel moment se montre-t-il plus proche de lui (l. 707-764, p. 145-147) ? Que lui apporte la présence de l'enfant ?

Le parcours de Malagueño

12 Quel a été le passé de Malagueño ? À qui le confie-t-il ? Pourquoi ?
13 Quel projet forme-t-il ? Quel est le temps utilisé ?
14 **a.** Pourquoi n'hésite-t-il pas à goûter le « fruit nouveau » apporté par les flots (l. 654-677, p. 143-144) ?
b. « Le petit fruit rouge n'était pas du poison » (l. 1098, p. 160) : quel sens donnez-vous à ces paroles ?

Le récit de voyage

— L'attente

15 **a.** Quel personnage pense avoir vu la terre le premier ?
b. Quelle récompense espère-t-il obtenir ? Pourquoi ?
c. Qu'a-t-il vu en réalité (l. 461-466, p. 136) ?
16 **a.** Quel premier signe humain parvient à l'équipage (l. 592-598, p. 140-141) ?
b. Annonce-t-il une « civilisation riche » (l. 613-619, p. 141) ?

— Terre en vue !

17 **a.** Que voit Colomb le 11 octobre à 10 heures du soir ?
b. Quel témoin fait-il venir (l. 775-806, p. 147-148) ?
18 **a.** Quel personnage crie « Terre ! » le 12 octobre ? À quelle heure ?
b. Quelle est la réaction des marins ?
c. Pourquoi Colomb ne donne-t-il pas à ce personnage la récompense promise (l. 957-1008, p. 155-157) ?

19 Quel moment de la journée Colomb attend-il pour débarquer ? Pourquoi (l. 1014-1017, p. 157) ?

Je formule mes impressions

20 Selon vous, que vont trouver Colomb et ses hommes sur la terre qui est « dans l'attente de sa découverte » (l. 1091-1092, p. 160) ?

J'ÉTUDIE LA LANGUE

Grammaire : l'attribut

L'**attribut** permet de caractériser un être, un lieu, un objet, par l'intermédiaire d'un verbe d'état dit attributif (être, paraître, sembler, devenir, demeurer, rester...).

21 Complétez le tableau à partir des phrases suivantes.
- « À mesure que le temps passait, Colomb devenait plus farouche » (l. 19-20, p. 119).
- « Les feuilles et les fruits étaient si frais [...] qu'on ne pouvait imaginer qu'ils aient séjourné longtemps dans l'eau » (l. 632-634, p. 142).
- « La terre semble inhabitée » (l. 986, p. 156).
- « Ils étaient des marins près de débarquer » (l. 1057, p. 159).

Sujet	Verbe attributif	Attribut	Classe

AIDE : Dans la colonne « Classe », indiquez s'il s'agit d'un groupe nominal, adjectif ou participe adjectif.

QUESTIONS SUR LE TEXTE 3

Conjugaison

22 « Capitaine, c'est moi qui ai vu la terre le premier. » (l. 957, p. 155)
Identifiez le temps et conjuguez à toutes les personnes (c'est moi qui, c'est toi qui...).

J'ÉCRIS

Imaginer un récit

23 Vous faites partie de l'équipage. Imaginez en un ou deux paragraphe(s) vos premiers pas sur l'île.

CONSIGNES D'ÉCRITURE
- Rédigez à la première personne et au présent.
- Décrivez les lieux : végétation, faune (oiseaux, singes...).
- Faites part de vos sentiments et sensations (moiteur, étouffement, tiédeur, senteurs, douceur paradisiaque...).

« Qu'à partir d'aujourd'hui [...] cette terre se nomme San Salvador ! »

7
Vendredi 12 octobre 1492

La grève[1] s'offrait à la vue, mais se défendait encore à grand renfort de vagues. Les rouleaux recouvraient un éparpillement de récifs[2] à fleur d'eau avant de s'écraser, en une confusion d'azur et d'écume, sur une plage. La terre se trouvait à quelques centaines de brasses, au centre d'un tumulte que les Espagnols auraient volontiers bravé tant leur impatience était grande de fouler un sol de nouveau. Christophe Colomb comprit le danger.

« Nous ne pouvons nous approcher davantage. Les couloirs sont trop étroits.

– Mettons les chaloupes à la mer.

– Elles risquent de se retourner.

– Alors, allons-y à la nage !

– Non. »

Le refus était sans appel. Un homme tenta cependant d'enjamber le bordage[3]. Colomb posa sur son épaule une main résolue.

1. **Grève :** plage.
2. **Récifs :** rochers à fleur d'eau.
3. **Bordage :** rebord du navire.

« Cette terre va accueillir les envoyés des rois d'Espagne. Doit-elle voir arriver des nageurs aux allures de naufragés ? Nous aborderons en chaloupes et, pour cela, nous devons chercher un autre mouillage[4]. »

L'amiral, qui s'était efforcé d'apercevoir les Indes avant tout autre, voulait être aussi celui qui, le premier, y poserait le pied. Il avait revêtu un costume magnifique. Longtemps, l'habit avait attendu ce jour glorieux, soigneusement plié dans l'ombre d'un coffre.

Ils jetèrent l'ancre devant une crique qui leur parut plus accessible. Le lieu était désert. À la limite du sable, des arbres se pressaient, si verts et luxuriants que des tornades les avaient parfois jetés à terre sans parvenir jamais à les tuer. Dressés ou presque horizontaux, ils mêlaient leurs frondaisons[5] et leurs nuages de fleurs dans un enchevêtrement qui était une barrière. Des oiseaux aux teintes encore plus vives que celles des fleurs sortaient du rempart végétal. Ils perdaient leurs contours d'oiseaux en se posant sur les branches. Le bleu, le vert et le jaune de leur plumage, dissous dans les couleurs des arbres, les métamorphosaient en bouquets chatoyants. Seuls les révélaient encore des cris aussi disgracieux que leur robe était éclatante. Ils menaient grand tapage et déployaient leurs ailes dans une tranquillité si parfaite qu'on ne pouvait imaginer des hommes aux alentours.

Les Espagnols essayaient cependant de déceler des présences cachées. Combien d'yeux les épiaient dans

4. Mouillage : endroit où accoste un navire.
5. Frondaisons : feuillages.

les fourrés ? Qu'allait-il surgir de ces fleurs et de ces branches ?

Chaque caravelle mit une chaloupe à la mer, et l'instant espéré se produisit. Chinito faillit n'être que le spectateur laissé à l'arrière. Ils ne pouvaient pas monter tous dans l'embarcation. Quand l'amiral et les notables eurent pris place, et les rameurs une fois assis sur le banc de nage, les autres restèrent sur le pont.

« Tu sais nager ? demanda Bartolomeo entre les dents.

– Pas bien.

– Suis-moi ! »

Il piqua une tête dans les rouleaux. Chinito le vit disparaître sous une lame vert-bleu translucide comme une gemme[6], et reparaître en crevant l'écume.

« Attends-moi ! »

Un petit prince en soie bleu glacé ne débarquerait pas au pays des merveilles. À sa place, une vague jetterait sur la grève un chiot étourdi. Le sentiment d'être parvenu au point où il allait perdre une amitié silencieuse mais sûre poussa Chinito à la hardiesse. Yeux clos, nez pincé entre le pouce et l'index replié, il sauta. Il s'enfonça dans cet univers qu'il avait tant redouté pendant que le navire suivait sa route. Allait-il remonter ? Il lâcha son nez pour agiter bras et jambes en un désordre qu'il ne maîtrisait plus. Poitrine bloquée autant par l'angoisse que par la pression environnante, il sentit pourtant qu'il regagnait la surface.

« Bartol... »

6. Gemme : pierre précieuse.

Autour de lui, d'autres corps se jetaient à la mer. Christophe Colomb débarquerait en habit de parade, mais il serait escorté d'hommes sortis des flots comme des rescapés.

« Dépêche-toi ! Il y a peut-être des requins ! »

Il n'avait pensé qu'au danger de la noyade. Les histoires entendues à bord lui revinrent en mémoire, tous les récits qui parlaient de jambes arrachées, de bras sectionnés par deux mâchoires monstrueuses à double rangée de dents. La panique le prit.

« Sois calme, conseilla le Malagueño en se coulant près de lui avec l'aisance d'un poisson. N'aie pas peur. Je reste avec toi. »

La vague l'abandonna comme ces méduses qu'un paquet de mer jette sur le sable, flasques et amorphes, livrées aux oiseaux et au soleil, recouvertes parfois d'une langue d'eau qui pourrait les reprendre mais les roule avant de les laisser définitivement. Pour les méduses, c'est la mort assurée. Pour Chinito, c'était la vie sauve.

Il demeura à plat ventre, le nez dans le ressac[7], tantôt étouffé et tantôt respirant au gré des déferlements[8] jusqu'à ce qu'il eût ramassé en lui assez de courage pour lever la tête.

C'est ainsi que Pedro Alvarez, à quatorze ans, découvrit l'Amérique.

Il vit Christophe Colomb sortir de la chaloupe, l'étendard haut brandi frappé de la croix verte et des initiales

7. Ressac : retour violent des vagues sur elles-mêmes après avoir frappé un obstacle.
8. Déferlements : avancées des vagues.

couronnées des souverains. Martín Alonso Pinzón et Vicente Yañez sautèrent après lui. La mer éclaboussa la bannière royale que chacun d'eux tenait pour encadrer l'étendard. Aux pieds des rameurs, sous les bancs, les armes dormaient, pour le moment inutiles.

« Grâce soit rendue à Dieu ! clama le navigateur exaucé. Cette terre, de par l'étendard planté, est désormais chrétienne et espagnole. Je le dis au nom de Leurs Majestés Isabelle de Castille et Ferdinand d'Aragon, les Rois Catholiques qui en sont maîtres ! »

Joignant le geste à la parole, il ficha[9] l'étendard dans le sable puis, devant son escouade[10] aux allures de forbans[11] mouillés, la voix affermie, les yeux au ciel, il ajouta :

« De par la volonté de nos très grands souverains, je suis vice-roi des Indes et amiral de la flotte qui franchira bientôt la mer Océane pour le plus grand avantage de la Sainte Espagne ! »

Il ménagea une pause. Des perroquets criaillaient dans les branches. Les palmes doucement se balançaient.

Enfin, se tournant vers les flots qui l'avaient conduit en ces lieux et les prenant à témoin de son rôle devant l'Histoire, le nouvel amiral déclara :

« Qu'à partir d'aujourd'hui et pour toujours, en remerciements au Seigneur de Gloire qui a permis une action aussi étonnante, cette terre se nomme San Salvador ! »

---

9. Ficha : planta.
10. Escouade : groupe de quelques personnes.
11. Forbans : bandits.

Des vivats partirent en même temps de toutes les poitrines.

« Vive le vice-roi !

– Vive l'amiral !

– Nous te jurons obéissance, seigneur Colomb, sur cette terre et sur le pont de nos bateaux !

– *¡Deo gratias!* »

Les Espagnols baisèrent le sable à genoux et remercièrent le Seigneur en une oraison[12] ardente. Chinito, immobile dans le battement des vagues, caressé par cette eau qui n'était plus un danger à l'abri de la crique où mouraient les courants du grand large, contemplait la scène sans oser s'y mêler. Ces hommes prosternés lui rappelaient les Maures heurtant du front le sol de Grenade lorsque des minarets tombait l'appel à la prière.

Christophe Colomb se releva le premier. Déjà les équipages louchaient vers les fruits pendus aux branches parmi les fleurs.

« Rodrigo Sanchez, dit l'amiral, vous en rendrez témoignage. Et vous, Rodrigo d'Escobedo, qui êtes notaire, prenez-en acte ici-même afin que nul ne soit en mesure jamais de nous contester cette part du royaume. »

Le señor d'Escobedo eut juste le temps de tracer au bas de l'acte posé sur un genou osseux sa belle signature ornementée. Il resta la plume levée. Les feuillages, d'un coup, s'étaient ouverts. Vingt, trente silhouettes en avaient jailli, qui se tenaient immobiles, à deux pas de l'abri des arbres.

12. Oraison : prière.

Christophe Colomb débarquant à San Salvador (Bahamas), le 12 octobre 1492, gravure de Riou (XIXe siècle).

Chinito se ramassa en boule, conscient de n'avoir aucun moyen de retraite capable de le sauver. Bartolomeo étendit sur lui une main protectrice.

« Ne bouge pas. »

Les hommes qui avaient sculpté le morceau de bois repêché prenaient figure. Ils étaient beaux et jeunes. Leur corps, entièrement nu, avait le poli lisse et brun de l'olive mûre. Quelque chose de gracieux dans leurs attitudes, allié à des muscles qui leur faisaient le ventre plat et les épaules larges, leur donnait encore des postures d'animaux surpris à la lisière des bois.

« *¡Los Indios!* » s'écria quelqu'un derrière l'amiral.

Vicente Yañez dégaina son épée.

Le mot rebondit, repris par tous, frappé d'incrédulité malgré l'évidence.

« *¡Los Indios!* »

Dès lors, ils furent les Indiens. Ébahis par le spectacle qui se déroulait sous leurs yeux, ils regardaient tour à tour les caravelles posées sur la houle comme de grands oiseaux et ces êtres plus qu'étranges surgis dans le petit matin.

« Ils ne sont pas armés, chuchota Bartolomeo à Chinito sans le moindre mouvement. Ne crains rien. »

« On dirait qu'ils nous imaginent tombés du ciel », pensa le garçon de plus en plus rassuré par leur attitude pacifique.

Un Indien se risqua à bouger. Il s'accroupit d'abord comme pour voir sous un angle différent les créatures pâles, au corps enveloppé de surprenantes feuilles de couleur. Puis, se relevant, un sourire crispé sur sa face imberbe, il progressa à pas glissés sur le sable.

Rodrigo d'Escobedo trempait sa plume dans la corne de bouc qu'il portait à la ceinture et écrivait une suite éperdue au procès-verbal de l'événement. Son écriture, à contrecœur hâtive, couvrait la page. L'Indien s'approcha, fasciné par ce qu'il prenait visiblement pour de la sorcellerie. Ses yeux ne quittaient pas la plume d'oie qui grattait, grattait, traçant des lignes noires. Puis il se retourna vers ceux de sa tribu. Les jeunes sauvages, libérés de leur crainte, se précipitèrent. Ils semblaient danser tant ils témoignaient de joie enfantine. Tous, ils voulurent voir les pages zébrées de magie et, quand la dernière passa de main en main pour recevoir les différentes signatures, ils lui firent escorte avec des airs ahuris, des rires et des yeux brillant d'incompréhension amusée.

Très vite, leur intérêt changea d'objet pour se porter sur les vêtements. Ils frôlèrent du bout des doigts les pans des justaucorps[13], les aigrettes[14] mousseuses et même les chemises misérables. Le bel habit de Colomb faillit y perdre son ordonnance parfaite. Tiraillé, pétri, palpé, caressé, il allait être mis en pièces quand son propriétaire, désespérant de communiquer par le langage, appela un matelot qui transportait un sac.

L'amiral retira de ce sac une clochette de cuivre à laquelle l'air salin avait laissé quelques reflets brunis. Il l'agita d'une secousse brève. Trois petites notes s'envo-

13. Justaucorps : vestes.
14. Aigrettes : ornements de plumes.

lèrent. Elles étaient comme un lointain écho des monastères d'un pays qu'ils avaient laissé au bout de tant de lieues marines, un appel grêle et dérisoire parmi les cris d'oiseaux et le roulement des vagues.

Une autre secousse. Trois notes de nouveau. Colomb savait entretenir l'attente. Le plus aventureux des hommes nus mordit à l'appât. Son visage exprima une curiosité d'enfant qui se mua très vite en convoitise[15] un peu apeurée quand se fit entendre une fois encore la petite musique. Un tintement endiablé vainquit ses résistances. Christophe Colomb éparpillait à bout de bras les bruits argentins et factices d'une civilisation bâtissant volontairement un marché de dupes.

L'homme portait un minuscule éclat d'or accroché à un anneau qui perçait la cloison de ses narines. L'amiral tendit la clochette. L'Indien la prit avec mille craintes l'une après l'autre vaincues. Ses compagnons resserrèrent le cercle. Il ne voulut pas être lâche devant eux. L'objet à hauteur de l'oreille, il l'agita. S'en suivirent deux notes timides, un sourire étonné et ravi, une succession d'autres notes, un mouvement de joie dans le groupe des curieux et puis un tintinnabulement[16] interminable accompagné de grands gestes.

Quand l'agitation retomba, Colomb toucha du doigt le fragment de métal précieux qui pendait au nez du jeune sauvage. Les rites du troc furent compris sur ce sol que jamais marchand n'avait foulé. L'homme ouvrit l'anneau

15. Convoitise : désir de posséder.
16. Tintinnabulement : son de grelot.

et donna la pépite en échange d'un peu de musique de cuivre.

Alors du sac sortirent des splendeurs. Des perles de verre à poignées, jaunes, bleues, rouges comme cœurs de pigeon, vertes comme un matin des forêts, irisées tel un arc-en-ciel, aussi limpides que le lagon, d'un mauve d'aurore délavée, roses, noires de nuit. Des cris admiratifs saluèrent ce prodige. Christophe Colomb faisait cascader les verroteries[17] d'une main dans l'autre. Éblouis par tant de couleurs mêlées dans une surnaturelle transparence, les Indiens qui, vraisemblablement, ne possédaient rien, ni champs, ni troupeaux, ni armes, ni vêtements, ni parures à l'exception de la pépite offerte, apprirent en un instant à convoiter d'illusoires richesses.

Bartolomeo posa la main sur celle de Chinito à demi enfouie dans le sable. D'une pression fugitive, il exprima ce qui ressemblait un peu à une sorte de chagrin au moment d'exécuter sa décision. Une vague vint recouvrir les deux mains réunies. Lorsqu'elle se retira, Bartolomeo avait déjà tranché le lien d'amitié.

Chinito le vit traverser la plage. Il avait bien choisi son heure. Espagnols et Indiens étaient trop occupés pour lui prêter attention. Il atteignit l'orée des feuillages. Il ne se retourna pas. Les branches se refermèrent sur lui. Une pluie de pétales marqua l'endroit où il était passé. Un oiseau bleu comme l'horizon s'éleva au-dessus des palmes. Chinito comprit qu'il ne reverrait plus son ami.

17. Verroteries : petites pièces de verre coloré, sans valeur.

« Il reviendra ce soir, se répétait-il pour entretenir une illusion qui pourtant ne le trompait pas. Quand il aura exploré le pays, il comprendra qu'il était fou de vouloir nous quitter. »

Une boule de tristesse de plus en plus dure démentait ces idées réconfortantes, mais Chinito voulait repousser sa peine jusqu'au soir. Alors seulement il s'y abandonnerait. Avant, il fallait vivre la journée qui promettait d'être riche en rebondissements. Une envie de s'enfoncer à la suite de Bartolomeo le taraudait[18]. Il avait quitté la frange de sable battue par les vagues. Assis parmi des débris de coquillages, à quelques pas du groupe qui ne se préoccupait pas de sa présence, il lui aurait suffi de quatre ou cinq enjambées pour gagner la lisière. L'odeur des végétaux pourrissants lui remplissait les narines, mêlée à celle de la mer. Les pluies chaudes et les soleils moites corrompaient l'excès de plantes, attaquaient les limbes[19] et les bois, coulaient la mort dans les nervures engorgées, noircissaient, putréfiaient les tiges pour faire surgir de cet amas en décomposition des fleurs qui s'élançaient en guirlandes, dévalaient jusqu'à terre, enivrées d'un humus aérien et armées d'une vitalité de grandes dévoreuses.

Un événement subit décida du sort de Chinito : il resta. Vicente Yañez gardait l'épée dégainée. Jambes écartées, poing armé, tête haute afin de ne rien perdre de sa taille, il semblait poser pour les illustrations futures de cette rencontre historique. L'acier nu brillait sous le soleil.

18. Taraudait : tourmentait.
19. Limbes : parties larges d'une feuille.

Son éclat attira l'Indien téméraire. Le jeune homme saisit la lame à pleine main et la lâcha aussitôt. Le sang jaillit d'une entaille profonde. Il se chercha un passage le long des doigts écartés puis, goutte à goutte, tomba.

Les indigènes reculèrent, épouvantés. Plusieurs eurent le réflexe inné de toutes les survies précaires. La forêt les absorba. D'autres, le front contre le sol, exprimèrent leur soumission aux dieux porteurs d'un bâton étincelant dont le contact pouvait donner la mort. Leur joie s'en trouva atteinte d'une blessure de méfiance.

Les trois capitaines laissèrent les chaloupes sous bonne garde et, suivis du reste des équipages, entreprirent une reconnaissance. Les braves autochtones[20] avaient déjà oublié l'incident de l'épée. Ils conduisirent les hommes blancs par des sentiers où l'on ne pouvait marcher à deux côte à côte. Chinito prit place au milieu de la file. Il était partagé entre l'émerveillement et la crainte. Rien ne correspondait à l'image qu'il s'était faite en écoutant l'amiral ou en rêvant par les longs soirs de bonace. Où étaient les villes grouillantes du commerce des épices, les rues bariolées de manteaux éclatants, d'armes ciselées, de bijoux et de palanquins ? Il avait attendu des caravanes de chameaux, des chevaux bais aux selles incrustées de joyaux arrachés à des montagnes inépuisables. Son esprit avait imaginé des balcons clos de treillis de nacre pour dissimuler des beautés indolentes et recluses, des jardins auprès desquels ceux de Grenade n'auraient été

20. Autochtones : populations originaires des pays qu'elles habitent.

que rustiques pauvretés, des cloches d'or remplissant l'air du soir d'une musique d'anges.

Au lieu de cela, il marchait derrière des hommes nus qui n'avaient que leur beauté pour toute richesse, dans une forêt où la main humaine en aucun endroit n'imposait longtemps sa marque. La nature, ici, était souveraine. Parce qu'il avait quatorze ans et que l'or ne représentait pas pour lui une nécessité première, Chinito oublia les fastes[21] supposés de Cipango et s'émerveilla de ce qui l'entourait.

Les oiseaux pouvaient lui faire croire qu'il avait atteint le pays légendaire où le phénix se consume de toutes les ardeurs du jour et renaît de ses cendres. Il n'avait jamais vu encore de perroquets. Ils étaient là, si près qu'on eût pu les toucher, brisant de leur bec recourbé des fleurs inconnues à la chair mystérieuse dont les formes et les couleurs jetaient un trouble diffus dans l'esprit du garçon.

La forêt s'ouvrit sur une clairière. Au centre, un village pressait les unes contre les autres ses huttes de branchages, dans le vain espoir de se protéger. Des enfants accoururent à la rencontre de leurs pères. Ils étaient nus et joyeux. Quand ils aperçurent les êtres incroyables qui fermaient la marche, ils se figèrent, moins de peur que d'étonnement. Plusieurs, soumis à un atavisme[22] sans faille, estimèrent d'un coup d'œil déjà compétent l'espace qui les séparait du refuge des arbres.

21. Les fastes : le luxe.
22. Atavisme : instinct héréditaire.

Près des huttes, un remue-ménage créa le vide. Les femmes avaient été surprises autour des feux où grillaient le gibier du jour, quelques poissons, des fruits éclatés sous les braises. D'autres, assises en rond sur des jonchées de palmes, laissaient fondre les heures dans une inaction sans remords de paradis terrestre.

Chinito, le nez au vent, le cœur encore plus craquelé de crainte et de l'excitant plaisir que lui procurait l'aventure, eut juste le temps d'entrevoir le tableau d'une vie qui, ce jour-là, définitivement s'achevait.

Les femmes disparurent dans les huttes. Les enfants emboîtèrent le pas aux nouveaux arrivants.

San Salvador, la terre de toutes les spéculations[23], se montrait telle qu'elle était vraiment : une île à l'écart des routes avec, protégés par un hérissement de récifs environnés de vagues, des villages peureux blottis entre mer et forêt dont ils tiraient maigre provende[24].

Paco avait eu une réaction de terrien au moment de s'enfoncer dans les bois. Lui qui envisageait d'encourir la corde pour une mutinerie échouée avait voulu s'armer contre les dangers possibles de serpents ou autres redoutables rencontres. À peine avait-il mis le pied sous les arbres qu'il appointait[25] un bâton à longs coups de son solide couteau. L'arme était fin prête lorsqu'ils arrivèrent aux cases. Paco, le premier, fit le geste du conquérant. Il planta l'épieu dans un poisson grillé et, au nom d'une

---

23. Spéculations : opérations financières et commerciales.
24. Provende : nourriture.
25. Appointait : taillait.

primauté qu'il aurait été fort surpris de voir remettre en cause, il s'arrogea le droit d'un festin impromptu. C'était bien tout ce que pouvaient offrir les gens de ce pays, si démunis qu'à part quelques calebasses[26] et autres demi-coques de noix quasi gigantesques, ils ne possédaient rien dans leurs habitations sommaires.

« L'or ? interrogeait Colomb en montrant la minuscule pépite échangée. Où peut-on trouver de l'or ? »

Les indigènes regardaient le métal précieux avec une indifférence évidente. Le mot qu'on leur martelait aux oreilles fut le premier dont ils entrevirent le sens.

« Or, répétait l'amiral, l'index sur la parcelle jaune. Or.

– O... » répéta l'homme à la main blessée.

Trois boules colorées le payèrent de ses efforts. Il se tourna vers ses congénères[27]. Un flot de paroles fut échangé dans lequel le nom de l'or devait se perdre au milieu des interjections et des mots désignant des soucis autrement quotidiens.

Christophe Colomb prêtait l'oreille sans parvenir à isoler le vocable[28] primordial.

« Or, redisait-il avec patience.

– Or », prononça enfin le sauvage qui gardait la main ouverte.

Une bille jaspée[29] récompensa ce beau résultat. La main ne saignait plus. Elle indiqua des îles d'un geste imprécis. Chinito en conclut qu'il ne retournerait pas de sitôt

26. Calebasses : récipients.
27. Ses congénères : ses semblables.
28. Vocable : mot.
29. Jaspée : colorée par bandes ou par taches.

en Espagne. Le regrettait-il ? Si chacune des terres explorées était aussi inoffensive que celle-ci, il s'accommoderait longtemps d'une vie errante.

Mais si, ce même soir, Bartolomeo ne revenait pas au navire, San Salvador resterait le lieu de ses regrets.

Le jeune chef indigène toucha du doigt une zébrure qu'il portait à la base du cou, puis d'autres cicatrices sur les épaules, les flancs, la poitrine de plusieurs de ses compagnons. Points d'impact boursouflés de flèches ou de sagaies[30], longues estafilades[31]. La main désignait de nouveau l'horizon pour expliquer que, de là, avait surgi le mal, et elle se posait une fois de plus sur des balafres qui n'étaient pas toutes anciennes.

Les Espagnols comprirent que d'autres terres existaient à quelques jours de navigation. Des hommes étaient venus, sans doute dans des pirogues, et des luttes s'en étaient suivies. Une frayeur occupait encore les esprits à l'évocation de ces misères.

Le chef montra d'un geste deux de ses semblables puis, saisissant un oiseau qui rôtissait, il mordit dedans. L'air farouche pour traduire une gloutonnerie insatiable, il dévora le morceau de viande arraché.

Un concert de cris et de gémissements accompagna cette action. Des femmes se cachèrent le visage dans les mains. D'autres serrèrent un nouveau-né sur leur ventre rebondi. Les hommes les plus vieux, qui ne paraissaient pas avoir atteint pour autant un grand âge car on devait

30. Sagaies : javelots.
31. Estafilades : grandes coupures faites avec un instrument tranchant.

mourir jeune en ces contrées, opinèrent de la tête dans un silence résigné. Chinito ne saisissait pas la nature du fait qui avait laissé un souvenir aussi terrible dans le village, mais il sentit que, de l'horizon marin, pouvaient sortir de grands dangers.

« Or ! » reprenait inlassablement Christophe Colomb.

L'échange laborieux se poursuivit. Le mousse n'en perdait miette et tentait de donner, vaille que vaille, une signification à chaque attitude. De l'or, il y en avait au loin, sur un autre rivage. Là-bas vivait un chef puissant, un roi peut-être, qui possédait des bracelets, des colliers… un vase haut comme cela, des coupes… en or.

« Toi guider moi, proposa l'amiral en touchant successivement de l'index la poitrine de son interlocuteur et la sienne.

– Non ! Non ! »

La main de l'indigène s'agita dans l'air pour opposer un refus effrayé avant de se poser de nouveau sur sa cicatrice.

« Caribi, hommes méchants, dit la main. Manger ! Manger !

– Manger quoi ?

– Manger ! Manger !

– Poisson ?

– Non ! Non ! »

La main désigna les hommes nus. Elle ignora les femmes et les enfants, négligea les vieillards, et revint se poser sur la marque au bas du cou.

« Manger toi ? s'exclama Pinzón qui crut soudain avoir saisi le motif effroyable du refus.

– Oui ! Oui ! »

Malgré la chaleur, un frisson courut le long de la colonne vertébrale de Chinito. C'était donc là le danger !

La forêt perdit pour lui tout à coup ses belles couleurs. La mer transparente, l'azur resplendissant se chargèrent d'une menace terrible. Il avança d'un pas, se faufila au cœur du groupe de marins et, dans le bastion[32] des corps aux effluves aigres et rassurants, il essaya de reprendre ses esprits.

Le soir, il retrouva la Santa-María avec un vrai soulagement. Recroquevillé sur le pont, il attendit sans trop y croire afin de s'armer contre une déception qu'il pressentait inévitable, le retour de Bartolomeo.

L'île s'effaçait dans la nuit. Car c'était une île, ils en étaient sûrs maintenant. Toute la journée, ils avaient caboté[33] autour d'elle. Poussière perdue au milieu des flots, elle n'était pas le continent fantastique du Grand Khan. L'annonçait-elle ?

Christophe Colomb, peu désireux de partager avec Pinzón ce premier soir où un désappointement[34] se mêlait à l'immense espoir réaffirmé d'une certitude future, se demandait sans doute ce qu'était le pays d'où venaient des pirogues et la menace de sanglants festins.

L'équipage sommeillait dans la touffeur crépusculaire. La vigie* surveillait, attentive à la moindre ombre, au bruit le plus ténu[35], à un glissement sur la grève. Avec

32. Bastion : protection solide.
33. Caboté : navigué à faible distance des côtes.
34. Désappointement : déception.
35. Ténu : faible.

le soir, la mer s'était calmée. Au large de la crique, elle dormait, paisible, comme dormait l'île où les perroquets s'étaient tus.

Chinito attendait.

À tant fixer la faible houle scintillante, il finissait par faire naître des hallucinations. Là, tout près, n'était-ce pas un nageur qui s'approchait ? Bartolomeo revenait. Chinito voyait sa tête sur l'eau. Il recréait les brasses obstinées qui luttaient contre les courants. Il se tuait les yeux à essayer de mieux voir. Et ce qu'il avait pris pour un nageur se dissolvait dans un reflet de lune. Bartolomeo ne revenait pas. Il était parti à travers les branches pour ne plus revenir.

« Le petit fruit rouge n'était pas du poison, Chinito ! »

Le Malagueño avait rompu avec son passé. Peut-être l'avait-il fait au péril de sa vie, mais ce n'était pas payer trop cher la paix de l'âme. Quand, assis sur l'abreuvoir où les mules allaient boire, il restait à l'écart, un espoir s'était offert, véritable gageure[36] qu'il avait fallu saisir au passage. Il l'avait saisie, s'enfermant dans des silences qui le protégèrent longtemps, regrettant de n'accorder qu'un tout petit peu de sympathie à cet enfant mendiant d'affection qu'un geste violent avait, comme lui, jeté dans l'aventure.

Chinito voulait se persuader que Bartolomeo ne lui avait mesuré son amitié que pour se sentir plus libre au moment où il se perdrait sur une terre coupée du monde.

36. Gageure : pari, défi.

Maintenant, le Malagueño avait atteint la solitude des futaies[37] et il possédait en lui assez de force pour affronter un isolement qui, à un autre, risquerait d'être mortel. En dépit de ses quatorze ans, Chinito le comprenait.

Ce soir-là, il comprenait tant de choses !

S'il avait pu, s'il avait osé, si Bartolomeo l'avait permis, il aurait regagné la côte à la nage. Il aurait écarté les branches à son tour et il aurait vécu dans une hutte au toit de palmes. Il aurait chassé les petits crabes qui fourmillaient autour des récifs, ôté sa chemise en lambeaux devenue inutile, appris à conserver les braises, à reconnaître le fruit comestible, à poser les collets et recueillir la pluie dans des coques évidées.

« Chinito ! »

Son maître l'appelait en regagnant la chambre amirale.

« Trouve-moi un bout de chandelle, s'il en existe encore. »

Le journal de bord était posé sur la table. Une lueur vague pénétrait par les trois lucarnes. La page blanche captait cette clarté. Elle gardait un peu du mystère que le coffre, armé de fers minutieusement forgés à Séville, entretenait en conservant à l'abri de ses deux serrures le cahier sur lequel l'amiral se penchait tous les soirs.

Le garçon s'assura que l'encrier n'avait pas laissé évaporer son contenu au vent des Indes proches. Il ramassa la plume qu'un courant d'air avait jetée sur le plancher, puis se mit en quête d'un bout de chandelle.

---

37. Futaies : ensemble de grands arbres.

Quoi qu'en eût dit Colomb, la provision n'était pas épuisée. On avait emporté des réserves pour plus de six mois dans les flancs de chaque caravellc. Chinito alluma la mèche à un fanal[38] du pont et, la protégeant de la main, il rentra dans la chambre sur la pointe des pieds.

Christophe Colomb n'accordait aucun intérêt à ces préparatifs. En haut de la page de gauche, deux lignes d'une écriture économe de papier attirèrent l'attention du mousse.

Le vieil Alvarez s'en souvenait encore tellement il avait fait d'efforts pour les ânonner dans sa tête, tremblant d'être surpris en flagrant délit d'indiscrétion et happé par une curiosité irrésistible. Il reconnut les mots si souvent prononcés devant un équipage tour à tour apeuré, menaçant, tenté par la sédition[39] ou porté par des espérances qui, toutes, n'étaient pas chrétiennes.

« … parce que j'ai décidé d'aller aux Indes et que j'entends poursuivre mon voyage jusqu'à ce que, avec l'aide de Dieu, je réussisse à les atteindre. »

38. Fanal : lanterne.
39. Sédition : révolte.

8
Dimanche 28 octobre 1492

La grogne reprit dans les équipages. On s'était dégourdi les jambes en parcourant cette île plate et sablonneuse. On avait fait un tour au paradis des nudités naïves, des fleurs, des fruits et de la vie originelle. On était déçu.

« Heureusement qu'il pleut souvent ! Sinon où trouverait-on de l'eau douce dans ce pays ?

– Je m'attendais à manger un beau cabri grillé à point, un agneau de lait. Et qu'est-ce qu'on a ?

– Du poisson.

– Des oiseaux.

– Qui ont le pilon musclé ! Vaut mieux garder la dent solide !

– Moi, j'ai des chicots[40] depuis quelques lunes. Me faut de la viande fraîche. »

Un rire gras accueillit ces paroles. Ils riaient. Tout n'était pas perdu après la déception de ces Indes inaccessibles.

« Pourquoi rester ici, amiral ? Si les Indes sont protégées par des îles comme le disent ces sauvages qui n'ont même pas un parler chrétien, faut y aller voir. »

Christophe Colomb écoutait, impassible. La déception l'avait touché, lui aussi, mais elle lui avait donné ensuite plus de détermination. Penché sur les cartes qu'il possédait et les croquis qu'il dessinait lui-même, jour après jour, pour susciter une côte qu'il poursuivait, il expli-

40. Chicots : restes de dents cariées ou cassées.

quait à Juan de La Cosa assez sceptique[41] que le continent se trouvait derrière cette poussière d'îles. Le vrai. Celui de l'or. Chinito l'écoutait.

« Ici, sur ces terres qui sont riches et faciles parce que bien peuplées et plates, nous pourrons nous installer. Il suffira de quelques hommes armés pour contenir les indigènes. Voyez ! Ce sont de grands enfants. Bruyants et insouciants. Ils n'ont pas d'armes. Nous pourrons faire d'eux ce que nous voudrons. Ils nous prennent pour des dieux descendus du ciel. Nous les rendrons facilement chrétiens et puis nous en tirerons profit. Sous bonne garde, ils deviendront travailleurs. Avez-vous vu comme le coton pousse en abondance ? Avant de quitter cette île, je prendrai six de ces hommes pour les montrer à Leurs Majestés.

– Ne craignez-vous pas d'aller ainsi au-devant de difficultés ?

– Non. Je prendrai aussi six têtes de femmes[42]. De sorte que les hommes n'auront pas le goût de se révolter. Plus tard, je les ramènerai à San Salvador. Ils auront appris notre langue et nous permettront de communiquer avec leurs semblables. Ils auront vu ce qu'est l'Espagne et sauront leur devoir d'obéissance. »

Le lendemain, Chinito eut la surprise, en se réveillant, de découvrir la plage envahie par des indigènes. La journée promettait d'être chaude. Pour l'heure, une douce fraîcheur suscitait des parfums épicés, des odeurs marines et toujours ces étranges relents de végétation pourrissante.

---

41. Sceptique : qui doute.
42. Six têtes de femmes : Christophe Colomb a vraiment employé cette expression.

Le tout mêlé s'emparait comme une potion excitante des narines du garçon et coulait dans son corps une grande nervosité. L'équipage en son entier contemplait la foule des sauvages. Plus d'un gabier[43] avait jugé bon de se munir d'une arme blanche aussi discrète qu'efficace. Dans la ceinture, le contact de la lame était de ces sensations qui réconfortent au moment de braver le risque.

Quel messager avait donc couru la forêt pour apporter la nouvelle ? Des dieux à la peau claire, certains recouverts de plaques brillantes, d'autres de matières plus étranges encore, distribuaient la lumière enfermée dans des boules. Ils donnaient aussi des colliers, des musiques qu'un simple petit mouvement de la main suscitait dans des fleurs plus dures que le bois et qui luisaient.

Un autre coureur partait vers un autre village, disait son admiration par des gestes lorsqu'il avait le souffle trop court pour parler. Et la nouvelle grandissait, prenait des proportions fantastiques en passant de bouche à oreille. Les courriers qui la portaient maintenant n'avaient pas vu les dieux blancs. Ceux-ci devenaient des géants sortis de la mer. Hauts comme des arbres. Un nouveau messager s'élançait sur le chemin sylvestre[44]. Sans s'arrêter, il évitait les entrelacements de branches, contournait les marigots[45], crevait de son corps souple les rideaux de feuillage et arrivait, haletant, à un groupe de huttes. Il s'effondrait dans la poussière, vite entouré d'un cercle de curieux.

43. Gabier : marin chargé de la manœuvre.
44. Chemin sylvestre : chemin qui s'enfonce dans la forêt.
45. Marigots : dans les pays tropicaux, étendue d'eau stagnante.

« Plus hauts que des arbres ! »

Les indigènes eurent toute la nuit pour songer à ces prodiges. Les anciens rappelèrent des légendes qu'il aurait fallu considérer avec plus de sérieux. Ils parlèrent des esprits de la forêt, de ceux de la mer et d'autres encore qui grondent parfois dans les nuages. Au matin, chaque homme valide se mit en route vers la côte pour saluer les envoyés célestes. Les femmes, les enfants et les vieillards restèrent près des cases.

En se souvenant de ce qu'il avait vu la veille, Chinito reconstituait les scènes et donnait une explication à la présence de cette foule.

Un dieu blanc courait lui aussi la forêt, solitaire, en quête d'une clairière où il pût construire sa cabane ignorée du monde. Il était plus démuni que le dernier des sauvages, plus exposé que lui aux pièges de la nature. Et il avait le cœur tellement moins innocent que ce lui était faiblesse. Il rêvait d'une montagne aux flancs impraticables d'où il eût contemplé, chaque matin de paix retrouvée, la mer des frondaisons et celle des flots. Elles auraient été double protection contre les hommes mais peut-être pas contre lui-même. Il était arrivé sur une île plate. Qu'adviendrait-il de lui si on le découvrait dans la forêt, ou si, parvenant affamé à un village, il était surpris à dérober quelque lézard rôtissant sur les braises ?

À quelle rive trompeuse l'océan avait-il arraché la branche aux petits fruits rouges ? Nulle part sur cette terre, Chinito n'avait vu l'arbre de ce signe accueillant.

« Dieu fasse que tu ne sois pas perdu, Bartolomeo ! » pria en lui-même l'enfant désorienté.

Il dut oublier ses pensées. Sur la grève, les indigènes mettaient des pirogues à la mer. Ils entraient dans les rouleaux pour traverser la barre d'écume au-delà de laquelle le lagon devenait moins agité. Les embarcations, faites de troncs d'arbres évidés, perçaient la barrière blanche. Elles pointaient vers le ciel un nez combatif puis, menées de main de maître comme les coursiers arabes que Chinito avait vus à Grenade, maintenues par des bras de cuivre, elles se remplissaient de corps nus jaillis tout ruisselants de la turbulence des vagues.

La flottille se dirigea vers les caravelles. Les pirogues griffaient la houle de leurs pagaies. Parfois l'une d'elles se retournait. Les hommes refaisaient surface et, soucieux d'arriver les premiers aux grandes pirogues des dieux, continuaient à la nage.

Bientôt les navires furent entourés d'un grouillement de plongeurs, d'un entrecroisement d'embarcations. Aucune arme. Quelques présents, humbles porteurs de l'esprit aimable des habitants de l'île. Des écheveaux de coton grossiers, deux ou trois fruits pris sur l'indispensable nourriture du jour, une fleur déjà mourante, un coquillage plus beau que les plus riches marbres de Toscane. De tous côtés, désarmée et joyeuse, la nudité de ces corps offerte sans calcul à la volonté de puissance des conquérants.

Les nageurs cherchèrent le moyen de se hisser à bord. Leurs doigts s'accrochaient, comme s'ils eussent été terminés par des ventouses, aux moindres aspérités[46] des navires. Les pieds assuraient des prises. Ce fut une invasion de fourmis géantes.

Chinito se demanda ce qui allait advenir. Après avoir appris que des mangeurs de chair humaine hantaient les lieux, il avait été un peu rassuré en retournant à bord. Maintenant, il comprenait que le danger pouvait surgir de toutes parts et vaincre la barrière des flots, le rempart des navires.

Les premiers indigènes sautèrent sur le pont. Des pirogues, furent lancées de pauvres richesses offertes. Ils tendaient ces cadeaux avec des rires francs, des exclamations incompréhensibles. Christophe Colomb alla au-devant des visiteurs et quand, par gestes, il demanda une fois de plus où se trouvait l'or, on lui répondit en tendant le bras :

« Plus loin ! Plus loin ! Dans une autre île ! »

Au matin du 15 octobre, après une nuit d'hésitation, l'amiral décida de naviguer vers de nouvelles terres. Chinito vit disparaître à l'horizon l'île de son amitié perdue et jamais, depuis, il ne sut plus rien de Bartolomeo.

La Santa-María retenait à son bord sept indigènes qui, en échange de leurs fruits et de leurs coquillages, furent les premiers à perdre la liberté. L'un deux sut la recouvrer alors que les caravelles approchaient d'une péninsule.

46. Aspérités : parties rugueuses.

« Là, il y a de l'or, affirmèrent les captifs que Colomb avait fait transférer sur la Niña. Des bracelets, des anneaux portés aux chevilles. Beaucoup ! Beaucoup ! »

La côte était à quelques brasses, à trente coups de pagaie sur les bas-fonds. Un des prisonniers plongea du château de proue*. Une pirogue se tenait au flanc du vaisseau. Elle fila vers le rivage, se jouant des écueils, coupant les vagues. À peine eut-elle frotté son museau au sable que les deux fugitifs déguerpissaient à toutes jambes.

Les Espagnols allaient d'île en île et partout retrouvaient les mêmes cabanes, des perroquets criards, la pauvreté qui ne savait pas son nom puisqu'elle ignorait aussi celui de la richesse.

« Or ? interrogeait Colomb. Où est la terre brûlante qui donne naissance à l'or ?

– Une île… Plus loin… Là-bas ! » indiquaient des bras tendus.

La quête se poursuivait. Prudemment, les indigènes cherchaient à éloigner ces visiteurs qui distribuaient des trésors, mais apportaient aussi l'impression d'une menace constante. Leurs vêtements, leurs armes, la couleur si étrange de leur peau impressionnaient les îliens.

Un jour, dans un de ces villages bâtis entre grève et forêt, Chinito, avec l'insouciance de son âge, s'était écarté un peu de ses compagnons. Il avait oublié la peur des mangeurs d'hommes qui le hantait. Un frisson d'aventure s'était emparé de lui. Il contourna une case et, à l'intérieur d'une autre faite d'un entrecroisement de branches à claire-voie, il fit une rencontre qui le surprit. Couchée dans une sorte de filet[47] accroché par chacune de ses extrémités aux murs de la case, une jeune fille de douze ou treizc ans, indifférente aux dieux blancs nouvellement arrivés, songeait, sommeillait peut-être, dans l'abandon d'une heure heureuse de simple repos, de béatitude[48] satisfaite et de bonheur sylvestre[49]. Son corps luisait dans la pénombre verte. Les palmes bruissantes de vent chaud et les palmes mortes du toit brisaient les rayons d'un soleil de midi, apportant sinon la fraîcheur, du moins un clair-obscur propice à la rêverie dans le temps arrêté.

Avait-elle, elle aussi, cette adolescente étendue en suspension dans l'air, des regrets et des craintes, un espoir dans la vie, un désir d'être aimée comme le jeune étranger blanc qui osa franchir le seuil de la case ? Ils se regardèrent, d'abord interloqués, la fille au teint d'olive livrant sa nudité sereinc ct le garçon aux vêtements rongés par la misère des rues et les semaines de navigation. Ils se sourirent, de peur mal dominée sans doute, mais aussi parce qu'ils étaient du même âge et que peu leur importaient la conquête de l'or, le besoin de richesses, le souci de paraître.

L'Indienne se souleva sur un coude pour mieux contempler le dieu blanc. Pourquoi demeurait-elle couchée à l'écart des autres ? Était-elle malade ? Blessée ? Son corps apparemment ne portait pas de marques. Ses dents blanches, ses joues lisses et brillantes disaient sa bonne

47. Une sorte de filet : les Indiens dorment dans des filets de coton qu'ils appellent *hamaca*. Les marins apprécient ce couchage qui sera adopté sur les bateaux européens.
48. Béatitude : état de très grand bonheur.
49. Sylvestre : au milieu des arbres.

santé. Elle était indolente[50] de nature et profitait de l'heure chaude pour laisser vagabonder ses pensées.

Le regard de la jeune fille se porta sur le mouchoir rouge et crasseux que Chinito nouait à son cou. Lui, saisi d'un trouble soudain, ne pouvait détacher ses yeux du corps de cette infante des forêts. Elle avait senti l'admiration proche de l'effroi dont elle était l'objet. Elle se pencha. Le filet oscilla. Elle quitta sa couche aérienne. Chinito vit venir à lui cette statue de bronze qui semblait avoir été dotée à l'instant même du mouvement.

Elle toucha une pointe du mouchoir. Quelques mots qu'elle prononça comme pépient les oiseaux ne furent que musique indéchiffrable pour le garçon ébloui. Il défit le nœud. Par la grâce de leurs gestes, le carré de coton devint offrande somptueuse, fleur rouge épanouie au bout des doigts.

La jeune fille voulut répondre à un cadeau par un autre cadeau. Il n'y avait dans la case rien de plus que le filet accroché pour servir de couche. Que pouvait-elle offrir sinon le seul objet qu'elle possédât ? Elle en détacha les cordes sans la moindre précipitation, roula le tout en une pelote un peu brouillonne et le tendit à Chinito. Il remercia avec un sourire embarrassé bredouillant n'importe quoi dans la confusion où sa timidité le plongeait.

« Ça ne fait rien, pensa-t-il plus tard. Elle ne comprenait pas ce que je lui disais.

---

50. Indolente : tranquille.

Le vieil Alvarez sourit en reposant sa plume. L'émotion de ses quatorze ans remontait à sa mémoire, transformée par le temps sans doute, embellie assurément, mais chaude comme un souvenir précieux. Il revoyait le Chinito qu'il avait été ce soir-là lorsque, après avoir accroché tant bien que mal le filet sur le pont de la Santa-María, il avait eu enfin la couche tant désirée. L'équipage en son entier avait défilé devant cette innovation et, la nuit venue quand l'heure s'était faite silencieuse, couché dans les mailles, les yeux rivés au firmament, il avait laissé venir à lui des songes.

« Le hamac fit ainsi son entrée dans la marine espagnole », écrivit le vieil homme en souriant avec malice.

Au fond de lui demeurait la vision d'une jeune beauté dormant à même le sol d'une case, heureuse parce qu'une fleur de coton rouge était nouée à son cou.

Chinito ne lui avait pas demandé où se trouvait le pays de l'or. Christophe Colomb réitérait souvent la question et, un soir, au moment de rembarquer pour d'autres îles qui se révélèrent semblables aux précédentes, deux noms émergèrent du flot de paroles incompréhensibles.

« Colba ![51] »

Les gestes prirent la relève pour expliquer qu'un roi vivait sur cette terre. L'île était vaste et riche. Beaucoup de cases. Hautes comme des cocotiers… De l'or, oui… Des pirogues géantes. En face de Colba, une autre île. Bohio.

51. Colba : Cuba.

Les Indiens qui parlaient de ces îles avaient le corps peinturluré de rouge et de brun. Ils disaient leur admiration pour Colba où arrivaient de grands navires. L'amiral en conclut que Colba était Cipango et qu'enfin il touchait au but du voyage.

« Et Bohio ? demanda Pinzón avec un rien de dédain dans la voix.

– Colba ne peut être que le Japon, expliqua l'amiral sans relever le ton assez déplaisant du capitaine. Toutes les cartes placent l'île dans ces parages. Quant à Bohio, je ne sais... Sans doute une terre que Marco Polo n'a pas visitée. À moins que...

– À moins que ?

– Ce ne soit la Chine. »

Ils partirent pour Cipango dès que la pluie cessa.

Elle avait paru vouloir durer une éternité. Et pourtant elle tombait violente comme les averses d'Andalousie. Le ciel s'ouvrait pour déverser ses trop-pleins. Ils semblaient inépuisables. Le temps restait doux, et cette eau qui ruisselait sur les corps et remplissait les barils était un présent reçu avec des cris de joie. Chinito dansait sous la pluie avec ses compagnons.

Mais le déluge persistait et si grande devenait l'impatience de Colomb qu'il décida de se mettre en route sans plus attendre. Le jour n'était pas levé que les trois caravelles, avec le minimum de toile, voguaient déjà vers l'île des épices. Une aube ruisselante ne favorisa guère la navigation et puis, soudain, le vent tourna. Avec la rapidité de ces climats, le temps changea. Le ciel fut balayé, le soleil apparut, des souffles favorables poussèrent l'armada vers Cipango.

« Qu'on ajoute toutes les autres voiles à celle de misaine* ! commanda Christophe Colomb. La grande, les deux couteaux !... »

À chacun de ses ordres impérieux, la voilure montait.

« Le trinquet* !... La civette* !... »

La nef déployait ses ailes tel un goéland. À quelques brasses de là, avec un peu de retard, la Niña et la Pinta faisaient de même.

« La voile d'artimon* !

– Seigneur Colomb, risqua Juan de La Cosa, ne craignez-vous pas de donner trop de vitesse ? Qu'un écueil surgisse et...

– Maintenant celle du château de poupe* ! »

Tout le gréement* était en place. Sur chaque voile, la croix verte étendait ses branches. Elle arrivait triomphante en ces parages oubliés de Dieu. Le roi de l'or et des perles n'allait pas tarder à être alerté par des guetteurs vigilants postés en haut des tours pour garder le fabuleux royaume.

Chinito se laissa gagner lui aussi par l'élan de l'aventure. Il ne quitta pas la proue* afin d'être un des premiers à voir, sur des quais de roches bien équarries[52] et des brise-lames[53] surmontés d'un phare, de riches mandarins à la peau jaune et aux robes de soie.

---

52. Équarries : taillées en angle droit.
53. Brise-lames : digue en avant d'un port, qui amortit les vagues.

Le jour passa. Le vent redoubla. La pluie s'abattit de nouveau et la nuit vint. L'amiral se rappela les recommandations de Juan de La Cosa. Les bas-fonds étaient imprévisibles et les récifs nombreux.

« Carguez les voiles ! Gardez seulement le trinquet* ! »

Passèrent la nuit, le jour, une autre nuit encore. Le dimanche matin, la terre s'offrit à eux.

« Colba ! » dirent les indigènes.

Point de quais, de jetées lancées sur les flots, de riches commerçants ni de voiliers, mais l'embouchure d'un grand fleuve si profond partout qu'on pouvait y naviguer sans crainte. Les rives étaient couvertes d'arbres gigantesques. À voir leurs troncs puissamment dressés au-dessus des masses de feuillage, on se disait que des siècles les séparaient du jour de leur germination. Ils étaient presque tous d'essences[54] inconnues. Des aloès vigoureux et des palmiers d'une taille modeste poussaient en rangs serrés. La nature prodiguait ses débordements végétaux sur chacune des rives, sans la moindre trace de l'action humaine.

Et puis, dans une anse aux eaux dormantes, quelques huttes apparurent, blotties à la lisière de la forêt et se fondant en elle avec leurs toits de palmes, leurs murs de branchages colmatés[55] de mousses toujours verdoyantes. À l'approche des étrangers, les habitants avaient fui, ne laissant derrière eux que les instruments de leur vie parcimonieuse[56] et un étrange chien qui n'aboya pas[57].

54. Essences : espèces.
55. Colmatés : bouchés.
56. Parcimonieuse : ici, modeste.

56. Un étrange chien qui n'aboya pas : les indigènes engraissent les chiens pour les manger. Les Espagnols s'étonnent que ces chiens n'aboient jamais.

« Ne touchez à rien, intima Colomb. Il faut que ces indigènes aient confiance en nous afin qu'ils nous apprennent où se trouvent l'or et les perles. »

Ils dirent que le roi avait sa capitale plus loin encore vers le ponant et Christophe Colomb poursuivit sa quête à l'ouest.

Quand il fut convaincu que les villes de Zayto et de Quisay dont parla Marco Polo dans le récit de son voyage n'étaient plus qu'à quelques lieues du promontoire où il avait jeté l'ancre, l'amiral décida d'envoyer deux émissaires[58] au roi mystérieux. Tous les indigènes parlaient de ce chef en accompagnant leurs incompréhensibles propos de mimiques craintives et de roulements d'yeux effrayés.

« Ce sera toi, Rodrigo de Xerès. Et toi, Luis de Torres. Qui peut dire si ta connaissance de l'hébreu et de l'arabe ne te servira pas à la Cour de ce monarque où maints voyageurs des pays d'Orient doivent conduire leurs caravanes.

– Je sais si peu d'arabe, seigneur Colomb !

– Tu en sais suffisamment. Mais prenez deux Indiens avec vous. »

Il leur donna des perles de verre pour qu'ils pussent les échanger en route contre de la nourriture ou même se servir de l'attrait qu'elles exerçaient sur les populations pour se tirer d'un éventuel mauvais pas.

« Ouvrez l'œil, ce faisant, et voyez quelles richesses nous pourrons obtenir en commerçant avec le Grand Khan. Vous lui remettrez cette lettre d'Isabelle de Castille et de

58. Émissaires : personnes envoyées pour accomplir une mission.

Ferdinand d'Aragon et direz quels magnifiques souverains de la Chrétienté ils sont tous deux. »

Son œil s'alluma aux paroles qu'il prononçait. Sa conviction était si forte qu'elle faisait naître dans l'esprit de chacun le pays dont il avait tant parlé. Chinito se remit à imaginer des palais aux portes de cèdre ciselées, des claustras d'ivoire, des kiosques de jade dans des jardins embaumés.

« Prenez aussi de la cannelle, du poivre, du cardamome, poursuivit l'amiral, et demandez si ces épices se récoltent autour de la cité du Grand Khan. »

Il marqua une hésitation puis il ajouta :

« Voyez encore si l'or abonde dans la ville. »

Les envoyés partirent et chacun attendit leur retour. Des pirogues vinrent se ranger le long des navires pour proposer d'échanger du coton filé contre les séduisants objets que détenaient les dieux blancs.

« Cannelle, articulait Colomb en montrant des petits morceaux de la précieuse plante.

– Oui ! Oui ! reconnaissaient les indigènes, heureux de pouvoir communiquer.

– Poivre, continuait patiemment l'amiral en faisant rouler des grains sur sa paume.

– Oui ! Oui !

– Où ?

– Là-bas !

– Or, murmurait Colomb en retirant un anneau de son doigt.

– Oui ! Oui !

– Où ?

– Bohio ! »

Ils s'agitaient, pris d'une terreur soudaine, ne voulaient plus parler. Il fallait insister. Ils disaient alors que des hommes mangeurs de chair humaine habitaient ces contrées. Chinito frissonnait en interprétant les gestes. La peur des cannibales lui gâchait le plaisir de se balancer dans son hamac. Que ferait-il s'ils arrivaient, si, plus agiles que des singes, s'aidant de leurs mains larges et de leurs pieds plats ils montaient à l'assaut du navire ? Il créait la scène par avance tant sa peur était forte. Chaque esquif qui s'approchait lui ôtait la respiration. Il chercha dans la cale* un réduit obscur où il pourrait se cacher en attendant la nuit. Ensuite il plongerait du haut de la poupe. Il nagerait jusqu'à la rive et peut-être la forêt serait-elle assez bonne pour le sauver.

La protection du Malagueño lui manquait. Lourde était son absence.

Pendant la nuit du 5 novembre revinrent les envoyés auprès du Grand Khan. Ils étaient fourbus. Dans la chaloupe qui les ramenait à bord, ils demeuraient prostrés. Les rameurs ne les interrogeaient pas. Colomb, surveillant l'approche de leur lumière vacillante, ne pouvait dominer son impatience. Lui, d'habitude réservé jusqu'à la froideur, se mit à faire les cent pas sur le pont. Il trouvait la cadence des rameurs trop molle et se penchait au-dessus des flots comme pour attirer plus sûrement la barque indolente. Quand il vit monter un indigène puis un jeune garçon qui pouvait être son fils et enfin un bel homme qui se tenait à l'écart avec déférence, il voulut tout savoir et tout de suite. À peine laissa-t-il aux nouveaux arrivés le temps de poser pied sur le navire.

« Alors, vous l'avez vu ?

– Non. »

Le Grand Khan se dérobait encore. Sur quel continent avait-il construit ses palais ? Les émissaires s'en étaient approchés, du moins le pensaient-ils. Ils avaient marché longtemps, parcourant plus de douze lieues, et ils étaient arrivés à un village plus important que tout ce qu'ils avaient vu jusque-là. Une cinquantaine de cabanes. Les habitants leur avaient fait fête. Toujours cette croyance en des dieux descendus du ciel. Quand Rodrigo de Xerès leur avait montré le morceau de cannelle, ils avaient indiqué la direction du sud-est. La même façon de renvoyer plus loin les intimidants visiteurs.

Une coutume avait surpris les deux Espagnols. Les Indiens roulaient les feuilles séchées d'une plante pour en faire une sorte de bâton très serré puis, à l'aide d'un brandon[59], ils en allumaient l'extrémité et aspiraient la fumée par l'autre bout. Cela dégageait une odeur âcre et forte qui semblait les combler de plaisir.

« Ils appellent ces bâtons de feuilles des *tobacos*. »

Christophe Colomb balaya d'un geste ce qu'il considérait comme une futilité.

« Portent-ils des bracelets d'or ? Des anneaux aux chevilles ?

– Aucun. »

59. Brandon : torche faite avec de la paille.

Les émissaires avaient été déçus par les indications trop vagues concernant la ville du Grand Khan. Ils avaient décidé de rebrousser chemin. La population entière leur fit un bout d'escorte et puis s'évanouit peu à peu dans la forêt. Ne restèrent qu'un homme qui paraissait un notable, son fils et leur serviteur.

Colomb les traita avec urbanité et, quand il leur posa la question rituelle, le père et le fils se regardèrent.

« Où est le pays de l'or ? » redemanda Colomb.

Le plus âgé leva la main comme tant d'autres l'avaient fait avant lui. Il indiqua une direction vers le ponant et il prononça un mot :

« Baneque. »

Ils ne voulurent pas dormir à bord de la Santa-María. L'amiral toujours par souci de leur complaire, les fit ramener sur la plage. Le lendemain matin, ils n'avaient laissé que les traces de leurs pieds nus dans le sable. Imprévisibles comme les oiseaux qui s'ébattaient familièrement d'arbre en arbre et comme eux follement épris de liberté, ils étaient repartis vers leur case en forêt.

Les Espagnols n'accostèrent pas à Baneque. Ils parvinrent à une île qui ne se différenciait en rien des autres, si ce n'était que le vent soufflait en direction contraire et semblait vouloir en interdire l'accès. Les vagues creusaient la mer. Chinito, qui avait cru gagner le pied marin à tant naviguer, dut se rendre à l'évidence. Il n'en était rien.

La chaleur devenait exténuante. L'air brûlait. Un reste de panique remonta du tréfonds des matelots. Dans quelles contrées diaboliques se hasardaient-ils encore ?

« Rassurez-vous, affirmait l'amiral. S'il fait si chaud, c'est parce que nous approchons du creuset où l'or de la terre prend naissance. »

Martín Alonso Pinzón poursuivait le même dessein que Colomb. Cette Baneque, dont avaient parlé les indigènes, devait être vraiment le pays de l'or.

Le 21 novembre, alors que les trois caravelles filaient bon train, emportées par un vent du sud, la Pinta s'écarta de sa route.

« Seigneur Pinzón ! hurla Christophe Colomb tandis que la distance entre les deux nefs augmentait, qu'avez-vous donc à ne pas tenir le cap ? »

L'autre fit la sourde oreille et l'écart avec la capitane se creusa encore.

« Seigneur Pinzón ! Reprenez votre route ! »

La Pinta, à cette voix, se cabra comme un cheval des *marismas*[60]. L'amiral la vit s'équiper d'un complément de voile et, cravachée de vent torride, s'éloigner vers Baneque où l'or, à peine refroidi, affleurait sur les pentes d'une montagne ardente.

Chinito surprit son maître en train de se crisper sous l'insulte que lui infligeait l'armateur félon[61]. Juan de La Cosa intervint.

« Amiral, vous avez transféré à bord de la Pinta ce sauvage qui fait des progrès si rapides qu'il parlera bientôt notre langue. Il me paraît de loin le plus intelligent de nos captifs. Pinzón lui a laissé entendre qu'il le relâcherait dès

---

60. ***Marismas*** **:** basses plaines du Guadalquivir.
61. Félon : traître.

qu'ils atteindraient le pays de l'or. Cet homme connaît le chemin qui conduit à Baneque. Pinzón en tire parti.

– Était-ce une raison pour me trahir ? Ces derniers jours, il m'a dit de bien mauvaises choses !

– Lesquelles ?

– Il a regimbé[62] aux ordres que je lui donnais. Et plus les indices de l'or augmentaient, plus il se montrait indocile. Le goût du lucre l'a poussé, le malheureux ! Il y perdra son âme ! »

La Pinta s'éloignait avec un orgueil insolent. Pour donner plus d'éclat à son acte frondeur, la mer semblait de connivence avec elle.

« C'est folie ! » murmura l'amiral.

Il se sentait humilié. Plus que par ce roi légendaire à la cité bâtie en un lieu dissimulé, plus que par l'or qui se dérobait sans cesse, il était blessé par la désertion de l'homme qu'il n'avait jamais tenu pour un ami, mais avec lequel il avait partagé la découverte d'un monde.

La nuit tomba vite, dérobant plus sûrement la Pinta aux regards de la Santa-María. Le vaisseau rebelle maintint le cap sur le levant où, d'après les indications de l'Indien, devait se trouver Baneque. Les dernières lueurs du couchant disparurent avec le point de moins en moins perceptible qui emportait Pinzón vers la terre conquise peut-être, mais au prix d'une déloyauté.

Colomb renvoya son entourage. Il avait besoin de solitude. L'or tant recherché le fuyait. Existait-il vraiment ?

62. Regimbé : refusé d'obéir.

Pour la première fois, un véritable doute s'emparait de lui.

« Chinito, apporte-moi du vin ! »

La compagnie de cet enfant lui suffisait. Il se fit verser à boire, mais ne but pas.

« Il existe, j'en suis sûr. Il faut qu'il existe !

– Quoi donc, maître ?

– L'or. »

Il se félicita d'avoir congédié Juan de La Cosa et le pilote. Devant ce petit mousse de rien, il pouvait exhaler les craintes qui le torturaient.

« J'ai découvert des terres riches, des peuples nombreux. J'ai entassé dans les cales de mes navires le bois d'aloès et la résine de lentisque[63]. Nous fonderons ici une colonie qui fera la gloire de l'Espagne au bout du monde…

– Oui, maître. »

Il adressa à Chinito un sourire mélancolique. Ses mains esquissèrent un geste d'impuissance. Elles s'écartèrent l'une de l'autre puis, en se rejoignant, heurtèrent le gobelet de vin qui se renversa.

« Mais je n'ai pas trouvé le creuset de l'or. »

Il y eut un silence pendant lequel le jeune garçon se sentit proche de son protecteur. Il n'osa pas remplir le gobelet une seconde fois.

« Comment pourrai-je retourner en Espagne si je n'ai pas trouvé l'or ? »

Il se leva et, ouvrant une des lucarnes, il fixa la mer avec insistance. La nuit était claire, les vents favorables. Une

63. Lentisque : arbuste voisin du pistachier.

belle lune faisait miroiter la houle paisible. Colomb chercha un feu dans cette pénombre bleutée.

« Il reviendra, murmura-t-il. Il faut qu'il revienne. Non pas parce qu'il m'aime, je sais qu'il ne m'aime pas, mais parce qu'il ne peut pas me voler ma découverte. Il ne le peut pas ! »

Sa voix devenait rauque. Elle était l'expression d'une colère contenue, d'une blessure insupportable qu'il fallait cependant dissimuler. Dieu merci ! Il n'y avait que ce gamin pour la surprendre. Ce n'était pas lui qui en témoignerait.

« Allume un fanal. Accroche-le à la poupe. S'il reconnaît sa folie, s'il fait demi-tour, il faut qu'il puisse nous rejoindre. »

Il hésita encore. Puis, refermant la lucarne, l'œil glacé et la voix coupante, il ordonna :

« Transmets encore au seigneur de La Cosa l'ordre de carguer les voiles. Que l'on mette en panne* jusqu'au lever du jour. »

Le jour se leva, mais la Pinta ne reparut pas.

AI-JE BIEN LU ?

1 **a.** Où Colomb croit-il être arrivé le 12 octobre 1492 ?
b. Quel nom donne-t-il à l'île où il aborde ?

2 Comment Colomb et son équipage sont-ils accueillis par les indigènes ?

3 Que cherchent-ils à se procurer chez eux ?

4 Pourquoi, au matin du 15 octobre, Colomb décide-t-il de naviguer vers de nouvelles terres ?

5 Que se passe-t-il le 21 novembre ?

J'EXPLIQUE LE TEXTE

Le récit de voyage : l'arrivée sur une terre

— Le site, la flore, la faune

6 Comment le narrateur caractérise-t-il :
– l'île découverte (l. 354-358, p. 179) ;
– la végétation (l. 27-35, p. 166) ? Citez des termes précis.

7 Quel est le champ lexical dominant dans la description des oiseaux (l. 33-42, p. 166) ?

— La découverte des peuples indigènes

8 **a.** Quelle première image Colomb et ses hommes ont-ils des indigènes (l. 156-162, p. 172) ?
b. Pourquoi les appellent-ils « Los Indios » (p. 172) ?
c. Sont-ils pacifiques (p. 172) ?

9 Quelles sont leurs conditions de vie ?

— Les « Indiens » face aux nouveaux arrivants

10 Quels sont les différents sentiments des Indiens à la vue des hommes blancs (l. 168-172, p. 172 ; l. 190-192, p. 173 ; l. 295-297, p. 177) ?

QUESTIONS SUR LE TEXTE 4

11 Par quoi sont-ils en premier lieu attirés (l. 192-196, p. 173) ?
12 Par quels objets sont-ils émerveillés (l. 608-613, p. 189) ?
13 Pour qui les Indiens prennent-ils ces nouveaux arrivants ?

Le parcours de Chinito

— Rêve et réalité

14 L'île découverte par Chinito correspond-elle à l'image qu'il s'en était faite ? Relevez l'énumération des lignes 310-317 (p. 177-178).

15 **a.** Quels sont pour lui les sujets d'émerveillement (l. 326-332, p. 178) ?
b. Quel est le principal danger de l'île (l. 452-455, p. 183) ?

— L'amitié perdue

16 **a.** De quelle façon Bartolomeo quitte-t-il Chinito (l. 249-261, p. 175) ?
b. Quel sentiment Chinito ressent-il (l. 262-268, p. 176) ?
c. Pourquoi ne suit-il pas son ami (l. 284, p. 176) ?

— La rencontre avec la jeune indienne

17 Dans quelles circonstances Chinito rencontre-t-il la jeune indienne (l. 730, p. 193) ?

18 **a.** Quels objets s'échangent-ils ?
b. Ces objets revêtent-ils pour eux une valeur précise ? Justifiez votre réponse (l. 776-778, p. 195).

19 De quelle façon Pedro vieillissant repense-t-il à la jeune fille (l. 789-804, p. 196) ?

Le parcours de Colomb

— Succès et projets

20 Quels sont les premières paroles et le premier geste de Colomb en arrivant sur l'île ?

21 Dans quel but offre-t-il des cadeaux aux Indiens ?

22 Quel projet forme-t-il concernant l'exploitation de l'île (l. 576-594, p. 188) ?

— Espoirs, désillusion, humiliation

23 **a.** Comment expliquez-vous l'obsession de Colomb pour l'or ?
b. Sur quelle île fait-il voile ?
c. A-t-il enfin atteint le pays de l'or ?

24 Par quel événement est-il humilié ? Pourquoi (l. 1046, p. 205 ; l. 1080-1084, p. 206) ?

Je formule mes impressions

25 **a.** « un marché de dupes » (l. 220, p. 174) : comment comprenez-vous cette expression ?
b. « La Santa-María retenait à son bord sept indigènes qui, en échange de leurs fruits et de leurs coquillages, furent les premiers à perdre la liberté » (l. 704-706, p. 192). Quelles réflexions suscitent en vous ce passage ?

J'ÉTUDIE LA LANGUE

Vocabulaire : autour du mot « autochtone »

Le mot « **autochtone** » vient du grec *auto* (« soi-même », « lui-même ») et *khtôn* (« terre »), et signifie « qui vient de la terre même ».

26 Donnez les définitions des mots suivants en vous appuyant sur le sens de la racine « auto ». Aidez-vous du dictionnaire.
a. Auto-défense. **b.** Automobile. **c.** Autocritique. **d.** Autodidacte. **e.** Autoportrait. **f.** Autobiographie.

QUESTIONS SUR LE TEXTE 4

J'ÉCRIS

Écrire une lettre

27 Pedro Alvarez reçoit un jour une lettre de Bartolomeo. Rédigez cette lettre ainsi que la réaction de Pedro.

CONSIGNES D'ÉCRITURE
- Respectez la forme de la lettre (utilisation des pronoms « je » et « tu »).
- Bartolomeo raconte à Pedro ce qu'il a vécu.
- Il évoque son attachement à Pedro et les moments passés avec lui.
- Terminez par la réaction de Pedro à la lecture de cette lettre : « Pedro posa la lettre… » ; « Après avoir lu la lettre… »

« Car elle allait couler, la vaillante Santa-María »

9
Mardi 25 décembre 1492

Pedro Alvarez hésita pendant deux jours avant de poursuivre son récit. Les images qui refaisaient surface lui étaient si pénibles, au moment de revivre les dernières semaines passées dans le Nouveau Monde, qu'il ne savait comment les rapporter. Pourquoi les choses s'étaient-elles produites ainsi ? Pour quel obscur dessein[1] Dieu l'avait-il donc choisi, lui, le plus jeune, le plus humble, le plus inexpérimenté des membres de l'équipage ?

Plusieurs fois, il s'assit à sa table. La servante lui apportait une couverture, une tasse de bouillon de poule. Elle les accompagnait de reproches bourrus[2]. Qu'avait-il besoin, à son âge, de se tuer d'écriture ? C'était vouloir courir la mort que de s'entêter à se fatiguer les cervelles et le sang ! Pour pas raisonnable, c'était pas raisonnable !

Il s'enveloppait dans la couverture, s'en faisait un refuge. Il buvait le liquide brûlant à petites gorgées, heureux de repousser l'instant où il devrait se remettre à écrire. Le doute rongeait ses pensées, augmenté d'un remords retrouvé qui, à peine eut-il débarqué à Palos, le poussa

1. **Pour quel obscur dessein :** pour accomplir quel obscur projet.
2. **Bourrus :** à la fois rudes et bienveillants.

à quitter le navire sur des adieux précipités et à ne plus revoir l'amiral.

Mais il n'était pas encore au vendredi 15 mars 1493. Il était resté dans les îles indiennes et devait rapporter fidèlement les derniers faits de son aventure.

Il relisait les pages de la veille pour se donner l'élan nécessaire, corrigeait un mot mal venu, une expression trop faible. Un enchaînement maladroit le retenait pendant une heure. Il en avait du soulagement tant il redoutait d'aborder la nuit d'épouvante qui, cinquante ans après, suscitait encore en lui un malaise.

Quand enfin il traçait quelques mots, une difficulté à poursuivre lui faisait reposer la plume. Alors il prenait sa canne, se drapait dans une cape noire et, vaincu, s'en allait par les ruelles en quête d'un peu de maîtrise de soi. Immanquablement, il retournait à la petite place où, jadis, une lame brusquement jaillie de son manche, avait fait de lui un vagabond des mers. Le soleil d'hiver caressait les façades. La fontaine coulait comme autrefois. En cinquante ans, presque rien n'avait changé.

Le deuxième jour, il s'attarda plus que de coutume et puis, songeur, il remonta jusqu'à sa demeure haute. Il s'assit à la table et il sut cette fois qu'il terminerait ses mémoires.

Christophe Colomb, en arrivant à Bohio[3], avait presque atteint le pays de l'or abondant. Les indigènes qui

---

3. Bohio : en voguant à l'est de Cuba, Christophe Colomb atteint l'île de Bohio qu'il nomme la Isla Española et qui deviendra Hispaniola (Haïti).

venaient, à pleines pirogues, lui apporter des offrandes et ceux qui, ne possédant pas d'embarcation, se jetaient à l'eau pour gagner les caravelles à la nage, le lui dirent et redirent. Il s'agissait de découvrir l'endroit exact où l'on extrayait le métal précieux. Précieux, il ne l'était pas de la même façon pour les hommes nus et pour les dieux blancs. Le troc[4] serait aisé et l'or recueilli à boisseaux[5] pour peu que l'on eût à donner en échange un ou deux bonnets rouges, des perles de verre surtout pour lesquelles la convoitise des Indiens ne diminuait pas, des pièces de vaisselle ébréchées qui avaient été victimes de nombreux tangages et roulis et allaient devenir l'ornement principal de la table d'un cacique[6].

Parmi les offrandes apportées, l'or figurait de plus en plus fréquemment. Menus débris, anneaux de nez et de cheville entretenaient l'espoir qu'enfin on approchait des richesses de Cipango.

La nuit de Noël était douce sous les étoiles. Pendant deux jours, les caravelles avaient navigué en évitant les cordons de récifs et les hauts-fonds nombreux. Cela avait demandé une attention de tous les instants et l'amiral, pendant ce temps, n'avait pas dormi. Il était épuisé au point que, à la mi-nuit, il avait dit ses prières d'action de grâces à haute voix et il s'était retiré dans sa cabine. Avant de refermer la porte, une hésitation le prit. Il alla renouveler ses recommandations au timonier.

---

4. Troc : échange direct de bien.
5. À boisseaux : en quantité (selon ce qu'imagine Colomb).
6. Cacique : chef indigène.

« Je te confie le gouvernail, lui précisa-t-il. Quel que soit le vent, ne l'abandonne jamais aux mains de quiconque. Nous sommes dans une zone dangereuse. Tu as remarqué comme moi les bancs de sable qui encombrent les fonds et tu as vu aussi combien il y a de brisants dans les parages.

– Je veillerai, amiral.

– Tu as ma confiance. »

Chinito accompagnait son maître et il allait se retirer en même temps que lui après avoir retourné le sablier de onze heures. Il aspirait à son hamac suspendu entre les phosphorescences des flots et le brasillement des étoiles. Dormir lui était devenu un bonheur véritable. Chaque soir, au moment de sombrer dans un sommeil d'enfance, lui revenait, comme en un songe lointain, l'image d'un corps alangui dans ce même filet de coton.

« Reste un moment avec moi », lui demanda le timonier.

En plusieurs points du bateau, on entendait monter un chant de Noël. C'était plus une plainte qu'une expression de joie. Le regret de la terre natale se faisait sentir en cette nuit exceptionnelle. Ici, pourtant, la nuit avait une grandeur dépouillée sous le ciel serein. L'immensité sollicitait l'âme et l'élevait, mais le cœur toujours revenait à la chaumière lointaine où un quinquet[7] devait brûler encore. Les femmes, au retour de la messe de minuit, gardaient les yeux éblouis par l'éclat des chandelles autour de la Vierge couronnée. L'obscurité de la campagne leur en paraissait plus lourde. Dix pas derrière, contents d'être ensemble, les hommes qui n'avaient pas été embauchés

---

7. Quinquet : lampe à huile.

en mer parlaient à peu de mots des prochains départs. Les vieilles, au logis, fourgonnaient les cendres pour que durât encore la chaleur de Noël. Les enfants dormaient…

Sur le pont de la Santa-María, le chant accentua sa mélancolie puis se tut. Une voix en écho vint de la Niña, étouffée par l'air humide.

« Reste avec moi, *mozalbete*[8] ».

Le timonier attendit qu'eût disparu la silhouette de l'amiral pour avouer avec une intonation sourde :

« J'ai sommeil. »

Chinito resta. L'autre éprouva le besoin de se justifier.

« Depuis dimanche, nous avons ramé pour reconnaître les fonds. Je suis éreinté. »

Les deux caravelles avaient été mises en panne*. Juan de La Cosa, qui était de garde, s'approcha en ayant seulement l'air de passer.

« Tout va bien, timonier ?

– Tout va bien, *señor*.

– La mer est calme.

– Nous ne bougeons pas.

– Je crois que je vais en profiter pour dormir un peu. Si un ennui se produisait, tu m'appellerais.

– Je vous appellerai, *señor*. »

Le vent était complètement tombé. La seule voile hissée pendait et les nefs immobiles, à quelques instants de Noël, à quelques lieues à peine de l'or enfin accessible, attendaient le jour. Les hommes qui n'étaient pas de garde dormaient, fuyant dans le sommeil l'évocation douce-

8. ***Mozalbete*** : jeune gars.

amère des Noëls d'Espagne. Ceux qui étaient de quart luttaient contre la fatigue et, vaincus par elle, rassurés volontiers par le calmc environnant, s'abandonnaient à une minute de repos. Le timonier se frotta les yeux.

« Je n'en peux plus », dit-il en soufflant.

Il tenait la lourde barre d'une main qui ne voulait pas faiblir.

« Chinito, grogna-t-il, qu'est-ce que tu fais ? »

Pas de réponse. Le garçon, accroupi près de lui, s'était laissé gagner par la torpeur générale. Il dormait. La *ampolleta* qu'il avait lâchée, gisait, renversée. Le sable du temps lui aussi dormait. La Santa-María ressemblait aux vaisseaux fantômes des légendes qu'on racontait, le soir, à la veillée, quand la tempête s'acharnait autour de la maison, ou que l'on évoquait sur le pont, lorsque les brumes, eau et ciel confondus, donnaient du froid à l'âme dans les corps fatigués.

Le timonier eut un sursaut. Il avait dormi pendant une seconde, les yeux ouverts, et il avait vu se dresser devant la proue* une muraille sombre. La peur le réveilla. L'hallucination avait été si forte qu'il en fut étourdi. Il haletait et déjà la somnolence le reprenait. Jamais il ne tiendrait jusqu'à la fin de son quart[9].

« *Chico*, ronchonna-t-il en lançant au mousse un coup de pied. Prends la barre un moment ! »

Chinito se réveilla.

« Tu veux que…

9. Son quart : son service de quatre heures.

– Rien qu'un moment. Le temps que je fasse un petit somme et après je me sentirai mieux.

– Mais je ne sais pas !…

– Ce n'est pas difficile. Regarde. La mer est d'huile. Le bateau ne bouge pas. Tu maintiens la barre dans sa position et tu fixes bien l'étoile que tu vois, là. Elle doit rester en face de toi. Je n'en ai pas pour longtemps. »

Il s'étendit sur le pont. Le sable dormait dans la *ampoletta*, mais le temps coulait vers l'heure de Noël. Chinito, complètement réveillé, tenait la barre comme on le lui avait demandé et gardait l'œil fixé sur l'étoile. Le timon* était lourd. Toute manœuvre serait difficile. Le pauvre tenta de se rassurer.

« Je n'aurai pas à manœuvrer, se dit-il. Il faut que je conserve la position du gouvernail. »

La Santa-María ne bougeait pas. Du moins c'était l'impression qu'elle donnait. Chinito regardait trop l'étoile pour se rendre compte qu'à bâbord*, la terre semblait s'être rapprochée. La bande de sable blanc paraissait plus large sur la mer, les arbres inclinés par les tornades plus visibles dans la pénombre. En réalité, la caravelle dérivait. Des courants insidieux[10] la portaient vers la côte.

« Timonier ! Tu m'as dit… »

L'homme ne répondit pas. Il avait cru maîtriser son sommeil, il s'y abandonnait. L'étoile palpitait, plus brillante. Chinito lutta contre une peur sourde qui s'était glissée en lui. Combien de temps allait-il pouvoir maintenir la barre ?

---

10. Insidieux : traîtres.

« Tu m'as dit : juste un petit moment... »

Il tenta de réveiller le dormeur de la façon dont il l'avait été lui-même. Un premier coup de pied, trop timide, ne donna aucun résultat. Il s'enhardit, tapa plus fort. Le timonier émit un soupir grognon, étira les jambes et se retourna pour dormir plus commodément.

« Étoile de Noël, aide-moi, supplia le mousse désemparé.

Je... Je ne... »

Ses pensées sombraient. La fatigue, le besoin de sommeil, le silence alentour, ces gens endormis devenus tellement étrangers, tellement lointains et inaccessibles, la mer sournoisement immobile, la terre figée dans le clair-obscur, tout se liguait contre lui et rien ni personne ne pourrait le secourir.

Il essaya de se réconforter en pensant à autre chose. Lui revint en mémoire la marche des Rois Mages qu'on disait à Grenade aux approches de l'Épiphanie. Eux aussi avaient suivi l'étoile. Ils avaient cheminé longtemps de dunes en pistes rocailleuses, traînant après eux une longue file de chameaux et de dromadaires, confiants en l'éclat du signe lumineux qui leur montrait la route. N'était-ce pas la même étoile qui brillait ?

Mais la vue de Chinito se brouillait. Deux fois, son menton toucha sa poitrine. Il sursauta, put rejeter encore le sommeil qui le harcelait. Pour se tenir éveillé, il se mit à fredonner. Sa voix, dans le silence, l'effraya.

« Ce sera bientôt minuit. Je tiendrai jusqu'à minuit et puis je réveillerai ce sale égoïste d'un coup de pied... Et comment je saurai que ce sera minuit ?... Quelque chose me le dira. À minuit, ce soir, c'est Noël ! »

Il reprenait confiance. Pas pour longtemps. Parfois une brise légère venait sécher la sueur d'angoisse sur son front, y faisait courir une onde froide.

« Bientôt minuit !... »

Soudain, un choc parcourut le navire. Une déchirure confuse emplit la nuit. Chinito fut projeté contre la barre. Une douleur dans la poitrine lui coupa la respiration. Il chancela. Tout s'était passé si vite que le malheureux enfant se trouva devant le fait accompli sans avoir pu le prévoir. Autour de lui, le branle-bas général était déclenché. Le timonier se releva. Le blasphème[11] qu'il proféra donnait la mesure de la catastrophe. L'équipage courait en tous sens. Les hommes sortaient par l'écoutille*, soufflant et crachant après avoir échappé de justesse à la noyade dans le piège mortel de la cale*. Des luttes s'en suivirent pour franchir l'ouverture étroite. Les horions[12] pleuvaient de tous côtés. On entendait un bruit de cataracte à l'intérieur de la coque*. Par ses plaies béantes, la Santa-María s'abandonnait aux assauts de la mer.

L'amiral était déjà sorti de sa cabine. Juan de La Cosa le rejoignit. Au milieu des appels, des cris épouvantés, des mots qui injuriaient le ciel au cours de la Nuit Sainte, il restait étrangement silencieux. Son navire allait couler et il se savait responsable.

---

11. Blasphème : juron.
12. Horions : coups.

Car elle allait couler, la vaillante Santa-María qui s'était élancée vers l'inconnu, avait franchi les orages et l'enchevêtrement des sargasses, atteint des bords insoupçonnés, bravé bonaces et tempêtes. Sournoisement, des courants l'avaient fait dériver jusqu'à une plate-forme rocheuse à fleur d'eau et là, immobile en apparence, la mer s'était vengée. L'étrave* avait heurté un récif[13], ouvrant une brèche si grande que l'irréparable apparut tout de suite.

« Abattez le grand mât ! ordonna l'amiral. Il faut alléger le navire ! »

La puissante colonne en bois de la sierra espagnole s'écrasa dans un enchevêtrement de haubans* qui gênait les manœuvres de la dernière chance. Les planches craquèrent et se disjoignirent. L'impression de désastre en fut augmentée. Des falots[14] couraient le long du bordage*, sautaient, entretenaient le drame de leur insuffisante lumière. La peur, la colère, l'énervement emplissaient le pont de plus en plus incliné. La marée se retirait et plaquait lourdement la coque* sur les rochers.

« Seigneur de La Cosa, enjoignit[15] Christophe Colomb, demandez qu'on mette une chaloupe à la mer. Prenez deux hommes avec vous et allez jeter l'ancre à la poupe. Nous devons faire reculer le navire pour le dégager. »

Pedro Alvarez se souvenait du vent de panique qui emportait alors tout le monde. Seul, l'amiral gardait son calme. Lui, le malheureux Chinito, restait prostré, atten-

13. Récif : rocher.
14. Falots : lanternes.
15. Enjoignit : ordonna.

Naufrage de la caravelle « Santa-María », gravure colorée à la main, XIXe siècle.

dant le châtiment. Mais personne ne prêtait attention à lui. Chacun se sentait coupable d'une négligence. L'heure pourtant n'était pas aux états d'âme. Le bateau donnait de plus en plus de la gîte[16]. La coque* se remplissait inexorablement.

« Hâtez-vous », hurla Christophe Colomb.

Juan de La Cosa descendit dans la chaloupe et, à ce moment-là, l'inexplicable se produisit. Au lieu d'aller jeter l'ancre, le patron de la caravelle mortellement blessée rama en direction de la Niña et disparut dans la nuit.

« Êtes-vous fou ? Juan de La Cosa, êtes-vous fou ? hurla Colomb lorsqu'il comprit que le propriétaire abandonnait son navire. Revenez ! »

16. Donnait de la gîte : s'inclinait.

Il arracha le fanal des mains d'un matelot, tenta d'éclairer la scène de cet incroyable forfait. La petite flamme brandie à bout de bras ne fit qu'un halo[17] misérable dans la clarté lunaire.

« La Cosa !... »

Un cri désespéré qui n'obtint pas de réponse. L'amiral rendit la lanterne. Il lui fallait l'ombre, un instant, pour se ressaisir. Personne ne devait voir la poussée de haine qui crispait ses mâchoires, le désarroi qui l'envahissait par autant de brèches qu'en comptait la carène* de sa nef. Lui aussi allait sombrer s'il ne libérait pas un trop-plein de rage. Près de lui, Chinito tremblant de peur et de fatigue, fasciné par le mutisme de son maître, ne savait où aller ni que faire.

En écrivant ces lignes, le vieil Alvarez retrouvait l'étonnement qui s'empara de l'équipage. Qu'avait-il bien pu se passer dans l'esprit de Juan de La Cosa ? Ne comprit-il pas tout de suite que son navire était perdu ? Certes, il avait commis une faute en ne veillant pas alors qu'il était de garde, mais fallait-il aggraver encore cette faute par la plus inexcusable des désertions ?

Christophe Colomb ne contrôlait plus sa colère. Tout le monde l'abandonnait donc ? Pinzón, Juan de La Cosa, il ne pouvait compter sur personne ! Il avait su très vite que la caravelle ne pouvait plus être sauvée. Les vagues

---

17. Halo : lueur.

la soulevaient et, chaque fois qu'elle retombait, une voie d'eau nouvelle s'ouvrait qui remplissait la cale*. Libérer la coque* de la morsure du roc s'avéra impossible.

« Nous allons couler. Mettez les chaloupes à la mer ! »

La nuit se terminait. Au matin, la Santa-María gisait sur le haut-fond qui l'avait anéantie. Un jour lumineux se leva sur cette tragédie. L'eau reprit sa limpidité de turquoise, le ciel vira du rose au bleu, un vent léger secoua les palmes en bordure de la plage. La Niña avait recueilli les naufragés. Ils étaient tous sur le pont, beaucoup trop nombreux pour une seule caravelle qui, ainsi chargée, irait sûrement vers de nouveaux périls.

Christophe Colomb, en découvrant avec le jour l'ampleur du désastre, ne put retenir ses larmes. Il eut un moment de faiblesse qu'il ne voulut partager avec personne. Chacun respecta son désir de solitude. Il revint au bateau qui n'était plus qu'une épave, et donna plus tard des ordres pour sauver la cargaison. Bientôt les caisses et les barils s'entassèrent sur le sable à côté des planches disjointes apportées par la mer. Les hommes travaillèrent longtemps. Au fur et à mesure de l'enlèvement des provisions, la coque* avait de brusques sursauts quand une vague la heurtait.

À une demi-lieue de la côte, la Niña, la seule qui restât, paraissait magnifique et vulnérable.

Le cacique qui les avait reçus quelques jours auparavant et leur avait parlé des mines d'or dans des contrées voisines, offrit ses bons services pour aider les naufragés. Il mit à la disposition de l'amiral des cases où fut entreposé le chargement. Il agissait en chef et, pour la première fois peut-être, les chrétiens, en mauvaise posture, ne virent pas dans ces habitants des îles que de futurs esclaves.

« Merci, Guacanagari. »

Le roi posta des gardes à l'entrée de chaque hutte. Protection toute symbolique car aucun d'entre eux n'était armé. Ils n'opposeraient aux pillards éventuels que la force de dissuasion de leurs muscles et la détermination de leurs sourcils froncés. Le contenu de la cale* étalé au grand jour eut un heureux effet. Les Indiens, devant les sacs de billes qui se répandaient sur le sable, les petits miroirs dont ils ne comprenaient pas le pouvoir, les étoffes de couleur et surtout les clochettes à l'irrésistible musique, apportèrent ce qu'ils possédaient afin de l'échanger.

Et le miracle se produisit au moment du plus grand désarroi. Christophe Colomb se vit offrir enfin, plus abondants qu'ils ne l'avaient jamais été, des fragments d'or, des anneaux intacts et des pépites brutes. On lui apporta un masque aux yeux rehaussés d'or. Le métal admirable soulignait aussi les oreilles, ornait de dessins savants le front et le menton. L'amiral en tira grande joie.

« Dieu, en sa bonté inépuisable, a choisi pour nous ce lieu où nous devons nous implanter, dit-il. La Niña ne peut recueillir tout l'équipage. Elle en serait trop dangereusement surchargée. Des hommes vont rester ici, dans cette baie. Ils construiront un fort et une tour avec les matériaux tirés de la Santa-María. Mon navire a rempli sa mission. Il sera encore utile. Vous, vous êtes charpentiers, maçons, forgerons. Bien que gens de la mer, vous savez faire produire à la terre le blé dont vous aurez nécessité. Je vous laisse le contenu de la cale*, du vin pour un an, des grains pour les premières semailles. Soyez ici un morceau de l'Espagne pour mieux servir nos souverains. »

Il parlait calmement, dans un enthousiasme retrouvé. Le naufrage qui l'avait abattu la veille lui redonnait des forces. Avec son épave aux débris flottants, il fondait une colonie.

« Ceux qui nous ont abandonnés dans l'adversité[18] ont permis que nous nous attardions sur ces terres et que nous en découvrions les mérites. Un seul encore de ces mérites nous reste caché et je compte sur vous pour trouver la route qui y mène. Vous avez vu les offrandes d'un peuple bon et généreux. L'or naît près d'ici. Parvenez à la mine. »

Christophe Colomb voulut savoir s'il y avait des volontaires parmi les membres des deux équipages. Un à un, ils se rangèrent à sa droite. Certains hésitaient, se consultaient d'un regard, échangeaient deux mots à voix basse. Un mouvement de la tête provoquait une décision.

« Douze. Treize… Quatorze », comptait l'amiral.

Parfois, des pensées dissimulées derrière des fronts butés emportaient un choix fait avec une hargne envieuse.

« Vingt-six… »

Le goût de l'aventure, l'appât de l'or promis par Guacanagari jouèrent leur rôle dans la tempête qui secoua plusieurs crânes. Peu à peu se forma un groupe qui aurait dû vivre de fraternité dans un pays où tout commençait.

---

18. Adversité : malheur.

Christophe Colomb percevait les mobiles de chacun et feignait de n'en rien connaître.

« Trente-deux », compta-t-il imperturbablement.

Chinito assistait à la scène et il revoyait en pensée la fuite de Bartolomeo. Le Malagueño avait voulu partir seul vers un monde nouveau. Pourquoi lui aussi, Chinito, ne resterait-il pas sur une île ? Un jour peut-être, leurs routes se rencontreraient une seconde fois. En vérité, il n'avait pas aimé la vie en mer. Il était fils de la terre.

« Maître, moi aussi. »

Colomb parut interloqué. Il hésita une seconde, pris au dépourvu par ce gamin qui ne voulait pas revoir Grenade et l'affirmait si calmement.

« Non, répondit-il. Tu retourneras en Espagne. »

Que mettait-il dans ce refus ? Quelle part d'affection ou bien de simple agacement devant un morveux épris d'indépendance lui avait fait répondre sur un ton qui ne souffrirait pas de réplique ? Chinito insista.

« Maître, l'Espagne m'a été dure depuis le jour où je suis né. Ici, je serai heureux.

– Tu retourneras en Espagne. »

Pedro était devenu vieux grâce à ce refus. Une bouffée de reconnaissance le poussa vers le navigateur qui dormait depuis longtemps de son dernier sommeil après avoir emporté le secret de son être dans la tombe. Il ne doutait plus maintenant que Christophe Colomb lui avait témoigné, ce jour-là, un attachement dont il n'aurait jamais voulu montrer la force. Et, ce faisant, il lui avait sauvé la vie.

Les hommes qui avaient pour mission de fonder une colonie sur cette terre neuve laissèrent parler leurs mauvais instincts. Ils s'emparèrent de femmes, asservirent les tribus et s'entretuèrent pour la possession de l'or amassé. Les derniers survivants périrent sous les flèches d'un cacique[19] en colère et le fort, né de la courageuse caravelle qui les avait conduits en ces lieux paradisiaques, fut réduit en cendres.

Sur une décision sans appel de son maître, Chinito pendant ce temps avait retrouvé l'Espagne.

Quelques jours avant le départ, la Niña avançait sur des fonds où roches et sables se mêlaient en créant un danger permanent. Colomb portait en lui le deuil de la Santa-María. Non pas qu'il eût aimé particulièrement cette barque lourde et lente, coupable souvent de retarder la marche, mais il gardait le remords d'un moment d'abandon au sommeil qui avait été si plein de conséquences. Rentrer en Espagne avec un seul navire meurtrissait l'amiral au plus intime de lui-même. Il multipliait les soins pour épargner à la Niña l'écueil, le banc sablonneux capable de faire perdre en quelques secondes tout espoir de retour.

« Paco ! Monte au mât et reconnais les fonds. D'ici, nous n'avons pas une visibilité suffisante. »

Le matelot grimpa et, à peine fut-il en haut qu'il poussa une exclamation comme lui seul en avait d'aussi imagées.

19. **Cacique :** chef indien.

« Amiral, s'époumona-t-il aussitôt après, la Pinta ! »

Pinzón revenait. Quand il monta à bord, il ne semblait pas plus gêné que s'il fût revenu de promenade. Chinito se prépara à servir le vin et à laisser traîner une oreille, car il ne doutait pas que l'entretien fût animé.

Il n'y eut pas de vin des retrouvailles. Christophe Colomb blêmit en revoyant le capitaine. Il le fit entrer dans la cabine dont il referma la porte avec soin. Chinito n'entendit rien de ce qui se disait et, s'il eut envie de coller l'oreille à l'huis[20], il sut au dernier moment résister à la tentation.

Colomb hâta le départ. Pinzón était allé à Baneque et n'avait pas trouvé l'or. Il n'aurait servi à rien de s'attarder encore. Avant de reprendre le large, la Niña jeta l'ancre dans un port tranquille. Les marins, conscients des semaines en mer qui les attendaient, vent debout, voulurent profiter d'une ultime journée à terre.

À peine débarqués, ils furent surpris par une tribu peinturlurée de noir, armée d'arcs et de flèches. Ces hommes présentaient des visages beaucoup moins avenants[21] que ceux des pêcheurs et chasseurs rencontrés jusque-là. Leurs longs cheveux ramenés en un chignon orné de plumes de perroquets, leur front bas aux arcades sourcilières avancées, les lèvres épaisses et, dans les yeux, quelque chose de farouche donnaient à prévoir des rapports moins heureux que les précédents.

L'un d'eux s'avança pour parlementer. Sa nudité était arrogance et le rictus qu'il arborait disait suffisamment

20. Huis : porte d'entrée.

20. Avenants : sympathiques.

ses intentions peu pacifiques. L'amiral tenta de se faire comprendre. Les indigènes qu'il avait emmenés des autres îles montrèrent de l'émoi à la vue de ce guerrier. Colomb s'en aperçut. Une ombre passa sur son visage. Dans le flot de paroles ponctuées de gestes, Chinito saisit un mot qui tomba sur lui comme une pluie glacée.

« Toi, connaître Caribi ? » demanda l'amiral sans quitter son interlocuteur des yeux.

L'homme nu sourit en découvrant une denture de carnassier. Les muscles de ses épaules roulaient sous la peau et il gonflait les biceps avec une fierté assez ridicule.

Caribi ! Chinito comprit alors pourquoi les autres Indiens avaient l'air aussi peu rassurés. Les cannibales tant redoutés étaient autour d'eux, dans l'ombre des feuillages, l'arc au poing et les flèches, sans doute enduites d'un venin sans remède, prêtes à frapper. À force d'entendre parler d'eux, d'île en île, et de ne les voir jamais, il avait fini par ne plus trop croire à leur existence. Êtres mythiques des légendes héroïques, il pensait qu'ils faisaient partie des hauts faits que les vieillards racontaient pour impressionner les jeunes générations. Et maintenant, il les avait devant lui. Il se mit à trembler. Une horreur indicible lui soulevait le cœur.

Le sauvage était laid de figure, mais il avait un corps aux proportions admirables. Tant de beauté se nourrissant de festins immondes ! Chinito imaginait des scènes qui le faisaient frémir. Il ferma les yeux, serra violemment les paupières pour chasser des visions de cauchemar.

L'Indien fit signe à ses complices d'approcher. Ils sortirent des frondaisons[22] avec des mouvements souples et des mines hargneuses. Tous étaient armés.

« Mon Dieu ! Combien sont-ils ? se demanda Chinito. Et il y en a encore. Dix, au moins ! Vingt ! »

Il en sortait toujours. Ils étaient bien cinquante ! Le mousse compta les Espagnols. Ils étaient sept.

Sept !

« Vierge Marie, supplia-t-il, faites que je ne sois pas mangé ! »

Le chef jeta quelques paroles qui résonnèrent durement. Aussitôt, les cannibales déposèrent leurs arcs, leurs flèches et leurs sagaies[23] sur la grève. Cela faisait un terrible alignement qui ne rassura qu'à moitié le moussaillon apeuré. Les Espagnols respirèrent en voyant cette obéissance générale. Des négociations commencèrent pour échanger les armes contre des billes de verre et des chiffons colorés.

Les guerriers reçurent les babioles sans exprimer de satisfaction particulière. Quand ils comprirent que la distribution était terminée, ils essayèrent de reprendre leurs arcs. Une mêlée s'en suivit, empreinte d'une agressivité certaine. Les Espagnols réalisèrent à quel point ils étaient peu nombreux. Lorsque les Indiens entreprirent de les ceinturer de leurs bras et de les ligoter avec des lianes, ils s'affolèrent. Il y eut une lutte inégale et confuse. Un marin sortit un poignard de sa ceinture et, pour se

22. Frondaisons : feuillages.
23. Sagaies : perches terminées par un fer de lance.

protéger, d'un coup violemment porté, il entailla une fesse comme on s'ouvre un chemin en forêt. Le sauvage hurla de douleur. Au même moment un autre reçut une flèche en pleine poitrine. Ce fut la débandade. Oubliant leur nombre qui aurait dû les rendre maîtres du terrain, les indigènes regagnèrent le dessous des arbres en abandonnant leurs armes.

Sur le sable, le premier sang versé faisait une tache sombre. Un matelot l'effaça d'un coup de pied, croyant ainsi l'ôter de toutes les mémoires.

Épilogue

Pedro Alvarez avait terminé son récit. De ce qui avait suivi, il n'avait eu connaissance que par ouï-dire. Il se rappelait bien sûr l'effroyable tempête qui avait tant rudoyé la Niña sur le chemin du retour. C'était miracle qu'ils s'en fussent sortis. Et ils étaient allés tous en pèlerinage remercier la Mère du Ciel qui leur avait permis de revoir l'Espagne.

Quand ils abordèrent à Palos, Chinito se sépara définitivement de la mer. L'amiral le laissa partir sans lui témoigner beaucoup plus d'affection qu'il n'en avait montré tout au long du voyage. Mais, avant que le mousse ne franchît pour la dernière fois la porte de la chambre amirale, il l'appela.

« Pedro Alvarez, dit-il en lui redonnant son nom, tu as bien mérité une récompense. »

Il tendait une bourse de cuir noircie par l'usure mais confortablement rebondie. Chinito hésitait à la prendre.

« Prends !

– Maître, vous croyez que j'ai bien…

– Je sais à quoi tu penses. »

Le garçon rougit. Des larmes montèrent à ses yeux.

« Je…

– N'aie pas de remords. Tu as fait ce que tu devais faire et s'il y a un responsable, c'est moi.

– La Santa-María était un beau bateau bien solide.

– Oui ! Oui ! Si on veut ! Et à présent, que vas-tu devenir ? »

Chinito prit la bourse. Il fut surpris par son poids.

« Je vais acheter une mule… Peut-être deux. Et je serai muletier. »

Il le fut, mais cela était une autre histoire.

Le vieillard poussa un soupir. Maintenant qu'il était parvenu au bout de son entreprise, une grande fatigue le prenait.

Il ferma les yeux.

AI-JE BIEN LU ?

1 Sur quelle île Colomb est-il arrivé ?
2 Qu'arrive-t-il à la Santa-María la nuit du 25 décembre ?
3 **a.** Quel navire reste-t-il alors à Colomb ?
b. Pourquoi décide-t-il de laisser des hommes sur place ?
4 **a.** Quel personnage est de retour, à la surprise de tous ?
b. Pourquoi ? Sur quel navire ?
5 **a.** Quel jour Colomb et son équipage rentrent-ils en Espagne (l. 18-21, p. 213-214) ? **b.** Dans quel port débarquent-ils ?
6 Colomb est-il en possession d'or ?

J'EXPLIQUE LE TEXTE

Le récit de voyage

— L'échouage du navire

La nuit de Noël, la Santa-María se trouve au large de Bohio : il reste à Colomb à découvrir l'endroit exact où les Indiens extraient l'or.

7 **a.** Dans quelles circonstances l'échouage de la Santa-María a-t-il lieu ?
b. Quels dommages a-t-elle subis ?
c. Relevez deux expressions par lesquelles le narrateur personnifie le navire (l. 228-241, p. 221-222).
8 Quels termes traduisent la panique à bord (l. 223-229, p. 221) ?
9 **a.** Que fait Juan de La Cosa, le propriétaire du navire (p. 223) ?
b. Comment le narrateur qualifie-t-il son geste (l. 291-297, p. 224) ?

— La récupération du matériel

10 **a.** Comment l'opération de récupération du matériel s'effectue-t-elle (l. 317-334, p. 225-226) ?
b. Quelle aide Colomb reçoit-il ?

QUESTIONS SUR LE TEXTE 5

— La rencontre avec les Caribes

> Les Indiens rencontrés par Colomb, depuis son arrivée dans les îles, ont parlé aux marins d'un peuple féroce et cannibale, les Caribes (Caraïbes).

11 Dans quelles circonstances Colomb rencontre-t-il les Caribes ?

12 **a.** Par quelles expressions le narrateur fait-il des Caribes des êtres effrayants (l. 457-549, p. 230-234) ?

b. Sont-ils nombreux ? Agressifs ?

c. À la suite de quelle action s'enfuient-ils ?

Le parcours de Chinito

....

— La fin du voyage

13 **a.** Pourquoi Chinito se sent-il en partie responsable du naufrage de la Santa-María ?

b. Colomb, quant à lui, lui reproche-t-il son comportement ?

14 **a.** Au moment du départ, pourquoi Chinito se porte-t-il volontaire pour rester à Bohio ?

b. Colomb accepte-t-il ?

c. Pourquoi le vieux Pedro Alvarez dit-il que ce jour-là, il lui a témoigné « un attachement dont il n'aurait jamais voulu montrer la force » (l. 411-414, p. 228) ?

15 **a.** Quel don Pedro reçoit-il de Colomb ?

b. Quel métier projette-t-il d'exercer, une fois de retour en Espagne ?

— Pedro Alvarez

16 Pourquoi Pedro Alvarez a-t-il du mal à terminer ses mémoires ?

17 Dans quel lieu de la ville de Grenade se rend-il souvent ? Pourquoi ?

Le personnage de Colomb

18 Quelles sont les actions et réactions de Colomb durant la nuit de l'accident et le lendemain (l. 233-319, p. 221-225) ?
19 Quels remords conserve-t-il en lui (l. 425-436, p. 229) ?
20 Quel miracle se produit (l. 441, p. 230) ?

Une future colonie

21 **a.** Pourquoi Colomb doit-il laisser des hommes sur l'île ?
b. Quelle mission leur assigne-t-il ?
c. Quelles sont leurs motivations à accepter ?
22 Quelle construction devront-ils faire ? Avec quels matériaux ?
23 **a.** Comment les hommes restés sur l'île se sont-ils comportés ?
b. Qu'est-il advenu d'eux ?

Je formule mes impressions

24 « Sur le sable, le premier sang versé faisait une tache sombre. Un matelot l'effaça d'un coup de pied, croyant ainsi l'ôter de toutes les mémoires. » (l. 531-533, p. 233) Pourquoi, selon vous, le narrateur termine-t-il son récit par cette phrase ? Le roman s'achève-t-il sur une note optimiste ou pessimiste ?

J'ÉTUDIE LA LANGUE

Grammaire : valeurs des temps dans un récit au passé

Passé simple	Imparfait	Plus-que-parfait	Conditionnel présent
Actions de **premier plan**.	**Arrière-plan du récit :** durée, habitude, répétition.	**Antériorité :** action passée qui s'est déroulée **avant** une autre action passée.	Action passée qui s'est déroulée **après** une autre action passée (futur dans le passé).

QUESTIONS SUR LE TEXTE 5

25 **a.** Identifiez les temps et l'infinitif des verbes dans le passage suivant (l. 35-43, p. 214).
b. Indiquez les valeurs de ces temps.

« Immanquablement, il **retournait** à la petite place où, jadis, une lame brusquement jaillie de son manche, **avait fait** de lui un vagabond des mers. Le soleil d'hiver **caressait** les façades. La fontaine **coulait** comme autrefois. En cinquante ans, presque rien n'**avait changé**.
Le deuxième jour, il **s'attarda** plus que de coutume et puis, songeur, il **remonta** jusqu'à sa demeure haute. Il **s'assit** à la table et il **sut** cette fois qu'il **terminerait** ses mémoires. »

J'ÉCRIS

Écrire un journal de bord

26 Imaginez une page (ou plus) du journal de bord de Colomb.

CONSIGNES D'ÉCRITURE
- Choisissez un moment précis de l'aventure qu'il a vécue (développée ou non dans le roman de Noguès), ou plusieurs moments (jours ou heures différents).
- Indiquez une date (cohérente par rapport au récit), éventuellement une heure.
- Rédigez à la première personne, au présent, passé composé, imparfait, futur (« Aujourd'hui, nous avons navigué... Tout en écrivant, je regarde le ciel... Je sais que l'équipage m'en veut, mais je fais tout pour le rassurer... »)
- Vous pouvez vous aider du vocabulaire utilisé dans les passages du texte.

L'ATELIER D'ÉCRITURE

Sujet : Écrire un journal de bord

Imaginez que vous êtes un explorateur, parti à la découverte d'espaces encore inconnus ou vierges. Vous tenez un journal de bord dans lequel vous notez vos impressions.
Rédigez quelques pages de ce journal.
Vous pouvez ajouter des croquis et des dessins.
Vous pourrez le présenter sur le support de votre choix (papier parcheminé, page de carnet vieillie ; écriture à la plume ; page de courrier électronique...).

Consignes d'écriture

Choisissez :
- **l'époque :** s'agit-il d'un voyage de l'époque des grandes découvertes ou d'un voyage effectué dans le monde d'aujourd'hui ?
- **le lieu** (en fonction de l'époque) : la route des Indes, l'Amérique, le Japon, la Chine, l'Antarctique ou l'Arctique (les pôles), l'Amazonie, les mers australes, les fonds sous-marins, la lune..., ou un lieu imaginaire qui n'aurait pas encore été exploré... Aidez-vous d'une carte.

Méthode

- Menez votre récit à la première personne.
- Indiquez le jour, la date, les conditions météorologiques, les événements importants de la journée.
- Introduisez une courte description d'un élément inconnu (paysage, animal, végétal, habitat, peuplade...).
- Utilisez une énumération, un comparatif, une comparaison se référant au monde connu du lecteur (ex. : un animal qui ressemble à un hérisson).

• Insérez un mot en langue étrangère (que vous pouvez inventer), dans une formulation du type : « ... que les Indiens appellent... »
• Exprimez votre émerveillement, votre étonnement...

La boîte à mots

Éléments découverts

• Géographie : montagne, colline, île, lagune, golfe, baie, forêt, désert, icebergs, glaciers...
• Animaux et végétaux : poissons, oiseaux, mammifères, insectes, plantes, arbres, fruits, épices...
• Humains : habitat, vêtements, nourriture, objets d'usage quotidien, armes, chasse...

Quantité et profusion

Beaucoup, grande abondance, en grande quantité, multitude, grandissimes quantités de, innombrables, bien d'autres, plusieurs, en tels nombres, à foison, maint (e)s, pulluler, regorger de, foisonner, couler à flots, pas moins nombreux que...

Merveille

Éblouissement, émerveillement, c'en est merveille, étonnant, prodigieux, étrange, incroyable...

GLOSSAIRE

LES TERMES MARINS

Agrès : matériel servant à manœuvrer le navire.

Bâbord : la gauche du navire.

Bordage : revêtement de planches qui couvrent le corps du navire.

Bas-mât : bas du mât.

Cale : espace situé sous le pont, où sont entreposées les marchandises.

Carène : partie immergée de la coque d'un navire.

Château d'arrière : superstructure placée à l'arrière du navire.

Château de poupe : superstructure placée à l'avant du navire.

Château de proue : construction située à l'avant du navire.

Civette : voile inclinée du mât de beaupré.

Coque : corps du navire.

Écoutes : cordages.

Écoutilles : ouvertures ménagées dans un pont pour donner accès aux logements ou à la soute.

Étraves : limite avant de la partie immergée de la coque du navire.

Filin : cordage.

Hauban : câble qui maintient le mat en position verticale.

Gaillard d'arrière : structure placée à l'arrière du navire (synonyme de château d'arrière).

Gaillard d'avant : structure placée à l'arrière du navire.

Gréements : ensemble du matériel associé à l'utilisation des voiles d'un navire.

Hune : plateforme en hauteur fixée sur les mâts des navires, pouvant servir de poste d'observation.

Mât de beaupré : mât situé à la proue du navire et incliné vers l'avant.

Misaine : → *voile de misaine.*

Panne (être en) : être immobilisé.

Pavillon : drapeau signalant la nationalité d'un navire.

Proue : partie avant d'un bateau.

Tillac : pont supérieur d'un navire.

Timon : gouvernail.

Trinquet : voile triangulaire.

Vergues : barres fixées horizontalement aux mâts, portant les voiles.

Vigie : poste d'observation ou guetteur chargé de surveiller le large.

Voile d'artimon : voile basse située à l'arrière du navire.

Voile de misaine : voile principale du mât situé à l'avant d'un navire.

Les voyages d'exploration

William Hodges (1744–1797), *Les navires « Resolution » et « Adventure » dans la baie de Matavai à Tahiti* (détail), 1776, huile sur toile, 137 x 193 cm, Greenwich, Londres, National Maritime Museum.

TEXTE 1 CHRISTOPHE COLOMB, LE DÉPART ET L'ARRIVÉE

« Écrire très ponctuellement, au jour le jour »

Christophe Colomb, pensant rejoindre les Indes par l'ouest, est appuyé dans sa formidable entreprise, par le roi et la reine d'Espagne, Ferdinand d'Aragon et Isabelle de Castille qui financent le voyage ; Colomb leur adresse son journal de bord qu'il rédige jour après jour. L'original ayant été perdu, ce journal a été recopié ou résumé par Bartolomé de Las Casas (1474-1566), fils de l'un des premiers compagnons de Christophe Colomb. À certains moments, Las Cases recopie le journal, le pronom « je » désigne alors Colomb ; à d'autres il le résume en utilisant la 3e personne et en désignant Colomb par son titre, l'Amiral.
Voici un extrait de la première page.

[…] Et je partis de la cité de Grenade le douzième jour du mois de mai de la même année 1492, un samedi ; je vins à la ville de Palos, qui est un port de mer, où j'armais trois navires très convenables pour telle entreprise et je partis dudit port, bien pourvu de très nombreuses subsistances et de beaucoup de gens de mer le troisième jour du mois d'août de ladite année, un vendredi, une demi-heure avant le lever du soleil. Et je pris le chemin des îles Canaries qui sont à Vos Altesses et se trouvent en ladite mer océane pour, de là, prendre ma route et naviguer jusqu'à toucher aux Indes, m'y acquitter de l'ambassade de Vos Altesses […] et y accomplir ce qu'Elles m'avaient ordonné.

En ces raisons, je me suis proposé d'écrire très ponctuellement, au jour le jour, tout ce que je ferais et qui m'arriverait pendant ce voyage, comme bien on le verra plus avant.

De plus, Seigneurs Princes, tout en écrivant chaque nuit ce qui sera arrivé le jour, et le jour la navigation de la nuit, j'ai le dessein de faire une nouvelle carte marine sur laquelle je situerai toute la mer et toutes les terres de la mer océane, dans leurs propres positions, sous leur vent [...]

Colomb avait estimé à 4 400 km la distance séparant le Portugal des Indes, ce qui représentait trois ou quatre semaines de navigation. Il se trompait : la distance réelle était en fait d'environ 19 600 km. Les hommes sont inquiets...

Mercredi 10 octobre

[...] Les hommes n'en pouvaient plus. Ils se plaignaient de la longueur du voyage. Mais l'Amiral les réconforta le mieux qu'il put en leur donnant bon espoir du profit qu'ils pourraient avoir. Et il ajoutait qu'il était vain de se plaindre, parce qu'il était venu pour atteindre aux Indes et qu'il entendait poursuivre jusqu'à les trouver, avec l'aide de Notre Seigneur.

Jeudi 11 octobre

Il navigua ouest-sud-ouest. Ils eurent grosse mer[1], plus que jusque-là au long du voyage.

1. **Grosse mer :** mer très agitée.

Ils virent des pétrels[2] et un jonc vert[3] tout près de la nef[4] amirale. Ceux de la caravelle *Pinta* virent un roseau et un bâton et ils saisirent un autre bâtonnet travaillé, à ce qui leur parut, avec le fer ; puis encore un morceau de roseau et une autre herbe qui pousse en terre, enfin une planchette. Ceux de la caravelle *Niña* virent aussi d'autres signes de terre et un rameau d'épine chargé de ses fruits. À cette vue, ils respirèrent tous et se réjouirent. [...]

À la deuxième heure après minuit, la terre parut, distante de deux lieues[5]. Ils carguèrent les voiles[6] [...] puis se mirent en panne*, temporisant jusqu'au jour du vendredi où ils arrivèrent à une petite île des Lucayes, qui dans la langue des Indiens, s'appelait Guanahani.

Alors il vit des gens nus, et l'Amiral se rendit à terre avec sa barque armée avec Martin Alonso Pinzón[7] et Vicente Yanez, son frère, qui était capitaine de Niña. L'Amiral déploya la bannière royale, et les capitaines deux de ces étendards à croix verte que l'Amiral avait pour emblème sur tous les navires et qui portaient un F et un Y surmontés chacun d'une couronne, une lettre d'un côté de la croix et l'autre de l'autre côté.

Arrivés à terre, ils virent des arbres très verts et beaucoup d'eau et des fruits de diverses espèces. [...]

Aussitôt se rassemblèrent là beaucoup de gens de l'île.

Christophe Colomb, *Journal de bord*, traduit par Soledad Estorach et Michel Lequenne, Librairie François Maspero, 1979.

---

2. Pétrels : oiseaux marins qui volent au ras de l'eau.
3. Jonc vert : plante qui pousse dans l'eau.
4. Nef : grand navire à voiles.
5. Deux lieues : environ 11 km.
6. Carguer les voiles : les attacher contre le mat.
7. Alonso Pinzón : capitaine de la Pinta.

QUESTIONS SUR LE TEXTE 1

AI-JE BIEN LU ?

1 **a.** Qu'est-ce qu'un journal de bord ?
b. Par quels différents termes (pronom, nom) Christophe Colomb est-il désigné dans le journal ? Pourquoi ?
c. À qui Colomb a-t-il dédié son journal ? Dans quelle intention ?
2 De quel port de mer Colomb est-il parti ? Précisez le jour, l'année, l'heure et la destination du voyage.
3 **a.** À partir de quelle date les marins commencèrent-ils à se révolter ? Pour quelle raison ?
b. Comment Colomb les a-t-il persuadés de continuer ?
4 **a.** À quels indices les marins ont-ils compris que la terre était proche ?
b. Dans quel lieu Christophe Colomb a-t-il abordé ?
c. À quelle date et à quel moment de la journée ?
d. Comment Colomb a-t-il pris possession de l'île ?

JE LIS ET JE COMPARE

***Le Voyage inspiré* et *Le Journal de bord* de C. Colomb**

5 Comparez ces passages avec le texte de J.-C. Noguès. L'auteur du *Voyage inspiré* a-t-il respecté les faits, les dates ?

TEXTE 2 CHRISTOPHE COLOMB À HISPANIOLA

« Hispaniola est une merveille »

Voici un extrait d'une lettre de Christophe Colomb à son protecteur Luis de Santangel, trésorier des souverains espagnols qui l'a aidé dans son projet.
Christophe Colomb cite les différentes îles qu'il vient de découvrir. À chacune il a donné un nom. Il décrit celle qu'il a appelée l'Hispaniola (aujourd'hui Haïti).

Lettre à Luis de Santangel, février-mars 1493

Les terres de ces îles sont élevées, et on y rencontre beaucoup de sierras et d'immenses montagnes, incomparablement plus hautes que l'île de Ténériffe[1], toutes magnifiques, de mille formes, toutes accessibles et pleines d'arbres de mille essences[2], si hauts qu'ils semblent atteindre au ciel, et dont je me suis persuadé qu'ils ne perdent jamais leurs feuilles, selon ce que j'ai pu comprendre, les voyant aussi verts et aussi beaux qu'ils le sont au mois de mai en Espagne. Certains étaient en fleur, d'autres avaient leurs fruits, les autres se trouvaient en un état différent selon leur espèce. Et le rossignol et mille autres sortes d'oiseaux chantaient en ce mois de novembre partout où je suis passé.

1. **Ténériffe :** la plus grande des îles Canaries, dans l'Atlantique.
2. **Essences :** espèces.

Isabella, établissement colonial espagnol fondé par Christophe Colomb à Hispaniola, gravure sur bois, illustration de la *Lettre de Colomb sur la découverte de l'Amérique*, 1493.

Il y a des palmiers de six ou huit essences dont la belle diversité ravit les yeux d'admiration, mais aussi celle des autres arbres, des fruits et des herbes. Il y a là encore des pinèdes en quantité, des campagnes magnifiques et du miel, toutes sortes de volatiles et des fruits fort divers. À l'intérieur des terres, il y a maintes[3] mines de métaux et d'innombrables habitants.

3. **Maintes :** beaucoup de.

L'Hispaniola est une merveille : les sierras[4] et les montagnes, les plaines et les vallées, les terres si bclles et grasses, bonncs pour planter et semer, pour l'élevage des troupeaux de toutes sortes, pour édifier des villes et des villages. On ne croira pas sans les avoir vus ce que sont ses ports de mer et ses fleuves nombreux, grands, aux bonnes eaux, et dont la plupart charrient de l'or. Pour ce qui est des arbres, des fruits et des plantes, il y a de grandes différences entre eux et ceux de la Juana[5]. Dans l'Hispaniola, on trouve beaucoup d'épices, de grandes mines d'or, et d'autres métaux. Les gens de cette île et de toutes les autres que j'ai découvertes ou dont j'ai eu connaissance vont tout nus, hommes et femmes, comme leurs mères les enfantent, quoique quelques femmes se couvrent en un seul endroit du corps avec une feuille d'herbe ou un fichu de coton qu'à cet effet elles font. Ils n'ont ni fer, ni acier, ni armes, et ils ne sont point faits pour cela ; non qu'ils ne soient bien gaillards et de belle stature, mais parce qu'ils sont prodigieusement craintifs. Ils n'ont d'autres armes que les roseaux lorsqu'ils montent en graine, et au bout desquels ils fixent un bâtonnet aigu. Encore n'osent-ils pas en faire usage, car maintes fois il m'est arrivé d'envoyer à terre deux ou trois hommes vers quelque ville pour prendre langue, ces gens sortaient, innombrables, mais, dès qu'ils voyaient s'approcher mes hommes, ils fuyaient au point que le père n'attende pas le fils. Et tout cela non qu'on eût fait mal à aucun, au contraire, en tout lieu où

4. Sierras : montagnes.
5. La Juana : Cuba.

je suis allé et où j'ai pu prendre langue[6], je leur ai donné tout ce que j'avais, soit du drap, soit beaucoup d'autres choses, sans recevoir quoi que ce soit en échange, mais parce qu'ils sont craintifs et sans remède.

Il est vrai que lorsqu'ils sont rassurés et ont surmonté cette peur, ils sont à un tel point dépourvu d'artifice et si généreux de ce qu'ils possèdent que nul ne le croirait à moins de l'avoir vu. Quoi qu'on leur demande de leurs biens, jamais ils ne disent non ; bien plutôt invitent-ils la personne et lui témoignent-ils tant d'amour qu'ils lui donneraient leur cœur. Que ce soit une chose de valeur ou une chose de peu de prix, quel que soit l'objet qu'on leur donne alors en échange et quoi qu'il vaille, ils sont contents. Je défendis qu'on leur donnât des objets aussi misérables que des tessons d'écuelles cassées, des morceaux de verre ou des pointes d'aiguillettes, quoique, lorsqu'ils pouvaient obtenir de telles choses, il leur semblait posséder les plus précieux joyaux du monde.

[...]

Fait sur la caravelle, au large des îles Canaries, le 15 février 1493.

Je ferai ce que vous me commandez.

L'Amiral

Christophe Colomb, *La découverte de l'Amérique*,
traduit par S. Estorach et M. Lequenne,
La Découverte, 1981.

6. Prendre langue : prendre contact avec quelqu'un, lui parler.

QUESTIONS SUR LE TEXTE 2

AI-JE BIEN LU ?

❶ Quelle est l'île décrite ?

❷ Quels éléments composent le paysage (relief, faune, flore) ? Quelle remarque Colomb fait-il sur le climat de l'île ?

> Dans les récits de voyage, on trouve de nombreuses **comparaisons** qui font référence au monde connu du lecteur : l'élément comparé (celui que l'on compare) représente l'élément inconnu et l'élément comparant (celui auquel on compare), l'élément connu.

❸ **a.** Relevez deux comparaisons (l. 1-13) : quels sont les éléments comparés ?
b. Pourquoi Colomb fait-il référence à l'île de Ténériffe et à l'Espagne ?

❹ Quelles sont les richesses de l'île ? Relevez une énumération. Citez le champ lexical de l'abondance et de l'émerveillement.

❺ **a.** Quelles sont les caractéristiques physiques des peuples découverts ? Sont-ils pacifiques ?
b. Quelles qualités Colomb leur découvre-t-il ?

❻ Quelle peut avoir été la réaction de Luis de Santangel, destinataire de la lettre, en lisant ce texte ?

J'ÉCRIS

Partager son émerveillement

❼ Vous avez été ébloui par un lieu (visité, vu en photo…). Vous écrivez à un(e) ami(e) pour lui faire partager votre émerveillement.

> CONSIGNES D'ÉCRITURE
> - Utilisez la 1re et la 2e personne (je/tu).
> - Présentez les circonstances (« J'ai eu l'occasion de visiter… »).
> - Commencez la description par : « … est une merveille. »
> - Utilisez des adjectifs et le lexique des sensations.
> - Exprimez votre émerveillement.

« La chose la plus terrible et la plus épouvantable qui se puisse imaginer »

Le conquistador Hernán Cortés (voir p. 5) raconte la conquête du Mexique dans un ouvrage qu'il adresse à son souverain, le roi Charles Quint (règne de 1516 à 1556).

Extrait d'une lettre de Hernán Cortés à Charles Quint.

La population qui occupe le pays, de l'île de Cozumel[1] et la pointe du Yucatan à l'endroit où nous sommes, appartient à une race de taille moyenne, de corps bien proportionné, avec cette particularité, que dans chaque province ils modifient eux-mêmes leurs physionomies ; les uns se perçant les oreilles pour y mettre de grands et vilains objets, d'autres se perforant les cartilages du nez pour y introduire de grandes pierres rondes qui paraissent des miroirs, et d'autres se perçant la lèvre inférieure jusqu'aux dents, pour y pendre de grandes roues d'or ou des pierres si lourdes qu'elles leur font des lèvres tombantes qui les rendent absolument difformes.

Leurs vêtements sont faits d'une espèce d'étoffe de gaze couverte de peintures [...]

1. **Île de Cozumel :** île située à l'est des côtes de la péninsule du Yucatán.

Leurs vivres se composent de maïs, de quelques autres grains comme ceux des îles, et de la yuca[2] que nous consommons à l'île de Cuba et qu'ils mangent rôtie, ne sachant pas en faire du pain ; ils ont leurs pêcheries et leurs chasses, ils élèvent beaucoup de poules comme celles de la terre ferme, et qui sont grosses comme des paons.

Il y a de grands villages fort bien construits ; là où les pierres abondent, les maisons sont en pierre, reliées en chaux et en mortier ; les chambres y sont petites, basses, dans le genre mauresque[3]. [...]

Il y a des maisons de caciques[4] fort belles et contenant de nombreuses chambres ; nous avons vu plus de cinq grandes cours dans l'intérieur d'une seule habitation, avec ses appartements fort bien distribués, chacun y ayant son service particulier. Ils ont à l'intérieur leurs puits et leurs citernes et les demeures de leurs esclaves et de leurs serviteurs, qu'ils ont fort nombreux.

Cortés explique ensuite que ces populations adorent des idoles auxquelles elles font des sacrifices humains...

Ils ont une autre coutume horrible, abominable, bien digne de châtiment et que nous n'avons observée nulle part ; c'est que, chaque fois qu'ils ont quelque chose à demander à leurs idoles, afin qu'elles soient propices[5] à leurs prières, ils prennent des jeunes garçons et des jeunes

---

2. Yuca : manioc.
3. Genre mauresque : style architectural arabo andalou.
4. Caciques : chefs de tribus des Caraïbes ou d›Amérique centrale.
5. Qu'elles soient propices à : qu'elles exaucent.

n signe de bienvenue, Maxixcatzin présente un bouquet de roses à Hernán Cortés, 'après le codex « Lienzo de Tlaxcala », XVIe siècle, conservé à l'université de Glasgow.

filles, des hommes et des femmes aussi, dont ils ouvrent la poitrine, dont ils arrachent le cœur et les entrailles qu'ils brûlent devant leurs faux dieux, leur en offrant la fumée en sacrifice. Quelques-uns de nous ont été témoins de ces sacrifices, et ceux qui les ont vus disent que c'est la chose la plus terrible et la plus épouvantable qui se puisse imaginer.

Hernán Cortés, *La Conquête du Mexique*,
traduit par D. Charnay, La Découverte, 2007.

QUESTIONS SUR LE TEXTE 3

AI-JE BIEN LU ?

1. À qui Cortés écrit-il ?
2. Quelle région du Mexique décrit-il ?
3. Quelles sont les caractéristiques physiques de la population ?
4. **a.** Quels ornements les indigènes portent-ils sur le visage ? Qu'en pense Cortés ?
b. Comment sont-ils vêtus ?
5. **a.** De quoi se compose leur nourriture ?
b. Caractérisez leur habitat.
6. **a.** À quels rites religieux se livrent-ils ? Relevez le lexique de la violence.
b. Quel jugement Cortés porte-t-il sur ces coutumes ? Citez quatre adjectifs.

JE ME DOCUMENTE

Les sacrifices humains

Les sacrifices humains étaient une caractéristique essentielle des cultures amérindiennes. Les Aztèques croyaient que les dieux avaient versé leur sang pour créer le monde et s'acquittaient de cette dette en effectuant des sacrifices humains : ils croyaient que si le sang cessait de couler, le soleil ne se lèverait plus, le monde cesserait d'exister. Les sacrifiés étaient des prisonniers de guerre. Ils étaient ramenés dans les villes sacrées aztèques et conduits devant les temples situés au sommet des pyramides. Les prêtres effectuaient la mise à mort au moyen d'un couteau d'obsidienne (sorte de silex) avec lequel ils ouvraient la cage thoracique de la victime pour en extraire le cœur à la main. Ils offraient ce cœur aux dieux et jetaient le corps au bas des marches de la pyramide.

TEXTE 4 PEDRO PIZARRO À LA CONQUÊTE DU PÉROU

« Une orfèvrerie très délicate »

En 1533, Francisco Pizarro, à la tête de 180 soldats et une trentaine de chevaux, parvient à Cuzco, la capitale des Incas, au Pérou. Il prend en otage l'empereur Atahualpa, qui lui paye une importante rançon pour être libéré. Pizarro accepte l'or puis fait exécuter l'Inca et anéantit Cuzco. Les Espagnols poursuivent ensuite la conquête des pays voisins : Chili, Bolivie, Colombie... Bientôt ils s'entretuent pour s'emparer de l'or. C'est ainsi que Pizarro est assassiné par ses compagnons en 1541.

Dès notre arrivée à Cuzco, nous avons été impressionnés par ses innombrables richesses, par la quantité d'entrepôts remplis de mobilier, de vivres, de coca[1], et surtout de vêtements, des plus simples aux plus délicats.

Le plus étonnant était la réserve de plumes, notamment des plumes *tornasol*[2], pareilles à de l'or fin, quelquefois mordorées ; et rangées dans une multitude de malles. [...]

Quant aux vêtements, il m'est impossible d'en décrire l'amoncellement : les Indiens en confectionnaient de toutes les façons. Le temps m'a manqué pour tout voir, et l'entendement pour trouver la signification d'une telle profusion. [...]

Plus loin, dans une grotte, on trouva des flambeaux d'or et d'argent de la facture et la mesure de ces lieux [...]

---

1. **Coca :** plante d'Amérique du sud fournissant une substance à mâcher.
2. **Plumes *tornasol* :** ayant l'aspect d'une soie brillante.

Il y avait aussi des brodequins[3] d'or comme en portent les femmes. Et des langoustes d'or, pareilles à celles que produit la mer, et des coupes d'or, et, sculptés dans l'or brut, des oiseaux, des couleuvres, des araignées, des lézards, bref toutes les petites bêtes qu'ils connaissaient, taillées dans la masse. Toutes ces pièces d'une orfèvrerie très délicate étaient donc entreposées dans une grotte spacieuse dissimulée sous les rochers, non loin de Cuzco.

Pedro Pizarro, *Récit de la découverte et de la conquête des royaumes du Pérou*, Éditions du Félin, 1992.

Bijou pectoral en or, civilisation précolombienne Tolima, xe siècle, Bogotá, Museo Del Oro.

3. Brodequins : chaussures.

QUESTIONS SUR LE TEXTE 4

AI-JE BIEN LU ?

1 Quelles sont les richesses de Cuzco qui fascinent Pizarro ?

2 Quelle est celle qui intéresse le plus le conquistador ? Relevez une énumération et un terme répété.

JE LIS ET JE COMPARE

Les Conquérants[1]

Comme un vol de gerfauts[2] hors du charnier[3] natal,
Fatigués de porter leurs misères hautaines,
De Palos de Moguer, routiers et capitaines
Partaient, ivres d'un rêve héroïque et brutal.

Ils allaient conquérir le fabuleux métal
Que Cipango[4] mûrit dans ses mines lointaines,
Et les vents alizés inclinaient leurs antennes
Aux bords mystérieux du monde Occidental.

Chaque soir, espérant des lendemains épiques,
L'azur phosphorescent de la mer des Tropiques
Enchantait leur sommeil d'un mirage doré ;

Ou penchés à l'avant des blanches caravelles,
Ils regardaient monter en un ciel ignoré
Du fond de l'Océan des étoiles nouvelles.

José-Maria de Heredia, *Les Trophées*, 1893.

3 Ce poème reflète-t-il les motivations des conquistadors ?

---

1. Les Conquérants : ce poème est un sonnet (deux quatrains et deux tercets).
2. Gerfaut : faucon (rapace).
3. Charnier : lieu où le faucon garde ses proies.
4. Cipango : le Japon.

TEXTE 5 JEAN DE LÉRY, LE VOYAGE AU BRÉSIL

« On est ravi d'une telle beauté »

De la variété des oiseaux d'Amérique

[…] Il y en a deux de même grandeur, ou peu s'en faut, à savoir plus gros qu'un corbeau, qui, ainsi que presque que tous les oiseaux d'Amérique, ont les pieds et becs crochus comme les perroquets, […].

Pour donc en faire la preuve, le premier que les sauvages appellent *arat*, ayant les plumes des ailes et celles de la queue, qu'il a longue d'un pied et demi[1], pour moitié aussi rouges de l'écarlate fine, et pour l'autre moitié (la tige au milieu de chaque plume séparant toujours les couleurs opposées des deux côtés) de couleur leu céleste aussi étincelante que la plus fine étoffe qui se puisse voir, et de plus tout le reste du corps azuré, quand cet oiseau est au soleil où il se tient habituellement, il n'y a œil qui se puisse lasser de le regarder.

L'autre nommé *canidé*, ayant tout le plumage sous le ventre et à l'entour du cou aussi jaune que de l'or fin, le dessus du dos, les ailes et la queue, d'un bleu si pur qu'il n'est pas possible de l'être plus, ayant l'impression qu'il est vêtu d'une toile d'or par-dessous, et vêtu d'un manteau aux motifs de damas[2] violet par-dessus, on est ravi d'une telle beauté.

Jean de Léry, *Histoire d'un voyage fait en la terre du Brésil*, 1578.

1. **Un pied et demi :** environ 50 centimètres.
2. **Damas :** tissu brillant.

L'ananas
Le plus excellent fruit de l'Amérique

Quant aux plantes et herbes dont je veux aussi faire mention je commencerai par celles qui, à cause de leurs fruits et de leurs effets me semblent les plus excellentes. Premièrement, la plante qui produit le fruit nommé par les sauvages *ananas*, est de forme semblable aux glaïeuls[3], et encore ayant les feuilles un peu courbées et cannelées[4] tout autour, elles s'approchent plus de celles de l'aloès[5]. Elle croît aussi non seulement amoncelée comme un grand chardon, mais son fruit aussi, qui est de la grosseur d'un melon moyen, et ressemble à une pomme de pin, sans pendre ni pencher d'un côté ni de l'autre, pousse comme nos artichauts.

Et du reste, quand ces ananas sont venus à maturité, étant de couleur jaune azuré[6], ils ont une telle odeur de framboise, que non seulement en allant par les bois et les autres lieux où ils croissent, on les sent de fort loin, mais aussi leur goût fondant dans la bouche est naturellement si doux qu'il n'y a confiture de ce pays qui les surpasse : je soutiens que c'est le plus excellent fruit de l'Amérique.

Jean de Léry, *Récits de Voyage I, Le Nouveau Monde*, Flammarion, 1999.

3. Glaïeuls : plante à feuilles en forme de glaive (épée) et à grandes fleurs.
4. Cannelées : comportant des sillons.
5. Aloès : plante grasse aux feuilles charnues et très pointues.
6. Jaune azuré : d'un jaune lumineux.

QUESTIONS SUR LE TEXTE 5

AI-JE BIEN LU ?

1 Quel voyage Léry a-t-il effectué ?

2 Les deux récits-descriptions se présentent-ils comme un témoignage vécu ? Justifiez votre réponse.

3 **a.** Quels sont les deux oiseaux décrits (extrait 1) ?
b. À quels autres oiseaux, connus des lecteurs, sont-ils comparés ? Quelle ressemblance et quelle différence sont notées ?
c. Relevez les notations de couleurs pour chacun des oiseaux.
d. Par quelles expressions, quelles comparaisons, Léry exprime-t-il son émerveillement face à ces oiseaux ?

4 **a.** Relevez l'expression qui désigne la plante décrite.
b. Quel est le nom indigène donné à cette plante ?
c. Pour quelle raison Léry y a-t-il recours ?

5 Indiquez l'aspect de cette plante, sa couleur, son goût, son parfum. Relevez les comparaisons et les rapprochements effectués avec d'autres végétaux connus des lecteurs.

> Pour exprimer une forte admiration, les auteurs utilisent l'**hyperbole**, figure de l'exagération (ex. : le plus beau du monde).

6 Relevez l'hyperbole finale. Quelle image Léry donne-t-il de ce fruit ?

J'ÉCRIS

Faire une description devinette

7 À la manière de Jean de Léry, décrivez un fruit, un plat… de manière à faire deviner son nom à un camarade.

> CONSIGNES D'ÉCRITURE
> • Utilisez des comparaisons.
> • Utilisez le lexique des sensations (couleur, goût, parfum…).
> • Terminez par une expression au superlatif (le plus/la plus…) et une hyperbole (que je n'aie jamais mangé/vu, goûté…).

« Je me croyais transporté dans le jardin d'Éden »

Bougainville a effectué un voyage autour du monde (1766-1769), le premier de ce genre entrepris par un Français. Parti de Brest, il est accompagné d'un naturaliste et d'un dessinateur. Tout au long de son voyage, il a tenu un journal de bord. C'est à partir de notes consignées dans ses cahiers qu'il a rédigé son récit, qui garde certaines traces de la forme initiale du journal.
Au début du mois d'avril 1768, Bougainville arrive à Tahiti qui venait d'être découverte par l'anglais Wallis.

Je me croyais transporté dans le jardin d'Éden[1]; nous parcourions une plaine de gazon, couverte de beaux arbres fruitiers et coupée de petites rivières qui entretiennent une fraîcheur délicieuse, sans aucun des inconvénients qu'entraîne l'humidité. Un peuple nombreux y jouit des trésors que la nature verse à pleines mains sur lui. Nous trouvions des troupes d'hommes et de femmes assises à l'ombre des vergers ; tous nous saluaient avec amitié ; ceux que nous rencontrions dans les chemins se rangeaient à côté pour nous laisser passer ; partout nous voyions régner l'hospitalité, le repos, une joie douce et toutes les apparences du bonheur.

[...] La hauteur des montagnes, qui occupent tout l'intérieur de Taiti, est surprenante, eu égard à l'étendue

1. **Le jardin d'Éden :** le paradis terrestre.

de l'île. Loin d'en rendre l'aspect triste et sauvage, elles servent à l'embellir en variant à chaque pas les points de vue et présentant de riches paysages couverts des plus riches productions de la nature, avec ce désordre dont l'art ne sut jamais imiter l'agrément. De là sortent une infinité de petites rivières qui fertilisent le pays et ne servent pas moins à la commodité des habitants qu'à l'ornement des campagnes. Tout le plat pays, depuis les bords de la mer jusqu'aux montagnes, est consacré aux arbres fruitiers, sous lesquels, comme je l'ai déjà dit, sont bâties les maisons des Taitiens, dispersées sans aucun ordre et sans former jamais de village ; on croit être dans les champs Élysées[2]. Des sentiers publics, pratiqués avec intelligence et soigneusement entretenus, rendent partout les communications faciles.

Les principales productions de l'île sont le coco, la banane, le fruit à pain[3], l'igname[4], le curassol, le giraumon[5] et plusieurs autres racines et fruits particuliers au pays, beaucoup de cannes à sucre qu'on ne cultive point, une espèce d'indigo[6] sauvage, une très belle teinture rouge et une jaune ; j'ignore d'où on les tire. [...] Le bois propre à travailler croît dans les montagnes, et les insulaires[7] en font peu d'usage. Ils ne l'emploient que pour leurs grandes pirogues, qu'ils construisent de bois de cèdre. Nous leur avons aussi vu des piques d'un bois noir,

---

2. Champs-Élysées : dans la mythologie grecque, lieu paradisiaque où reposent les âmes des mortels qui ont mené une vie juste et vertueuse.
3. Fruit à pain : fruit farineux qui pouvait servir à faire de la farine.
4. Igname : légume très nutritif ressemblant à la pomme de terre.
5. Curassol, giraumon : sortes de courges.
6. Indigo : colorant naturel produit à parti de plantes.
7. Insulaires : habitants de l'île.

dur et pesant, qui ressemble au bois de fer. Ils se servent pour bâtir les pirogues ordinaires de l'arbre qui porte le fruit à pain. C'est un bois qui ne se fend point, mais il est si mol et si plein de gomme, qu'il ne fait que se mâcher sous l'outil.

Au reste, quoique cette île soit remplie de très hautes montagnes, la quantité d'arbres et de plantes dont elles sont partout couvertes ne semble pas annoncer que leur sein renferme des mines. [...]. Je ne connais ici qu'un seul article de commerce riche, ce sont de très belles perles. Les principaux[8] en font porter aux oreilles à leurs femmes et à leurs enfants ; mais ils les ont tenues cachées pendant notre séjour chez eux. Ils font avec les écailles de ces huîtres perlières des espèces de castagnettes qui sont un de leurs instruments de danse.

Nous n'avons vu d'autres quadrupèdes que des cochons, des chiens d'une espèce petite, mais jolie, et des rats en grande quantité. Les habitants ont des poules domestiques absolument semblables aux nôtres. Nous avons aussi vu des tourterelles vertes charmantes, de gros pigeons d'un beau plumage bleu de roi et d'un très bon goût, et des perruches fort petites, mais fort singulières par le mélange de bleu et de rouge qui colorie leurs plumes. Ils ne nourrissent leurs cochons et leurs volailles qu'avec des bananes. [...]

Nous n'avons pas éprouvé de grandes chaleurs dans cette île. Pendant notre séjour le thermomètre de Réaumur[9] n'a

---

8. Les principaux : les chefs.
9. Réaumur : scientifique qui a inventé vers 1730 le thermomètre à alcool. Un degré Réaumur vaut 1,25 degré Celsius (°C).

jamais monté à plus de 22°[10] et il a été quelquefois à 18°[11]. Le soleil, il est vrai, était déjà à 8 ou 9°[12] de l'autre côté de l'équateur. Mais un avantage inestimable de cette île, c'est de n'y pas être infesté par cette légion odieuse d'insectes qui font le supplice des pays situés entre les tropiques ; nous n'y avons vu non plus aucun animal venimeux. D'ailleurs le climat est si sain, que malgré les travaux forcés que nous y avons faits, quoique nos gens y fussent continuellement dans l'eau et au grand soleil, qu'ils couchassent sur le sol nu et à la belle étoile, personne n'y est tombé malade. Les scorbutiques[13] que nous y avions débarqués, et qui n'y ont pas eu une seule nuit tranquille, y ont repris des forces et s'y sont rétablis en aussi peu de temps, au point que quelques-uns ont été depuis parfaitement guéris à bord. Au reste, la santé et la force des insulaires qui habitent des maisons ouvertes à tous les vents et couvrent à peine de quelques feuillages la terre qui leur sert de lit, l'heureuse vieillesse à laquelle ils parviennent sans aucune incommodité, la finesse de tous leurs sens et la beauté singulière de leurs dents qu'ils conservent dans le plus grand âge, quelles meilleures preuves et de la salubrité[14] de l'air et de la bonté du régime que suivent les habitants ?

Les végétaux et le poisson sont leur principale nourriture ; ils mangent rarement de la viande, les enfants et les jeunes filles n'en mangent jamais, et ce régime sans doute

---

10. 22° : 27,5 °C.
11. 18° : 22° C.
12. 8 ou 9° : 10 ou 11,25 °C.
13. Scorbutiques : personnes atteintes du scorbut.
14. Salubrité : bonne qualité.

contribue beaucoup à les tenir exempts[15] de presque toutes nos maladies. J'en dirais autant de leurs boissons ; ils n'en connaissent d'autre que l'eau : l'odeur seule du vin et de l'eau-de-vie leur donnait de la répugnance ; ils en témoignaient aussi pour le tabac, les épiceries et en général pour toutes les choses fortes.

Le peuple de Taiti est composé de deux races d'hommes très différentes, qui cependant ont la même langue, les mêmes mœurs et qui paraissent se mêler ensemble sans distinction. La première, et c'est la plus nombreuse, produit des hommes de la plus grande taille : il est ordinaire d'en voir de six pieds[16] et plus. Je n'ai jamais rencontré d'hommes mieux faits ni mieux proportionnés ; pour peindre Hercule et Mars, on ne trouverait nulle part d'aussi beaux modèles. Rien ne distingue leurs traits de ceux des Européens ; et s'ils étaient vêtus, s'ils vivaient moins à l'air et au grand soleil, ils seraient aussi blancs que nous. En général, leurs cheveux sont noirs. La seconde race est d'une taille médiocre, a les cheveux crépus et durs comme du crin, sa couleur et ses traits diffèrent peu de ceux des mulâtres[17]. Le Taitien, qui s'est embarqué avec nous, est de cette seconde race, quoique son père soit chef d'un canton ; mais il possède en intelligence ce qui lui manque du côté de la beauté.

Les uns et les autres se laissent croître la partie inférieure de la barbe ; mais ils ont tous les moustaches et le haut des joues rasés. Ils laissent aussi toute leur longueur

15. Exempts : préservés.
16. Six pieds : environ 1,80 mètre.
17. Mulâtres : métis.

aux ongles, excepté à celui du doigt du milieu de la main droite. Quelques-uns se coupent les cheveux très court, d'autres les laissent croître et les portent attachés sur le sommet de la tête. Tous ont l'habitude de se les oindre[18], ainsi que la barbe, avec de l'huile de coco. Je n'ai rencontré qu'un seul homme estropié[19] et qui paraissait l'avoir été par une chute. Notre chirurgien-major m'a assuré qu'il avait vu sur plusieurs les traces de la petite vérole, et j'avais pris toutes les mesures possibles pour que nous ne leur communiquassions pas l'autre, ne pouvant supposer qu'ils en fussent attaqués.

On voit souvent les Taitiens nus, sans autre vêtement qu'une ceinture qui leur couvre les parties naturelles. Cependant les principaux s'enveloppent ordinairement dans une grande pièce d'étoffe qu'ils laissent tomber jusqu'aux genoux. C'est aussi là le seul habillement des femmes, et elles savent l'arranger avec assez d'art pour rendre ce simple ajustement susceptible de coquetterie. Comme les Taitiennes ne vont jamais au soleil sans être couvertes, et qu'un petit chapeau de cannes, garni de fleurs, défend leur visage de ses rayons, elles sont beaucoup plus blanches que les hommes. Elles ont les traits assez délicats ; mais ce qui les distingue, c'est la beauté de leurs corps dont les contours n'ont point été défigurés par quinze ans de torture.

Au reste, tandis qu'en Europe les femmes se peignent en rouge les joues, celles de Taiti se peignent d'un bleu foncé

18. Oindre : frotter avec de l'huile.
19. Estropié : infirme.

les reins et les fesses ; c'est une parure et en même temps une marque de distinction. Les hommes sont soumis à la même mode. Je ne sais comment ils s'impriment ces traits ineffaçables ; je pense que c'est en piquant la peau et y versant le suc de certaines herbes, ainsi que je l'ai vu pratiquer aux indigènes du Canada. Il est à remarquer que de tout temps on a trouvé cette peinture à la mode chez les peuples voisins encore de l'état de nature. [...] Le savant et ingénieux auteur des recherches philosophiques sur les Américains donne pour cause à cet usage général le besoin où on est dans les pays incultes de se garantir ainsi de la piqûre des insectes caustiques qui s'y multiplient au-delà de l'imagination. Cette cause n'existe point à Taiti, puisque, comme nous l'avons dit plus haut, on y est exempt de ces insectes insupportables. L'usage de se peindre y est donc une mode comme à Paris. Un autre usage de Taiti, commun aux hommes et aux femmes, c'est de se percer les oreilles et d'y porter des perles ou des fleurs de toute espèce. La plus grande propreté embellit encore ce peuple aimable. Ils se baignent sans cesse et jamais ils ne mangent ni ne boivent sans sc laver avant et après.

Le caractère de la nation nous a paru être doux et bienfaisant. Il ne semble pas qu'il y ait dans l'île aucune guerre civile, aucune haine particulière, quoique le pays soit divisé en petits cantons qui ont chacun leur seigneur indépendant. Il est probable que les Taitiens pratiquent entre eux une bonne foi dont ils ne doutent point. Qu'ils soient chez eux ou non, jour ou nuit, les maisons sont ouvertes.

[…]

La fabrique des étoffes singulières, qui composent leurs vêtements, n'est pas le moindre de leurs arts. Elles sont tissues avec l'écorce d'un arbuste que tous les habitants cultivent autour de leurs maisons. Un morceau de bois dur, équarri et rayé sur ses quatre faces par des traits de différentes grosseurs, leur sert à battre cette écorce sur une planche très unie. Ils y jettent un peu d'eau en la battant, et ils parviennent ainsi à former une étoffe très égale et très fine, de la nature du papier, mais beaucoup plus souple, et moins sujette à être déchirée. Ils lui donnent une grande largeur. Ils en ont de plusieurs sortes, plus ou moins épaisses, mais toutes fabriquées avec la même matière ; j'ignore la méthode dont ils se servent pour les teindre.

Louis-Antoine de Bougainville, *Voyage autour du monde*.
Extraits de la seconde partie, chapitres 2 et 3.

AI-JE BIEN LU ?

❶ Dans quelle île Bougainville séjourne-t-il ? Identifiez les éléments qui composent le paysage (§ 1 et 2).

❷ **a.** Quelles sont les richesses naturelles de l'île ?
b. Quels animaux Bougainville y a-t-il rencontrés ?

❸ Le climat est-il bénéfique ? Justifiez votre réponse.

❹ **a.** Quelles sont les caractéristiques physiques des Tahitiens ?
b. Quelles différences Bougainville note-t-il d'une peuplade à l'autre ?
c. Quel portrait fait-il des femmes ?

❺ Quelles informations Bougainville fournit-il concernant la nourriture des Tahitiens, leur boisson, leurs parures et vêtements, leur hygiène, la façon dont ils fabriquent leurs étoffes ?

❻ **a.** Comment Bougainville explique-t-il le fait que les Tahitiens se peignent le corps (l. 144 à 161) ?
b. Quelle hypothèse émet-il concernant l'application de cette peinture sur le corps ?

❼ Pourquoi Bougainville considère-t-il Tahiti comme le jardin d'Éden ?

TEXTE 7 JAMES COOK, UN VOYAGE DANS LE PACIFIQUE

« Ils sont beaucoup plus heureux que nous Européens »

L'explorateur anglais James Cook découvrit l'Australie, la Nouvelle-Calédonie et la Nouvelle-Zélande dans le cadre de trois expéditions scientifiques, entre 1768 et 1779. Il écrivit son journal qu'il intitula Relations de voyages autour du monde.
Après avoir exploré, durant six mois, les 3 800 km de côtes de la Nouvelle-Zélande, Cook découvre en 1770 la côte est de la Nouvelle-Hollande, futur nom de l'Australie.

Les naturels[1] de ce pays sont de taille moyenne, leur corps est droit et leurs membres minces. Leur peau est de la couleur de la suie de bois ; leurs cheveux sont le plus souvent noirs, et ils les portent toujours coupés courts. Les hommes ont la barbe noire et en général se la coupent, ou la raccourcissent en la brûlant. Ils ont des traits agréables et leur voix est douce et harmonieuse. Hommes et femmes vivent complètement nus, sans jamais le moindre vêtement d'aucune sorte. [...] Comme ornements ils portent des colliers de coquillages, des cercles qui servent de bracelets autour du bras, et qu'ils font avec des cheveux entrelacés et travaillés comme un anneau de corde ; ces bracelets sont placés au haut du bras et le serrent étroitement ; on fait aussi des ceintures de même sorte. Les

1. **Les naturels :** les indigènes.

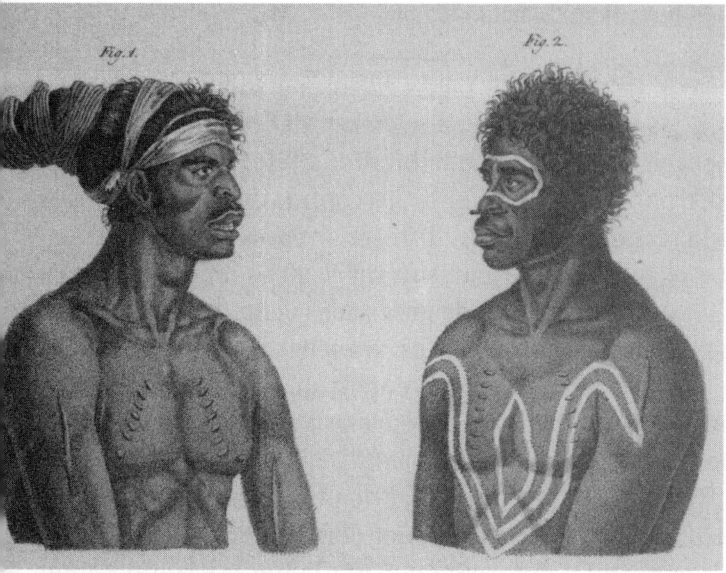

Habitants de la Nouvelle Hollande, gravure sur cuivre (1813), Berlin, Coll. Archiv f. Kunst & Geschichte.

hommes portent, passé à travers la paroi du nez, un os long de trois ou quatre pouces et épais d'un doigt. Ils ont aussi les oreilles percées pour y mettre des pendants d'oreilles, mais nous n'en avons pas vu sur eux. Les autres ornements ne sont d'ailleurs pas non plus d'usage courant, les uns en portent, les autres non. Quelques-uns de ceux que nous vîmes sur l'île de la Possession portaient des plaques de poitrine, que nous supposâmes être faites de coquilles de nacre. Beaucoup d'entre eux se peignent le corps avec une espèce de pâte de couleur blanche, qu'ils appliquent de diverses manières, chacun suivant sa fantaisie.

[...]. Ils vivent par petits groupes le long de la côte, ou sur les rives des lacs, des rivières, des criques, etc. Ils ne semblent pas avoir d'habitations fixes, mais se transportent d'endroit en endroit, comme des bêtes sauvages à la recherche de nourriture, et ne s'assurent leur subsistance qu'au jour le jour, suivant ce qu'ils rencontrent. [...]

Leurs maisons sont de misérables petits abris guère plus grands qu'un four, faits de branches, d'écorce, d'herbe, etc. ; encore ne s'en servent-ils que pendant la saison humide, car pendant la journée c'est en plein air qu'on les voit le plus souvent dormir. [...]

On ne peut rien imaginer de plus misérable que leurs embarcations, en particulier dans la partie méridionale du pays, où toutes celles que nous vîmes se composaient d'un seul morceau d'écorce, de douze à quatorze pieds[2] de long, serré et attaché à l'un de ses bouts. Comme je l'ai déjà dit, ces pirogues ne peuvent porter plus de deux personnes, et il n'y en a généralement qu'une dans chacune. Mais telles qu'elles sont elles conviennent très bien pour l'emploi qu'ils en font [...].

Ce que j'ai dit des naturels de la Nouvelle-Hollande[3] pourrait faire croire que ce peuple est le plus misérable qui existe ; mais en réalité ils sont beaucoup plus heureux que nous Européens, étant totalement ignorants non seulement du superflu, mais aussi des commodités nécessaires tellement recherchées en Europe. Il est heureux pour eux de ne pas en connaître l'usage. Ils

---

2. Douze à quatorze pieds : de 3, 65 à 4, 27 mètres.
3. Nouvelle-Hollande : Australie.

vivent dans une tranquillité que ne trouble pas l'inégalité des conditions. De leur propre aveu, la terre et la mer leur fournissent toutes les choses nécessaires à la vie. Ils ne convoitent pas des maisons magnifiques pourvues de nombreux serviteurs. Ils vivent dans un climat beau et chaud, et profitent de tous les bienfaisants souffles qui agitent l'air, de sorte qu'ils n'éprouvent pas le besoin d'avoir des vêtements : quand nous leur en donnâmes, ils les abandonnèrent négligemment dans les bois ou sur les plages, comme s'ils ne savaient absolument pas qu'en faire : en bref, ils ne semblèrent attacher de prix à rien de ce que nous leur donnions, et ne voulurent se séparer de rien de ce qu'ils possédaient en échange de n'importe lequel des objets que nous pouvions leur offrir, ce qui prouve à mon avis qu'ils se considèrent comme pourvus de tout ce qui est nécessaire pour vivre, et qu'ils n'ont aucun superflu.

James Cook, *Relations de voyages autour du monde*, traduit de l'anglais par Gabrielle Rives, La Découverte, 1991. Extraits du récit du « Premier voyage », chapitre 3.

QUESTIONS SUR LE TEXTE 7

AI-JE BIEN LU ?

❶ Dans quelle partie du monde Cook se trouve-t-il ?

❷ **a.** Quels sont les traits physiques des habitants ?

b. Comment sont-ils vêtus ?

c. Quels sont leurs parures et ornements ?

❸ Pourquoi semblent-ils vivre misérablement ?

❹ **a.** Quelles réflexions inspirent à Cook ces hommes et la vie qu'ils mènent quand il les compare aux Européens ?

b. De qui et de quoi fait-il l'éloge ?

❺ Selon Cook, l'effet du climat et les conditions naturelles favorisent-ils le bonheur ?

JE ME DOCUMENTE

La mort de Cook

Lors de son troisième voyage dans le Pacifique, Cook découvre les îles Sandwich (Hawaii) qu'il considère comme un véritable paradis. Il y séjourne quelque temps, alors qu'il cherche à aller au pôle nord. Les indigènes, voyant en lui un demi-dieu, lui font bon accueil. Mais un jour, ils volent une chaloupe. Alors que Cook tente de la récupérer, ses hommes interviennent et usent de leurs armes. Une violente bataille s'ensuit ; un chef indigène trouve la mort ; les habitants de l'île ripostent à coups de pierres et de lances. Cook tombe poignardé et meurt : c'est le 14 février 1779.

Les Grandes Découvertes et les arts

etzalcoatl ou Serpent
lumes, divinité aztèque,
près le Codex Borbonicus,
nservé à la Bibliothèque de
ssemblée nationale à Paris.

Les Grandes Découvertes et les arts

L'aventure des grandes découvertes a inspiré de nombreux artistes, du XVIe siècle à nos jours : peintures de caravelles voguant sur l'océan ou de paysages exotiques, élaboration de cartes marines enluminées, portraits de navigateurs…

Le portrait en peinture

• En peinture, un portrait est la représentation d'un personnage. Qu'il s'agisse d'un portrait réaliste (le plus fidèle à la réalité) ou idéalisé, l'artiste cherche, la plupart du temps, à présenter la personnalité intérieure de son modèle. Il élabore à cet effet une **mise en scène particulière** : recherche d'un décor, pose, présence d'accessoires qui le définissent, expression de la physionomie…

• **Concernant Christophe Colomb**, on ne possède pas de portrait authentique du navigateur (c'est-à-dire peint d'après nature), mais une description réalisée par Las Casas, un homme d'Église qui l'a connu personnellement. Ce dernier insiste sur sa taille élevée, son visage long, son nez aquilin (en forme de bec d'aigle), ses yeux bleu clair, son teint pâle et ses cheveux blonds.

• **Le peintre mexicain José María Obregón** (1832-1902) a représenté un Christophe Colomb jeune, au moment où il échafaude son projet de rejoindre l'Asie en traversant l'Atlantique. Il séjournait alors sur l'île de Porto Santo, dans l'archipel de Madère. Il y a épousé la fille du gouverneur, et s'est installé dans l'île pendant quelques années.

▶ LE QUESTIONNAIRE ASSOCIÉ AU PORTRAIT DE COLOMB SE TROUVE P. 280.

Le parchemin enluminé : le portulan

• À l'époque des grandes découvertes, les cartographes, sur les indications des navigateurs, élaborent des cartes marines appelées portulans. Sur ces cartes en **parchemin** (peau d'animal préparée pour l'écriture) figurent le tracé des côtes ainsi que les **noms des ports** indiqués perpendiculairement au rivage : les grandes cités sont notées à l'encre rouge, les autres à l'encre noire. Le fond des cartes est couvert d'un canevas de **lignes** correspondant aux directions de la **rose des vents.**

• Certaines de ces cartes sont enluminées par des peintres miniaturistes. Ils y représentent des éléments qui ont frappé les navigateurs (faune locale, végétaux, peuplades inconnues...), ou qui sont le fruit de leur **imagination** ou de leurs **peurs** (créatures monstrueuses, par exemple). On les appelle « **cartes historiées** », car elles sont ornées de scènes de la vie indigène qui racontent en quelque sorte des histoires.

• Ces cartes constituent à l'époque un outil de repérage pour les bateaux. Elles reflètent l'**expérience des navigateurs** sur mer, mais aussi leur méconnaissance de ce qui se trouve à l'intérieur des terres. Elles sont également un instrument de prestige à la gloire des pays conquérants.

► LE QUESTIONNAIRE ASSOCIÉ AU PORTULAN DU BRÉSIL SE TROUVE P. 281.

ÉTUDIER UNE PEINTURE : LE PORTRAIT DE COLOMB

Vous trouverez cette œuvre en 2e de couverture de cet ouvrage.

LA NATURE DE L'IMAGE

1. Qui est l'auteur du portrait ? Indiquez l'époque.
2. Quelle est la technique utilisée ?
3. S'agit-il d'un portrait peint d'après nature ?

LE PORTRAIT

L'apparence générale

4. Sous quel angle Colomb est-il représenté (face, profil...) ?
5. Comment la composition met-elle en valeur le personnage ?
6. Décrivez sa position, ses vêtements.
7. Quelles sont les parties du portrait éclairées par la lumière ?

La mise en scène

8. Dans quel cadre géographique le peintre a-t-il placé Colomb ? Que révèle ce cadre du personnage ?
9. a. Que fait Colomb ?
b. Avec quels accessoires l'artiste a-t-il choisi de le représenter ?
10. Que traduit l'expression de son visage ? Imaginez ce qu'il peut penser.
11. Quelle image l'artiste a-t-il voulu donner du navigateur ?
12. Aimez-vous, quant à vous, cette représentation de Colomb ? L'imaginiez-vous ainsi ?

LE TEXTE ET L'IMAGE

13. Comparez le portrait de Colomb avec celui qu'en fait Noguès (p. 29-30). Est-il décrit au même âge ?

ÉTUDIER UNE CARTE MARINE ENLUMINÉE

Vous trouverez cette œuvre en 3e de couverture de cet ouvrage.

LES AUTEURS ET LE SUPPORT

Le nom du Brésil provient du nom de l'arbre « braxil » qui pousse en abondance dans le pays et qui produit une substance rouge.

1 **a.** Indiquez l'époque de la carte, le nom de ses auteurs, le support sur lequel elle a été réalisée.
b. Quel a été le travail du miniaturiste ?

2 Comment est noté le nom du pays représenté ?

LES ÉLÉMENTS REPRÉSENTÉS

3 Quelle est la couleur de la mer ? Repérez les éléments qui sont associés à l'art de la navigation.

4 À quoi peuvent correspondre les lignes entrecroisées qui couvrent le fond de la carte ?

5 **a.** À quoi correspondent les noms le long de la côte ?
b. En quelle couleur sont notées les villes les plus importantes ?

6 **a.** Identifiez la faune et la flore.
b. Repérez un dragon ailé : pour quelle raison le miniaturiste a-t-il fait figurer sur la carte un animal merveilleux ?

7 **a.** Comment les indigènes sont-ils représentés ?
b. Quelles sont leurs activités ?

LA VALEUR DE CES CARTES

8 Quelle était l'utilité et l'intérêt de ces cartes pour les navigateurs ? Pour les pays conquérants ?

9 Trouvez-vous que cette carte est une œuvre d'art ?

EPI autour des Grandes Découvertes

• Réaliser un magazine historique :
« Spécial Grandes Découvertes »
• Principales disciplines concernées :
– **français** (rédaction)
– **histoire** (recherches, vérification des faits rapportés)
– **technologie** (outils informatiques : mise en page, publication numérisée)
– **arts plastiques** (réalisation des dessins, aide à la maquette)

Suivez cette feuille de route pour réaliser votre magazine. Chaque étape est constituée de plusieurs séances.

ÉTAPE 1 : TOUS JOURNALISTES

Constituez l'équipe de rédaction : chaque élève apportera son talent et ses compétences.
L'ensemble est coordonné par le rédacteur en chef qui sera sans doute votre professeur de français !

Qui fait quoi ?

• Les **rédacteurs** recherchent les informations, les vérifient et rédigent les articles.
• Les **iconographes** recherchent des images en lien avec les articles ; les **dessinateurs**, **humoristes**, **photographes** réalisent des dessins, des photos ; les cartographes réalisent les cartes de géographie.
• Les **maquettistes** rassemblent l'ensemble des éléments (texte, images) et les mettent en page.
• Une partie de l'équipe se charge de la rubrique **jeux** : petits mots croisés des découvertes, charades, labyrinthe, jeu de l'oie des découvreurs...

ÉTAPE 2 : LA CONFÉRENCE DE RÉDACTION

Toute l'équipe se réunit et prend les décisions de façon collective.

1. Décidez du titre du magazine et de son support

Magazine papier ou numérique ? Dans tous les cas, demandez l'autorisation à votre chef d'établissement.

2. Procédez à la répartition des sujets

Boîte à idées

- **Les navigateurs et conquistadors :**

– Bartoloméu Dias passe le cap de Bonne-Espérance.
– Vasco de Gama atteint l'Inde par la mer.
– Les voyages de Christophe Colomb.
– Amerigo Vespucci donne son nom à l'Amérique.
– Cabral découvre le Brésil.
– Pizarro conquiert l'Empire inca.
– Magellan effectue le tour du monde.
– James Cook découvre l'Australie.

- **Les sciences et techniques à l'origine des découvertes :**

– Les navires des découvertes (caravelles, caraques...).
– Les instruments de navigation (boussole, compas, quadrant...).
– La cartographie, les portulans.
– Le rôle d'Henri le Navigateur.

- **Les conquistadors :**

– Les conquistadors, qui sont-ils ?
– Cortés découvre les riches cités aztèques.

- **Les apports des grandes découvertes :**

– La flore : bégonia, bougainvillier, tabac, chocolat, tomate, aubergine, haricot.
– Les arts précolombiens.

3. Réalisez la Une (première page)

En collaboration avec les dessinateurs et photographes, effectuez le choix de la police, du lettrage (forme des lettres), de l'illustration et du texte d'accroche.

ÉTAPE 3 : LANCEZ-VOUS !

1. Le travail des rédacteurs

— Choisissez la forme de votre article

- **L'interview :** vous élaborerez des questions et noterez les réponses. Vous pouvez vous amuser à réaliser une interview fictive (celle de Christophe Colomb, par exemple).
- **Le portrait :** vous présenterez un navigateur.
- **La critique (littéraire et cinématographique) :** vous formulerez un jugement sur un livre, un film. Vous pouvez donner votre avis sur un ouvrage documentaire ou sur le film *Christophe Colomb* de Ridley Scott.
- **L'enquête :** vous fournirez des informations sur des sujets précis.
- **L'article d'opinion :** vous présenterez votre point de vue sur un sujet (par exemple, sur la découverte de l'autre et de ses différences, sur les actions des conquistadors…).
- **La brève :** vous donnerez une information essentielle en quelques lignes.
- **L'encadré :** vous fournirez quelques informations sur un point précis, en marge d'un article (instruments de navigation, par exemple, ou situation géographique d'un lieu).

— Choisissez le titre, les intertitres

- **Le titre** doit donner envie de lire l'article.

Exemples de construction d'un titre :

- une phrase verbale : Colomb découvre l'Amérique.
- une phrase non verbale : Menace de mutinerie à bord.

• usage des deux points : Le projet de Colomb : atteindre les Indes par l'ouest.
• une phrase de type injonctif : Embarquez avec Christophe Colomb sur la Santa-Maria !
• une parole rapportée : « Terre ! »
• **Le chapeau et les intertitres** permettent d'avoir les informations essentielles en un coup d'œil.
• L'attaque ou l'accroche (début de l'article) doit donner envie de poursuivre la lecture.
• La chute (fin de l'article) doit laisser le lecteur sur une impression forte.

— Documentez-vous avant d'écrire

Faites des recherches sur Internet et consultez des ouvrages :
Les grandes explorations, Fleurus, 2004.
Aventuriers, explorateurs, grands voyageurs, Milan, 2015.
Christophe Colomb, Gallimard, 2001.
B. Coppin, *Le Dico des grandes découvertes*, De La Martinière Jeunesse, 2006.

N'oubliez pas d'utiliser vos manuels d'Histoire et votre Classique Hatier !

2. Le travail des iconographes et illustrateurs

• **Iconographes**, cherchez des images et illustrations sur Internet ou dans des ouvrages au CDI. Citez les sources et légendez les images.
• **Dessinateurs**, réalisez vous-même des dessins avec le professeur d'arts plastiques. Ils peuvent être documentaires ou humoristiques.
• **Photographes**, attrapez vos appareils ! Vous pouvez photographier des documents en citant vos sources, ou photographier vos camarades au travail (sorte de *making off*).

• **Cartographes**, préparez vos fonds de cartes : réalisez vos propres cartes ou travaillez à partir de photocopies.

ÉTAPE 4 : MISE EN PAGES DU MAGAZINE

• **Maquettistes**, mettez en pages les articles et les images.
• **Rédacteurs** (ou correcteurs), assurez la relecture des articles mis en page.
• N'oubliez pas d'insérer « l'ours » en page 2 (carte d'identité du journal, il précise le nom des membres de l'équipe de rédaction, l'adresse du journal...).

SPÉCIAL NUMÉRIQUE
• Choisissez votre logiciel (Scribus, par exemple).
• Créez les liens Internet utiles.
Pour la version papier, il vous reste à réaliser le tirage et la reliure.

ÉTAPE 5 : FAITES LE BILAN DE L'EPI

• Rédigez le compte rendu de votre expérience journalistique.
• **Méthode :** racontez la façon dont s'est déroulé le projet (votre rôle au sein de l'équipe, vos difficultés, vos satisfactions...) et, pour conclure, dites ce que vous a apporté ce projet, sur le plan humain (travail en équipe), ainsi que sur le plan culturel et des savoir-faire.

INDEX

Les notions

Les exercices sur la langue

Les exercices d'écriture

La documentation

TABLE ICONOGRAPHIQUE

13	ph © BNF, Paris
15	ph © British Library Board/Leemage
51	ph © Aisa/Leemage
109	ph © Look and Learn/Bridgeman Images
153	© DR – ph © Bridgeman Images
171	© Roger-Viollet
223	ph © North Wind Pictures/Leemage
243	ph © Akg-Images
249	ph © North Wind Pictures/Leemage
255, 258	ph © Bridgeman Images
273, 277	ph © Akg-Images
2e de couverture	ph © Gianni Dagli Orti/Aurimages
3e de couverture	ph © Bridgeman Images

PAPIER À BASE DE FIBRES CERTIFIÉES

Hatier s'engage pour l'environnement en réduisant l'empreinte carbone de ses livres. Celle de cet exemplaire est de :
400 g éq. CO_2
Rendez-vous sur www.hatier-durable.fr

Iconographie : Hatier Illustrations
Graphisme : Mecano – Laurent Batard
Mise en pages : Alinéa
Édition : Clothilde Diet
Cartes et schéma : Légendes cartographie

Achevé d'imprimer par Black Print CPI Iberica S.L.U - Espagne
Dépôt légal 99752-5/04 - février 2018